母親を失うということ

失去母親這件事

將我與母親連結在一起的，
是內心深處的巨大傷痕。

岡田尊司

楓書坊

我之所以想留下這小小的紀錄，或說是用文字的形式回憶與母親相處的時光，並下定決心動筆，有幾個原因。

首先，是幾乎所有人或早或晚都會經歷到失去母親這件事。不論是以什麼樣的形式發生，這對每個人而言都是重大的事件。我想，如何走出喪母之痛、幫助自己的內心恢復平靜，是許多人無論如何都必須面對的課題。而我自己當時的經驗及感受、心中的想法，或許可以提供參考。

另一個原因，則與我的工作——精神科醫師有關。成為臨床醫師後的這幾十年間，我大多負責治療因不穩定的依戀所苦的人。最直接的契機，是我在醫療少年院服務時，曾遇到許多成長過程中缺乏父母關愛的年輕人。但如果繼續回想下去，在遠比自己認知、察覺到這個問題更早以前，我就已經親身體驗過帶著受了傷的依戀而活是怎麼一回事，可以說是這樣的成長背景埋下了種子。

或許我和母親有著相同的經歷，但受了傷的依戀卻更加折磨母親，母親一直苦惱著該如何走出來。另外就是身為母親伴侶的父親。我認為，處理依戀問題這件事，或許存在著超越我個人想法及意識的必然性。

最後還有一個原因。新型冠狀病毒的全球大流行改變了人們的生活型態及人與人的相處模式，其衝擊不僅影響整個社會，甚至連與家人永別、照顧患病家人的情境也產生劇變。無法在摯愛的家人臨終時陪在身邊，連說上幾句話都不被允許，只能沉默無語地與家人道別，類似的案例層出不窮。在這種情況下，許多人都因為無處宣洩的悲傷及鬱悶的心情持續累積，背負著失落及罪惡感。身為擁有相同經歷的其中一人，訴說自己的遭遇並讓其他人知道，在如此嚴峻的大環境下，有些事物依舊不會改變，我認為是有意義的。

I

二〇二〇年五月十三日傍晚，醫院打電話給我時，很不巧我正在搭電車。如果當時車廂內很擁擠，我大概就不會接電話，等到站之後才回撥吧。但由於新型冠狀病毒的緊急事態宣言延長，每站都停的列車沒什麼人搭乘，我所在的車廂只有我和另一名乘客。而且，醫院的聯絡來得比平時早，讓我感到不尋常，於是我一面往沒有人的車廂連接處移動，一面接起電話。

母親是在四天前住院的，負責她的其中一位年輕醫師前一天也有打給我說明病情，因此我原本心想，如果只是例行性聯絡的話，就先告知自己正在搭電車，晚點回撥。

但這通電話的狀況不一樣。當時電車正好行駛在橫跨淀川的大鐵橋上，從開啟的車窗傳來轟隆隆的巨響，因此醫生講的話我有一大半沒聽清楚。但當我因為他驚慌的語氣而感到不安時，覺得好像在嘈雜的聲響中聽到了「心臟停止」這幾個字。

我的頭腦一片混亂。前一天醫師跟我聯絡時才說過，母親的病情已經有所改善，穩定下來了。

當對方詢問我是否可以繼續進行心肺復甦，我回答：「當然，拜託您了。」但身為醫師的專業也讓我感覺到，情況已經不樂觀了。

相較於「為什麼會這樣？」的疑問，無比的不甘心與悲傷更令我不知如何是好。

母親當時已經八十四歲，身上有好幾種病，因此我多少有心理準備，這一天遲早會來，但為什麼是現在？這實在讓人意想不到，也無法接受，我只能驚慌失措地面對事態突如其來的發展。

昨天這位醫師才告訴我，母親一時惡化的貧血在住院經過輸血後，已經恢復到原本的水準，也能夠進食了。我還覺得幸好有住院而鬆了一口氣。也因為這樣，現在的狀況完全超出我的預期。

「希望你馬上過來，有辦法嗎？」換手跟我講電話的護理師用匆忙的語氣問道。但我和醫院間的距離不是馬上就能趕到的，於是我說明了狀況，拜託院方幫忙聯絡住在附近的親戚。護理師表示會試著聯絡看看，便急忙掛斷電話了。

我只感覺一片茫然。母親快要去世了，但遠在幾百公里外的我連馬上趕去她身邊都做不到，難道我沒有辦法幫她做任何事嗎？然而，去想這些也沒有意義了。等我趕到時，母親已經走了。

母親曾遭遇過好幾次就算死了也不稀奇的狀況。由於她每次都能度過危機，因此這次就算她奇蹟似地活過來了，或許也不意外。但是，身為醫師的我感覺到，母親這次不會回來了。彷彿頭暈般，我感覺現實世界正遠離自己，只能癱坐在電車的椅子上。

我大概是六點半回到家的。當我正在收拾行李時，電話再度響起。打電話來的不是年輕醫師，而是擔任病房主任的醫師。他告訴我，雖然持續進行心肺復甦，但母親完全沒有反應，而且肋骨也已經斷了，想跟我確認是否還要繼續做下去。我知道進行心肺復甦並非母親自己的意願，而且我也不想再讓母親受苦，便告訴對方：「可以停了。」於是醫師確認了時間。晚間六點四十五分，那便是母親的死亡時刻。

醫師詢問：「由於還不清楚死因，是否能讓我們至少做個頭部的電腦斷層？」調查死因這種醫學上的好奇心與母親的死是完全是不同層次的事，不禁讓我懷疑中間是否有什麼疏失。但我寧願解讀成這是因為醫師認真進行治療，所以才會想要釐清為何會變成這樣，便沒有拒絕他的要求。

醫師問我：「到醫院大該需要多久時間？」我回答大約要四小時，他表示：「我會等你過來。」

我上一次開車返鄉，已經是很久以前的事了。過了五十多歲後，長時間開高速公路對我而言成了苦差事，因此都是搭新幹線和特急電車回去，然後再租車。年紀更輕的時候，比起開車的勞累，心裡更多的是對返鄉的規劃和期待。也會想開車載平時不聞不問、一年只見一兩次的父母出去走走，消除些罪惡感。因為有父親及母親等著我，故鄉的老家對我而言別具意義。母親在那裡就像是一顆小太陽，照耀著我和周圍的人。

但那天晚上開車返鄉時，我只覺得自己已經失去那顆小太陽，彷彿掉入了無底深淵。等著我的不是母親的笑容，我只能見到她的遺體。想到自己回去只是為了確認母親已經不在了，我感到害怕，同時也想要盡快去到孤單死去的母親身邊。

我從名神高速公路接到山陽自動車道、瀨戶中央自動車道、高松自動車道，在大野原交流道下高速公路，接近晚上十一點時抵達醫院。接受了嚴格的防疫檢查後，我上到六樓病房，在電話中跟我通話的醫師就如同他說的在那裡等候。我被帶到護理站旁邊的處置室，母親就躺在那裡，等著我們到來。母親住的不是單人房，而是不需要自付差額的四人房，我想她應該是在這間處置室接受心肺復甦等急救的吧。

母親的表情比我想像的安詳柔和，並沒有痛苦的樣子，讓我感到欣慰。她看起來就像睡著了般。聽說下午四點時護理師看她還很有精神，病情應該是真的突然急轉直下吧。

病房主任將我帶到了另一個房間進行說明。他不解地表示，這實在是意想不到的狀況。「我們做了頭部的電腦斷層，裡面很乾淨。」他一面給我看片子一面說明。母親腦部的影像看起來幾乎沒有萎縮、梗塞的跡象，十分乾淨。她的頭腦很清楚，直到兩三個月前腰受傷為止，都還很喜歡看書。

主任一面確認心電圖的紀錄一面說道，心電圖的波形是在五點左右出現變化，心跳降到七十上下，應該是這時出現了異狀。

如果是一般人的話，心跳七十剛好在正常值的中間。但母親貧血得相當厲害，因此心跳總是在一百左右。心跳數一百是維持母親的身體運作所必須的，但可能出於某種原因而無法維持下去。而且，心跳下降、心臟陷入停止是又過了一段時間後才被發現的。由於母親的心臟裝了心律調節器，會以電流刺激強迫心臟跳動，因此心電圖是等到心臟完全沒有反應後才發出警告聲，醫生推測是因為這樣而產生了時間上的落差。

事到如今，就算追究原因，母親也不會活過來了，這讓我覺得這番說明毫無意義。不過如果母親是在沒有痛苦的情況下，有如睡著般去世的話，至少我會稍微欣慰些。

接著，醫生的口氣變得嚴肅的了些，對我說道：「其實還有一件事必須跟您道歉才行。」我也慎重其事地回問：「是什麼事？」結果醫生向我坦承：「進行心肺復甦時，原本應該要打腎上腺素的，但護理師弄錯，給成了毒扁豆鹼。」由於沒有效果，因此總共打了三劑後才發現錯誤，重新注射腎上腺素，但母親並沒有反應。毒扁豆鹼會增強乙醯膽鹼的作用，反而使心跳變慢。這起疏失殘酷地斷送了救活母親的機會。

「雖然最後結果應該都是相同的，但還是要為了錯誤做出相反的治療向您致歉。」醫生如此道歉。

這令我無言以對。母親長年來都是給這位醫生看病，我原本也相信他應該會給母親完善的醫療照顧。我覺得母親太可憐了，到了最後的最後，竟然還無法得到妥善的對待。明明自己的兒子就是醫生，卻幫不上任何忙。

但就算責怪年輕醫師或這位主任，母親也不會回來了，這個想法讓我覺得一切都失去了意義。相信這也不是母親想要的吧。

於是我換了個問題。

「我母親有說什麼嗎？她在住院時說了些什麼呢？」

哪怕是再短的隻字片語也好，我想知道母親在生前最後的日子說了什麼，於是這樣詢問。但醫生只是含糊其詞地表示：「我沒有什麼機會和令堂說話……」

意思就是，醫生在意的是母親的病情及死因，而不是母親這個人或她的人生。這在醫院或許是再理所當然不過的事，但我卻感覺到一種教人難以承受的隔閡。

母親就是在如此沒有溫度的地方度過了最後五天，去到另一個世界的嗎？

醫生沒有想到過母親內心的孤單，為此不惜用任何方式設法和她說說話嗎？雖然母親是個不喜歡特殊待遇或例外，將遵守規定視為優先的人，但難道不能為她多做點什麼嗎？

就拿病房來說，母親住的是一般病房，她從未對此有任何意見。父親住院的時候，因為預期會住上好幾個月，因此選擇了要自付差額的單人房。母親的個性容易顧慮他人，我猜她其實是想住單人房的。但她自己什麼都沒說，我也沒想到那麼多。再加上疫情的關係無法會客，多少讓我覺得比起單人房，住在有人進出的大房間應該比較不會感到孤單。

就算因為疫情而無法會客，應該還是可以拜託院方讓自己講電話吧。但母親太過客氣，沒有主動提出任何要求。是不是當她心臟開始不舒服的時候，也一樣不好意思按鈴叫護理師來呢？她是不是覺得只要自己忍一忍就好了呢？

母親住院的這一兩個月期間，如果我有去探望她、看到她日漸衰弱的樣子，多多少少照顧她一下、說些安慰鼓勵的話，或許我會更容易接受她的死。但我一次都沒有探望過，也完全沒有照顧過她，連感謝或關懷都不曾表達。母親孤單一人在病床上度過了短暫的生前最後時光，當護理師發現異狀時，她早已氣絕。

雖然說由於疫情肆虐，醫院連會客都禁止了，但難道我沒有太輕忽母親這次的住院，把工作和自己的事情看得更優先嗎？

想到母親的付出、持續不斷的犧牲，以及為了不給我添麻煩而做出的決定及舉動，不禁讓我覺得母親未免太過可憐。同時我也很氣自己。在母親真正需要幫忙的時候，我為她做了什麼？

母親死前一定有話想對我說。我也有話想對她說，但對於母親有一天會去世這件事並沒有做好心理準備。當母親說出消極的話時，我只是回她：「不過是腰痛罷了，不會死人的啦。」對她的話充耳不聞。潛意識裡不想與母親在死前道別的想法，也使我不願正視壞的可能性。

面對母親沒能留下任何話，就這麼去世的事實，我心中滿是疑惑與後悔，以及認為這都是自己所造成的念頭。

那些來不及對母親說出口的話，就這樣悶在我心裡，直到現在仍令我喘不過氣。

我應該是在半夜十二點左右陪著母親的遺體離開醫院，兩位醫師及護理師送我坐上了葬儀社的靈車。我陪在母親身旁，一面回想母親當初來醫院時的事。她由於嚴重腰痛，連路都沒辦法好好走，因此聽了我的話叫救護車來載她去住院。當時陪在母親身邊的，是一位住在附近的親戚。這位親戚其實算我的堂嫂，是我伯父大兒子的太太，自己也才剛動過腳的手術，所以母親不太好意思麻煩她。但接到了母親的通知後，她還是馬上趕來，不但幫忙辦好了繁雜的住院手續，還陪了母親很長一段時間。

因為疫情的關係，醫院規定住院時只有一名家屬可以陪同進到病房，而且只要離開了，就不能再進去。堂嫂怕母親會不安，因此特意陪在她身邊。

聽說母親在搭救護車去醫院的途中向堂嫂表示，如果自己死了，不用送回家裡，直接載去殯儀館守靈就好。她大概是怕特地將遺體運回家裡，會麻煩到別人吧。雖然堂嫂跟我說了這件事，我還是請葬儀社將遺體載回家。

母親總是太過客氣，我這次已經深切了解到，她所說的並不是自己真正的心願，所以我決定不聽母親的話。

堂嫂後來也跟我說：「有帶你媽媽回家真是太好了，她一定也很高興。」

黑暗籠罩著小鎮。車子開到了老家門前，準備用推床將母親送進家裡。但在那之前，得先鋪好給母親躺的床墊。

家裡來了幾位親戚，幫忙用吸塵器吸地、從壁櫥裡搬出床墊。但母親平時用的床墊看起來實在太廉價、寒酸，讓我猶豫是否要讓她躺在那上面。我在二樓的壁櫥找到了給客人用、稍微體面些的床墊，便抱下樓去。

床墊鋪在一樓八張榻榻米大的和室裡，上面躺著身穿白衣的母親。剛好一年前，父親的遺體也躺在相同的地方，在家裡度過了一晚。

當天晚上，我就和最近幾次回老家時一樣，睡在二樓的房間。二樓的這間和室原本是父親和母親的寢室，但從父親動心臟手術那時開始，他們就搬到一樓後面的房間去睡了。家裡的樓梯很陡，中間也沒有平台，心臟不好的老人家爬上爬下不但可能骨折，也很危險。

其實大概二十年前，母親曾經在樓梯上昏倒跌落下來。據說當她醒來時，發現自己倒在玄關鋪的三和土上，但奇蹟似地沒受什麼大傷。當時母親連救護車也沒叫，是自己騎機車去醫院的。如果父親在的話，想必會開車載她去醫院，但父親因為第二度心肌梗塞住院，家裡只有母親在。

母親全身上下都沒有骨折，卻發現了別的重大疾病。病名為房室傳導阻滯，這使得心臟的電流訊號傳導不良，因此可能造成極端的心搏過緩，並引發名為亞當斯－斯托克斯症候群的昏厥。但最根本的原因，是一種叫作結節病的特殊疾病。這種病會使心臟、肺等全身器官異常，進而引發纖維化、功能衰退。心臟方面還有方法可救，就是置入心律調節器。母親自己一個人接受了手術，等一切都告一段落之後才打電話給我，從頭到尾交待清楚。

除了結節病以外，她後來又得了一種名為類澱粉沉積症的特殊疾病，類澱粉蛋白會沉積在體內器官。她的病在那之後的二十年一點一滴地加重，到了前幾年，她已經有一邊的肺完全失去功能了。另外，她也貧血得愈來愈厲害，經常呼吸困難、心悸。儘管如此，母親還是閒不下來，照常地拔院子裡的草，幫蔬菜及花朵澆水。呼吸困難的時候，她會用我寄給她的血氧機夾住手指，測量血氧濃度。她告訴我，測出來如果是八十六之類的，會覺得不舒服，但只要休息一段時間，就會回到九十多。每次聽到她這樣講，我也只能叫她不要逞強。

家事、除院子裡的草除了自己以外沒有人會幫忙做，叫她不要逞強反而是強人所難，所以我也只是嘴巴上講講而已。但母親從沒對此表示不滿，總是說：「我沒事的。」

這樣想想，或許該說她能靠那副身體活過來還真不簡單。是一心覺得自己必須支撐起父親的念頭讓母親活到了現在嗎？

母親拖著遭病痛侵襲的身軀陪伴因心肌梗塞病倒的父親，在病房過夜、照顧父親。父親出院後，心臟的功能已經失去了好幾成，於是母親又代替父親一手包辦所有家事及農活。父親二〇一二年五月在岡山的醫院接受心臟繞道手術時，母親也在病床旁邊的小長椅上睡了近兩個月，從開始一直陪到最後。這也是因為父親當時已經開始失智，可能會自己跑出病房，必須一直看著他。

我只有一晚曾經代替母親去陪父親。但因為擔心父親的狀況，護理師又一直進進出出，在連翻身都沒辦法的長椅上，根本無法入睡，在醫院值班都比這輕鬆多了。

我代替母親陪病時，她搭電車過了瀨戶大橋回到香川的老家，自己一個人操作動力噴霧機給田裡的蔬菜噴農藥。即便如此，她還很開心可以順便回家泡澡。

父親的手術順利，身體也好多了，過了一年後甚至還能去旅行。從父親吃的東西到所有大小事，全都由母親負責照料，說父親是靠母親才痊癒的也不為過。那大概是母親最幸福的一段時間吧。然而，幸福的時光並沒有維持太久。

如果是平時，早上五點左右就會聽到母親起床的聲音，展開家裡的一天。但那天早上，家裡靜悄悄的。母親身上覆蓋白布，無語地躺著。這陣靜默代表了她的死。

我掀開白布端詳母親的臉，看起來和昨晚沒有不一樣。我鬆了口氣，又將布蓋回去。

我最後一次在家裡和母親相處，是今年過年的時候。我在十二月三十一日回到老家，一月二日返回京都，只待了兩晚。母親似乎以為我會待久一點，當我告訴她二號就要走，她少見地露出了落寞的樣子。

但是，母親好像也不想離開這個家。

我曾問過母親：「要不要搬來京都一起住？」但她只是搖搖頭，說了句：「我住這裡就好。」回顧母親的人生，大概可以說這個家是讓她吃了最多苦的地方，但到了現在，這裡似乎也是她最大的依靠。

雖然已經到了這年紀，失去母親這件事造成的失落與衝擊，對我來說仍舊有如天崩地裂。但這也代表了我心裡有某個部分一直依賴著母親。雖然平常分隔兩地生活，一年只見面一兩次，但我還是因母親的守護而感到安心。最近這幾年，我為了不讓她擔心，都盡量避談麻煩的事，挑些能讓她安心的話題來聊，聊天內容也大多是父親或母親的身體狀況。但母親還是能從微妙的聲調變化察覺我的心事或狀況，出言關切。

年紀更輕時，我曾經只要一感到煩惱或不安，就會告訴母親最糟糕的狀況，藉此讓自己平靜。母親似乎還有和我講完電話後，擔心到無法成眠過。但母親從未對此說過什麼。

或許我該感激自己如此幸運，能擁有這樣的母親到這個歲數。對於在九歲就已歷經喪母之痛的母親而言，這大概是她完全無緣擁有的奢侈，也是不曾實現過的心願吧。

2

母親是在她小學三年級時失去了母親的，那是距離現在七十五年前的一九四五年，也就是戰爭結束那年。當時天氣還很冷，戰爭情勢不斷惡化，走上戰敗之路的氣氛愈來愈濃厚。我的外婆大約從那兩三年前起得了肺病，經常臥病在床，身體偶爾才會好些，家人的心情都是喜憂摻雜。

在母親的記憶中，外婆身體健康的時候不多。其中一段回憶是某天，外婆在家門口前的小河洗白蘿蔔，然後將洗好的白蘿蔔放上推車，載去市場賣。回家的路上，外婆幫母親買了上學用的書包、鉛筆盒及鞋子。當時是戰爭期間，物資嚴重不足，鞋子買不到剛好的尺寸，穿起來對年幼的母親而言太大了。但外婆如此為母親添購入學用品，在母親心中留下了開心的回憶。

還有一段母親跟我提過好幾次的往事，是她記憶中最後一次看到外婆身體健康的樣子。那是外婆參加母親學校運動會的事。

某天，母親無精打采地從學校回到家裡，當時已經臥病在床的外婆交待她：「帶節子去理髮吧。」節子是比母親小五歲的妹妹。隔天就是運動會了，母親原本沒想過外婆會來。但要自己帶妹妹去理髮，就代表外婆打算要去運動會了。母親察覺了這件事，高興到幾乎要跳起來。於是母親便牽著才三四歲的妹妹去理髮店，兩個人都剪了頭髮。隔天，外婆準備了便當，參加母親的運動會，她還體貼地想到媽媽沒有來的小朋友，邀他們一起來吃。母親告訴我，和外婆一起走回家的情景她連作夢都會夢到，讓我感覺自己彷彿也身歷其境。

這幅景象會如此鮮明地烙印在母親腦海中，可以說是因為再也沒有其他類似的記憶存在了。如果外婆每年都有去運動會的話，大概就很難分得清楚這是哪一年的事，混雜在一起的記憶或許也會因為沒有特別的印象而變得模糊不清。

母親就只有唯一一段那樣的記憶，所以就算過了幾十年，講起來也還是像昨天才發生的事。

母親的記憶力非常好。相較於一天到晚把東西弄不見，總是得找來找去的我，只要去問母親，她都會記得：「那個東西，我在某某地方看到過。」幫我找出來。或許是因為擁有絕佳的記憶力，母親在講她自己的回憶時，就像在描述眼前發生的事，讓我覺得母親的人生也有如我自己人生的一部分。

然而，外婆的病情隨著戰況惡化加重了。她持續臥病在床，任誰都看得出來身體非常虛弱。那年冬天的某一天，外婆將自己的孩子一一叫到了枕頭邊說話。

外婆躺在一個四張榻榻米大的房間裡，由於家中只有一顆電燈泡，因此燈光照不太到，房內光線昏暗。

從我小時候開始，母親曾數度向我提起當時的情景。

母親畏畏縮縮地坐在外婆的病榻旁，往前探出身體望向外婆，只見外婆直直地盯著母親的臉，然後用虛弱的聲音說道：

「妳摸一摸阿母的腳。」

母親聽從外婆的話，將手伸進棉被，摸到的是外婆冰冷的腳。

「很冷對吧？阿母連腳都已經要死掉了。」

母親什麼話也說不出來，只能默不作聲。外婆又接著說：

「你們還小，為了你們，阿母很努力希望能把病治好，但應該是很難了。雖然對妳很抱歉，但妳要聽阿爸的話，當個乖小孩喔。拜託妳幫忙照顧節子了。」

當時才九歲的母親發不出聲音，只能一面流淚，一面聽著外婆的遺言點頭。

幾天後，外婆便去世了。

外婆去世固然令人難過，但就某方面而言，這只是那個當下發生的事。外婆去世這件事本身帶來的衝擊和悲傷，會隨時間慢慢痊癒。然而，母親此後經歷的遭遇，以及失去自己母親這件事真正的意義與悲哀，還要更久以後才會到來，而且一直持續下去。

母親曾用各種不同的說法，數度向我訴說失去母親是怎麼一回事。

「沒有媽媽的小孩真的很慘。」

母親的生活失去了真正的歡樂及喜悅。一切事物都好像褪了色，花了很長一段時間才回復到原本的色彩。

其他小孩在玩鬧嬉戲的時候，母親絲毫不覺得有趣。她對開懷大笑的小孩感到生氣。

最讓母親覺得悲慘的，是母親節的康乃馨。有媽媽的小孩拿到的是紅色康乃馨，但母親去世的小孩拿到的卻是白色康乃馨。看到其他人炫耀似地將紅色康乃馨插在胸前，母親不禁低下頭來。大家理所當然擁有的東西，自己卻沒有。對母親而言，沒有媽媽這件事變成了有如原罪般的羞恥。

母親那種似乎有些消極、畏縮、貶低自己的性格，恐怕與這樣的經驗有很大關聯。母親內心有一部分，是以自己為恥的。她如此在意他人的看法，或許也是在外婆去世後，一直覺得自己和別人不一樣所造成的。

母親有愛聊天、相處起來很歡樂的一面，但也有無比黑暗、悲觀的一面。在我記憶中，年輕時的母親較偏向後者。後來母親雖然漸漸走了出來，但在我小時候，小小年紀就失去了自己母親的傷疤仍然清楚地留在她心中。

母親曾經用另一種方式讓我知道沒有母親的悲哀。

那是我小學二年級時，七月某個炎熱夏夜的事。

當時母親正懷著我的弟弟，再不久就要生了。那天晚上，當地的兒童會舉辦了七夕祭典的活動。社區裡大約有十位小朋友聚在一起表演才藝、玩丟手帕之類的遊戲、吃咖哩飯等。外面的長凳上則綁著竹枝，讓大家在紙條上寫下心願後掛上去，另外還準備了西瓜、餅乾等點心。最後的高潮，則是大家圍著長凳一起點仙女棒。

如果是往年，母親一定會來幫忙，但因為接近預產期了，這次沒有來。大家紛紛將手伸向袋子，搶著拿仙女棒。大一點的小孩自己有辦法拿到，低年級的小孩則有父母幫忙拿，大家手上陸續冒出了火花。每個人都只顧著自己，因此沒有人注意到落單的我。直到仙女棒快燒完了，才有一位家長注意到，將自己手上的仙女棒給我，但一下就熄掉了。我想再點一根，袋子裡卻早就一根不剩。

接下來原本應該是要吃西瓜的，但我已經完全沒心情吃了。我跑在夜幕低垂的道路上回到家，朦朧之中，母親的房間看起來像是浮在簷廊邊上。她房間掛著蚊帳，微微透出小電燈泡的光線。母親抱著隆起的肚子躺在床鋪上，我跑到她身邊訴苦，抱怨自己的遭遇。「大家都只幫自己的小孩拿仙女棒，完全沒有人幫我。」我一面這麼說，眼淚一面掉了下來，剛才壓抑住的傷心全都一湧而出。

母親不發一語地聽我說話，伸出手來輕撫我的背，語帶悲傷地說道：「阿母不過一天不在，你就遇到了這種事，但阿母可是一直在面對這樣的事。」

雖然當時年紀還小，但這是我第一次稍微理解到沒有母親這件事的意義。沒有會保護自己的人、沒有會幫助自己的人、也沒有能依靠的人在身邊。那種不安、不合理，以及實際上吃到的各種虧。母親從和我差不多的年紀開始，就一直在經歷我剛才的遭遇，這件事衝擊了我的內心。

這讓我覺得自己哭喪著臉向母親抱怨的事情，根本微不足道。和母親心中無止盡的悲傷相比，我不過是遭遇了一個晚上的不愉快，或許沒什麼好抱怨的。

我好像突然回過神一樣，停止了哭泣。

現在回想起來，即將生產的母親大概就像得了可能危及性命的病一樣，害怕萬一有什麼三長兩短，我的未來不知會如何之類的，心境肯定很複雜。

母親很早就失去了外婆，因此自然強烈希望自己的孩子不要遇到相同的事。或許她不禁覺得，如果自己怎麼了，我就會成為她的翻版。

母親的人生中最早吃的苦，是從年幼喪母開始的，但就某方面而言，這種苦還算是在合理的範圍內。儘管很不幸，世界上就是有一些孩子在年幼時失去了父母。而且在戰爭期間，這種事並不罕見。這對孩子而言是無能為力的事，只有接受一途。

然而，長大成人的母親嫁進這個家後遭遇到的那些一言難盡的艱辛，又是誰的選擇？母親？還是父親？還是周圍那些欺騙了涉世未深的母親的人？

那些艱辛有一部分在日後或許也落到了我身上，但我自己當然沒有察覺到。

用超然一點的角度來看，或許該說這個家的每一個人都被捲入了不幸的漩渦之中，沒有任何人希望變成這樣。

但不知得先嘗過多少艱辛與悲傷，才有辦法如此超然客觀。

我唯一能說的，就是母親二十二歲時，在一次相親中對當時二十五歲的父親十分中意。即便那是她苦難的開端，母親也盡責地走完了自己選擇的人生，並親自付出代價，也得到了回報，因此我認為這是旁人無可置喙的。至少，要是母親沒有選擇走上這條滿是荊棘的道路，就肯定不會有我了。

雖然外婆在母親年幼時就已去世，但幸好大母親十一歲的姊姊千代子選擇推遲自己的婚事，姊代母職照顧母親及其他妹妹。千代子是公認的美女，雖然有許多好人家上門提親，但她都一一回絕了。姊姊也會出席母親學校的教學參觀日，連平時總是板著臉的老師看到了姊姊，也會不自覺露出笑容。母親曾笑著跟我說，自己也因為這樣稍微得了些好處。尤其，母親中學時的導師是一位年輕男老師，還沒有結婚，似乎對千代子有意思。失去外婆雖然是一大遺憾，但這位老師相當疼母親，母親好像也覺得他不差，一直到我高中左右，她都還常提起這位老師的事。說不定母親曾幻想過自己的姊姊和這位老師結婚。

母親逐漸恢復開朗，高中時也交到了好朋友，開始發揮她擅長說話的才華。當時她的朋友都覺得她是個有趣、讓人開心的人。是為了排遣寂寞，才表現出開朗的樣子嗎？雖然是在鄉下長大的，但母親時常看書，也很愛看電影，說是文學少女也不為過，還曾夢想過創作詩或小說。

外婆雖然去世，家境也不寬裕，但外公榮助是個有骨氣、頭腦靈活的人，耕田之餘會在農閒期去煮黑糖貼補家用。煮黑糖不僅累人，而且需要熟練的技巧，但外公不論做什麼事都能很快學會訣竅，他煮出來的糖總是大賣，因此增加了不少收入。

家裡雖然貧窮，但外公還是用辛苦賺來的錢盡可能讓小孩受教育。即便如此，讓女兒念高中在那個時代對平民來說仍舊是奢侈的事。母親提過許多次，她之所以能念高中，是因為還沒結婚的二哥富美男一口答應：「阿繁（母親的名字）的學費我來賺。」富美男還買了一輛腳踏車讓母親騎去上學。

其實，「繁」這個名字大多是男性在用的，因此母親並不喜歡，似乎還曾向外公抱怨：「為什麼要給我取這個像男生的名字？」

高中快畢業時，母親想當教保員（當時叫作保母），便戰戰兢兢地向外公開口，希望他同意讓自己去念短期大學。

一向沉默寡言的外公深深嘆了口氣，開口說道：

「如果妳是老么的話，我就會讓妳去念，但是下面還有一個啊。」

母親了解，再說下去也沒用，只回答：「我知道了。」便結束了對話。

但外公大概是覺得母親這樣太可憐，因此母親高中畢業後也沒有叫她去工作，而是讓她去觀音寺（香川縣觀音寺市）一間叫巴黎洋裁學院的裁縫學校上課。母親的手很巧，擅長裁縫及編織。原本她猶豫要學做和服還是西服，幾經考慮後，覺得未來應該是西服的時代，因此決定選擇西服。

在裁縫學校上完一年課程後，母親進了一間叫熊屋的西服店工作。

父親想娶母親的這樁婚事找上門時，母親已經擁有不錯的裁縫手藝，原本以為自己會跟上班族結婚，繼續做裁縫工作。

雖然稱不上是掌上明珠，但母親在外公及兄姊的呵護下成長，彌補了外婆去世的缺憾，大致上可以說是受到疼愛的。

但父親無預警地出現在母親的人生中，打亂了她的計畫。

相親那一天，父親在門口充滿氣勢地大聲詢問：「有人在家嗎？」現身母親家。據說母親對他的第一印象是精神抖擻、嗓門很大。

父親當時正在研究種蘑菇，與外公聊這個聊得很熱絡。雖說在研究，但他身為一介農家子弟，不過是業餘的。但外公大概是被父親的熱情與認真打動了吧，似乎覺得他未來可期。

母親從隔壁房間偷看父親，似乎也從他身上感覺到了什麼。雖然已經透過相親的照片看到父親的長相，但本人比想像中更有男子氣概及體面。

父親看起來如此體面是有原因的。雖然他們在戰爭中成長的那一輩身高都不高，但他的上半身長、肩膀也寬，跪坐時就顯得體格非常健壯。母親在回想時邊笑著邊說自己就是這樣被騙的，但既然已經傾心於父親，就算發現了事實，也不可能將感情收回了。

而且母親不知道是不是因為太過緊張，竟然將端給父親的茶打翻了。是這個意外的插曲令母親慌亂起來，失去了冷靜的嗎？雖然不知道是因為母親中意父親而慌了手腳，還是因為不小心打翻茶才令母親慌了手腳，究竟是何者先、何者後，但總之婚事就這麼一路談了下去。

然而，其實這是無止盡的不幸，同時也是令毫不知情的母親不得脫身的可怕陷阱。

父親家中其實有難以向人啟齒的隱情。母親要是知道了，或許會多想一想才做出決定。但不論是父親或其他任何人，都沒向母親提過這件事。不知道外公是因為完全相信父親，所以睜一隻眼、閉一隻眼，還是外公自己也不知情呢？後來母親曾經數度逼問外公：「難道你都沒打聽過，要娶自己女兒的是怎樣的人家嗎？」外公的說法是雖然有請人幫忙打聽過，但聽到的都只有好話，或許外公自己也沒想到會變成這樣吧。

那件無法向外人提起的隱情，就是父親的母親——我的祖母患有精神疾病，她異常的行為舉止已經逼得長子夫婦搬出了家裡。而被寄望繼承家業的，便是比長兄小九歲的父親。

祖母是在生下父親後，精神狀態才明顯出現變化的。大概是所謂的產後精神病吧。父親在成長過程中，幾乎沒看過祖母正常的樣子。雖然他完全不曾數落祖母的不是，但有說過祖母曾經跑去父親的小學一個人喃喃自語，父親試圖帶她回家，祖母卻怎樣也不肯，令父親傷透腦筋；以及因為覺得丟臉，不敢帶朋友到家裡等童年的回憶。

父親甚至曾笑著提起，學校遠足的時候，祖母因為精神狀態不佳而沒有幫父親準備便當。父親不得已只好自己捏飯糰，然後用報紙包起來。等到要吃的時候才發現飯跟報紙黏在一起了，於是父親便連著報紙將飯糰吃掉。這是對於自己的不幸只能一笑置之了嗎？父親大概就是在這種理所當然遭到忽視的環境中長大的吧。

但話說回來，在父親還小的時候，其實家裡並不貧窮。這是因為父親家並不是佃農，雖然只是個小村子，但家裡擁有的土地是村裡第四多的，甚至有女傭及打雜的男工住在家中。

父親家的家境開始走下坡，是因為祖母的精神病造成家裡不平靜，再加上由於父親的叔父要去東京念大學，得花上大筆金錢，因此開始賣地。

當時對平民而言，要讓家裡的一個人去東京念大學，就代表其他家人得被迫做出犧牲。如果用現在來比喻，那是比供家人去歐美名校留學還要沉重的負擔。

就像外婆會因肺病而病倒，也和母親的叔父去東京念大學有關。由於外公的責任心強，為了幫弟弟實現心願，便持續寄錢過去。然而母親家裡當時只是佃農，因此就更窮困了，耕田只夠勉強餬口而已。據說外婆做完白天的工作後，還得織草袋到晚上。所謂的草袋是用稻桿織成的袋子，一個不過幾毛錢。為了寄數十圓的錢去東京，不知得被迫無止盡地工作多久。不過據說外婆毫無怨言，在晚上仍努力工作。但因為一直硬撐，身體最後終於累垮了。

父親老家的地雖然變少了，但還沒有窮困到那種地步。然而，身為家中重心的祖母由於精神異常，無法扮演好家庭主婦的角色，光靠祖父一個人根本無法打理好這個有六個小孩的家。從小像是少爺般長大的祖父有他善良的一面，但有時這一面也害了他。

在農業還沒機械化以前，除非富有到一定程度，不然農家中每一個人都必須下田，才有辦法維持生產力。因此，妻子也是重要的勞動力。但祖母似乎原本就很討厭耕田，精神出現問題後，更是沒來由地深惡痛絕。她好像把自己當成了公主一樣，家裡沒有人可以違逆自視甚高的祖母。

但隨著戰況惡化，原本是家裡依靠的長子也被徵召入伍。後來戰爭總算結束，還來不及慶祝長子平安歸來時，原本就愛擺排場的長子突然表示不想再當農夫了，要去外面工作。不久之後，他和一位小學老師談起戀愛，並表示要結婚。這位女老師是瀨戶內海一座小島上傳承多代的漁船船東千金，自然不可能叫她耕田。到頭來，祖父為了照顧一丁五反（四千五百坪）多的農田，傷透了腦筋。

但事態接下來又變得更加棘手。慎重其事娶進門的這位媳婦，自視甚高的程度一點也不輸祖母。不過，大概是因為這位當小學老師的媳婦對待祖母相當恭敬，頭一兩週祖母的心情也很好。祖母的狀態起伏不定，有時候甚至可以平穩無事好幾週，讓人懷疑是不是真的。但平靜的時間愈長，一旦暴風雨來臨，就會肆虐得愈厲害。無論如何，衝突只是時間的問題而已。

迎來了小學老師當媳婦的一家人，究竟是用何種心態在等待不久後將發生的事情呢？應該沒有人認為可以一直這樣下去，都不會露餡。是覺得雖然遲早會被發現，但只要在那之前製造出既成事實，後面總會有辦法嗎？這個家裡面就存在著這種不負責任的想法。為了自己的方便，就算牽連到他人，或使他人遭遇不幸，也只會覺得事情都已經發生了，一切都無可奈何。

家裡的人一定是希望，當祖母開始表現出不正常時，這位媳婦會死心看開，接受婆婆生病的事實。對家裡其他人而言，這就是他們的日常生活，要成為這個家的一分子，就必須接受這樣的生活。

然而，這位自視甚高的小學老師對於婆婆離譜的言行卻沒有任何包容。別說是接受婆婆生病的事實了，祖母脫口而出的話語若有不合常理之處，她甚至會正面迎擊，像是：「媽您這樣說是認真的嗎？只有頭腦不正常的人會這樣說喔。」於是祖母也激動起來：「什麼？妳說我頭腦不正常嗎？」祖母高談闊論自己有多麼高貴、聰明，媳婦則對此不齒地嘲笑。激烈爭吵到最後，媳婦撂下一句：「我沒辦法跟這種瘋子生活，我要回娘家。」便收拾行李離開了。

長子也追隨自己老婆的腳步，跟著搬了出去。幾經爭執之後，總算達成協議在老家後面的地蓋房子，讓長子夫妻分家出去住在那裡。當時分了約兩反（六百坪）的地給長子，還得支出蓋房子的費用。另外，父親的兩個姊姊陸續嫁人，嫁妝也花了不少錢，因此原本一丁五反的田地一下子少到了一丁（三千坪）。

即便如此，祖父自己一個人還是照顧不來，逼不得已只能靠身為次子的父親幫忙。

戰爭結束那年父親是十三歲，當時在念舊制中學的二年級。祖父滿心期待，以為只要再等三年父親就會畢業。然而，戰後進行了學制改革，昭和二十二（一九四七）年四月，新制中學、高中開始上路，原本五年制的舊制中學變成了中學三年、高中三年的六年制。換句話說，父親要延後一年畢業。但祖父已經等不及了。在父親念完高二時，他便要求父親輟學。

父親曾經幽幽地提起當時的事。在一個下著小雨的寒冷日子，他的導師特地到家裡來，試圖說服祖父讓父親念完高中。老師表示，父親的成績優秀，如果在此中斷學業的話實在可惜。如果是出於經濟上的因素，其實也有方法在學費上提供援助，希望祖父能再重新考慮。祖父則回答，並不是因為沒錢才念不下去，而是家裡現在這個情況，實在沒有人手可以照顧農田。雖然很對不起他，但除了靠這個兒子，也沒有別的方法了。老師聽了之後也無話可說。

老師離開時，父親陪著送行到豐濱車站。兩人在路上沒說什麼話，但老師鼓勵父親，即使離開了學校也還是可以念書，不要放棄。相信父親一定是將這番話銘記在心，不然實在無法解釋他後來的行為。

父親開始和祖父一同耕田後，只要一有空，就會認真地進行「研究」。當他認識母親時，距離經歷高中被迫輟學的辛酸才過了八年，但研究熱忱不僅絲毫未減，反而還更上一層樓。

父親對蕈類感興趣，尤其在栽種蘑菇這方面充滿野心與熱情。對父親而言，成功做到人工栽培蘑菇不僅能彌補輟學的遺憾，還能達成重振家風這個他藏在心裡的願望。

這股熱情打動了外公，也將母親捲入了自己的人生。這絕不像電視劇那樣，以圓滿的結局收場，反而是慘不忍睹的無限地獄的開端，但這該怎麼說呢？恐怕沒有人能斷言，到底哪邊才是真實的人生吧。

我曾讀過許多跨越東西方、古今的人物傳記及評論，其中大部分都是成功、受上天眷顧之人的故事。相較之下，如果有人認為父親或母親只是無名無學的平民百姓，從他們不斷失敗的人生中根本學不到任何東西，也是無可厚非。父親及母親都無法成為成功故事的主角，他們或許不過是小丑，演的是低俗的人間喜劇，但那就是我父親、母親的人生。不論和多傑出的傳記或評論相比，對我而言，是父親及母親的人生更加在我心底深處持續不斷帶來衝擊。

母親在二十二歲時，毫不知情地嫁入了藏有如此重大祕密的家。為了不讓女兒在夫家抬不起頭，外公準備了不少嫁妝。在婚禮前幾天，父親家裡就堆滿了外公送的五斗櫥及衣服，讓來祝賀的人都看在眼裡。單是和服便數量驚人，祖母似乎也非常滿意。

婚禮當天，身穿純白和服的母親來到了父親家。很不巧地，陰暗的天空降下了預告梅雨到來的雨，在媒人撐傘護送下，母親第一次踏進了我家大門。

父親家的房子相當老舊，柱子也泛黑了，散發出老房子的氣息，但讓母親印象深刻的，反而是鋪瓦片的屋頂。這也是因為母親老家的屋頂鋪的只是稻草。

當初蓋這棟房子時，瓦片屋頂的民宅十分罕見，甚至還有外縣市的人帶著便當特地跑來看。然而，父親家過去的榮華早已失色。就算再怎麼不願面對，從瓦片缺損、縫隙間長出雜草的屋頂及年久失修的門窗也能看出，這個家有多窮困。但母親好像被施了法一樣，對這些明顯的缺點視而不見。

祖母在婚宴上也沒有表現出什麼異常的樣子，但當時其實有個小插曲。當眾人酒酣耳熱之際，屋子開始漏水了。大家都裝作沒有注意到雨水打在接水的鐵盆裡發出的聲響，但母親卻好像是自己出糗般感到難為情。她的娘家雖然是稻草屋頂，不過維護得很好，從來沒有漏水過。

虛榮心強的祖母不知是否也對此感到顏面無光，特地來跟母親說：「明年就會蓋新房子，柱子都已經買好了。」一副得意洋洋的樣子，母親便佩服地回答：「原來是這樣啊。」

但後來當母親不經意地向父親問起蓋新房子的事時，父親反問母親：「是誰說的？」聽到母親回答：「是從媽那裡聽來的。」父親便臉色一沉，含糊其辭起來。

即便如此，母親也沒有多加懷疑，繼續追問下去。

父親家裡為新婚夫婦準備了一間沒有和主屋相連，由雜物間的一部分改建成的房屋，當地將這種屋子稱為「火屋」。雖然只有一個八張榻榻米大的房間，但西側做了舒適的簷廊，沿著面對小庭院的L形簷廊走，便是大小便分開的廁所。

主屋雖然老舊，但這棟別屋才剛改建好，相當新穎，連榻榻米也換成了全新的。母親的五斗櫥、衣櫃、棉被櫃等嫁妝便放在這裡。她還把縫紉機也帶了過來，平常沒用到時就將機械部分收進矮櫃裡，當成時髦的桌子來用。上面擺些花裝飾，便很有新婚的氣氛。

「嫁來這裡以前，阿母不管是想念書或做縫紉，你住在十三塚的外公都說好，從來沒叫我耕田過。雖然是農家的女兒，可是我根本沒拿過鋤頭。你住在出作（香川縣觀音寺市出作町）的阿姨嫁人後，良美舅媽就嫁給了你舅舅，家裡的事都有人幫忙做。所以啊，我嫁過來以後真的很辛苦。」

父親和母親在婚禮隔天去了道後溫泉蜜月旅行，就當時而言，他們大概算是很幸運的。母親還留著當時正年輕的父親在松山城拍的照片。

但蜜月回來之後，隔天早上起等著母親的，是除了自己夫妻倆以外，還得打點公婆、丈夫的兩個弟弟等，總共六個人的三餐，並且幫還在念高中的兩個小叔準備便當。當時桶裝瓦斯剛開始普及，由於母親的哥哥是個勇於嘗試新事物的人，因此老家用的是瓦斯爐。然而，父親家卻還是古早時候那種燒柴生火的爐灶，要用鍋子煮飯。這是因為祖母害怕瓦斯，被煮飯做菜就是要用爐灶的刻板觀念制約了。

這讓母親吃足了苦頭。

主屋後方有一棟倉庫，隔壁則是被稱為釜屋的廚房。釜屋裡有一座占去了一半空間的大爐灶，煮飯做菜就是用這個。

母親早上四點就要起床，先洗米、生火，然後一面注意柴火的火勢，一面切放在味噌湯裡的配料、從桶子裡取出醬菜，忙個不停。好不容易收拾了餐桌、洗好碗盤，才剛坐下來又要被趕去做不習慣的農活，不由得羨慕可以呼呼大睡到六點的丈夫。

母親的體質和我很像，睡眠不足馬上會反應在身體上。由於睡不飽再加上過勞，使得母親吃不下東西。在娘家舒服度日時累積下來的健康資本，就這樣一點一滴地消耗下去。說不定，日後侵襲母親身體的病魔，在這時就已經蠢蠢欲動了。

如果只是睡眠不足和過勞的話，倒還可以忍耐，但真正折磨母親的，是超乎她想像、超乎常理的事態。

那是從她嫁到父親家後過了約半個月的某天開始的。

在此之前，祖母都沒有露出馬腳，心情很不錯，裝出一副和善的樣子。或許就和父親哥哥的妻子嫁進來時一樣，不知道周圍的人是抱著怎樣的心態面對這場遲早會來的風暴呢？

倉庫和釜屋並排蓋在主屋後方，那裡有扇小門，出了門的小路對面，就是分家出去的伯父夫妻住的房子。

雖然大嫂從不曾露臉，但喜歡跟人說話的哥哥經常從後門這裡窺視老家，也會爽朗地找母親講話。但他總是似乎要觀察什麼般，跟母親交談幾句，說些無關緊要的笑話逗母親發笑後，就好像覺得不宜久留，匆匆地回去了。

關於父親哥哥夫妻為何會離開家裡住到後面去，母親幾乎一無所知。從大嫂都不踏進這裡一步來看，母親大概也察覺到應該是跟婆婆間發生了什麼事。就母親的角度而言，這位感覺難以高攀的大嫂似乎不好相處，因此跟婆婆處不來也是合情合理。

這個時候，母親還覺得問題是出在大嫂的個性上，自己應該能和婆婆相處愉快。

母親嫁來後的某個星期日，祖母不知吃錯了什麼藥，突然體貼起母親平日的辛勞，放母親一天假讓她去看個電影什麼的，還給了三百圓當作零用錢。在當時，看一場首輪電影要一百五十圓，二輪片的話則是三部五十圓，三百圓足夠看場電影，再吃點東西了。

母親開心地接受婆婆的好意，當作是婆婆犒賞她這半個月來的辛勞。她覺得這代表婆婆認同了自己，十分高興。

當時就算是鄉下的小鎮也有電影院，大野原這裡也有一間叫山中座的電影院，生意很好。從父親家所在的萩原走到山中座大概要十五、二十分鐘。電影院附近還有許多商店，鎮上相當熱鬧。這一帶剛好位在母親娘家所在的十三塚與萩原中間，她在結婚前也常來，因此感覺就像回到了那時般，十分懷念。

「阿母已經好一陣子沒看電影了，所以很開心，還想說要買個禮物回去。」

母親在電影院附近的店挑了一幅米勒的《拾穗》的複製畫買給婆婆。

回家後，母親先去主屋向公婆打聲招呼。她恭敬地道了謝後，向祖母說：「我買了這個來送您，希望您會喜歡……」拿出那幅複製畫。

祖母將畫拿在手上認真地打量，但母親也看得出來，祖母的臉色變得愈來愈難看。

「這是什麼？妳買這種看了就覺得腰疼的畫來，是要我去工作的意思嗎？」

母親驚訝地說不出話來。

《拾穗》畫的確實是農村女性彎腰撿拾地上麥穗的景象，但這是一幅描繪出農民生活的藝術作品。

母親試圖讓祖母明白，向她說明：「這是一個叫米勒的畫家畫的，是很有名的畫……」結果祖母把畫丟到了母親面前。

「妳這個媳婦竟然敢跟婆婆頂嘴？我就說我不喜歡啊。如果是漂亮的花或美女的畫我還會掛起來，為什麼妳偏要買這種看了腰就疼的畫！」

祖母的怒氣就像火上加油般，更加猛烈了。

「阿母真是嚇了一大跳，連忙低頭道歉，可是心裡不明白，自己到底為何得道歉。」

人在一旁的祖父一面安撫祖母：「算了啦，她買的時候又不知道，就別說了吧。」一面很尷尬似地向母親點頭致意，母親因為太過震驚，幾乎要哭出來了，只得不斷道歉。

回到自己房間後，祖母那令人費解、不可理喻的言行仍在心頭徘徊不去，母親不知該如何排解這種心情。父親當時不在房內，人在用來種蘑菇的乾燥場。

母親向父親提起了自己剛才的遭遇，直接了當地說出心裡的疑問：「那幅畫哪裡不對了？為什麼我要被講成那樣？」

父親蹲在地上做事，默默地聽母親敘述，只簡短地回了：「妳沒有錯，只是運氣不好而已，媽有時候就是會那樣。」

母親雖然對父親不把話講清楚的態度不滿，但跟父親訴過苦後，至少心裡稍微舒暢了點。或許婆婆就是會有心情不好的時候，自己只是碰巧遇上罷了。

「阿母那時還不知道，你阿嬤其實生病了。而且，她畢竟是生下你阿爸的人啊。可是，就算不喜歡媳婦買的東西，藏在心裡就好了，不需要特地拿出來講吧？阿母自己是這樣覺得的，所以聽到你阿嬤那樣說真是嚇了一跳。」

當母親這樣跟我說時，已經過了十幾年了，但她那時候遭受到的衝擊其實還沒退去。

母親把被祖母丟回來的《拾穗》貼到了自己房間的牆壁上。那幅畫到我懂事後上小學為止，一直貼在那裡。

隔天早上，祖母大概是心情恢復平靜了，彷彿前一天什麼事都沒發生過，向母親打招呼，讓母親鬆了口氣。母親心想，大概就像丈夫說的，自己只是剛好在婆婆心情不好時沒有順她的意，這樣就說得通了。祖母還向母親問起前一天看的電影。母親戰戰兢兢地提起自己看了《緬甸的豎琴》，這部片子很好看。這似乎引起了祖母的興趣，還主動湊上前來詢問：「是喔，是在講留在緬甸的軍隊啊？」母親也有意挽回前一天的扣分，便表示：「媽，您一定要去看喔，我隨時都可以陪您去。」雖然祖母似乎並不排斥，但又表現出些許困惑的樣子：「要看嗎？不要看。」自問自答起來。母親又進一步邀約：「我們一起去吧。」於是祖母便回答「既然妳這樣說，那就去吧。」決定星期日一起去看。

母親對於婆婆忘了前一天的事，兩人可以和好感到開心。

當她跟父親提起這件事時，不知是不是因為出乎意料之外，父親似乎有些驚訝，只說了句：

「是喔……妳要跟媽去啊？」

到了星期日，婆媳兩人便撐著傘，一起走去電影院。

電影開場前，母親還去買了鹽昆布和肉桂糖請祖母吃，到此為止可說是非常順利。

但在電影開始放映後約半小時出了問題。母親感覺祖母好像小小聲地在說話，心想不知是不是她想去上廁所，便留意起祖母的動靜。但祖母並不是在對母親說話，心思也不在電影上，彷彿沉浸在自己的世界裡。祖母先是自問自答：「要說嗎？不要說。」然後又開始碎碎念。她並不是在講對電影的感想，說的都是這個演員很帥啦、眉毛很粗啦、某某親戚的眉毛也差不多粗等等，和電影情節沒有直接關係的內容。母親原本就已經發覺祖母有時會自問自答，以為那只是單純的口頭禪。但祖母其實是在自言自語，而且似乎是將心裡想到的事情直接講出來。可是祖母好像以為沒有人聽得見自己在說什麼，絲毫不在意周遭。

「你阿嬤根本沒有在管電影演什麼，自己一個人碎碎念，講一講還笑起來。坐在附近的人一直偷瞄這裡，阿母怕死了，哪裡還有心情看電影。」

放完三部電影中的第一部時，母親表示自己有點不舒服，要先回家，便打算離開。祖母這時好像回過神來，閉上了嘴巴，表示既然這樣，那自己也一起回去。

出了電影院後，祖母還關心母親：「妳沒事吧？」似乎完全沒想到是自己的舉止嚇到了母親。母親道歉自己給祖母添了麻煩，回答：「呼吸了外面的空氣以後，感覺好多了。」掩飾過去。但兩人在回家的路上沒說什麼話，祖母應該也感覺到了母親不太對勁。

當天晚上，父親和母親之間並不安寧。父親雖然遲鈍，但看到母親的樣子，肯定多少察覺到應該發生了什麼事。

「你一開始為什麼沒有告訴我媽的事？大家是不是在合力騙我？」

母親心中充滿不甘，邊哭邊責怪父親。

「我沒有騙妳。」父親雖然否認，但反而令母親更生氣。

「你要是肯好好告訴我，我還願意考慮……你太過分了。」

父親只能沉默以對。

「媽媽妳之前為什麼都沒發現？」當我小時候這樣問起母親時，她一副後悔的樣子回答我：「怎麼說呢，因為在那之前沒有長時間相處過啊。阿母也是一時糊塗啊，雖然說不上情人眼裡出西施，但也是被愛沖昏頭了。」

「後來回想起來，每當我跟你阿嬤說話的時候，一定都會有人插進來，我才明白，那是為了避免你阿嬤露餡吧……雖然現在會覺得你阿嬤是因為生病才會那樣，也是無可奈何。可是，那時候我實在無法接受，為什麼不肯好好告訴我呢？」

「爸爸為什麼沒有說呢？」

「他大概覺得，阿母要是知道了，就不肯嫁過來了吧。」

「妳如果知道了，還會嫁過來嗎？」

「會不會呢？我也不知道。如果真的喜歡你阿爸，或許還是會吧。而且，你阿嬤也還是有好的時候啊，會讓人覺得原來她是個這麼溫柔的人。如果只是自言自語的話，阿母還不會覺得那麼苦，但你也知道，你阿嬤有時候狀況很糟糕。她那時比較年輕，發作起來很恐怖，會用附近鄰居都聽得到的音量大吼，實在拿她沒辦法。講她一句，她會回十句，只能靜靜等待暴風雨過去。」

我也還清楚記得當時的事。當我念小學時，祖母有時還是會大鬧，也經常把玻璃窗打開，對著外面大吼大叫。隨著年紀變大，祖母的情況穩定下來，比較少情緒失控了，但那是家人付出了完全不敢忤逆她，一直持續忍耐的代價換來的。

因此，每當母親感到很難熬的時候，經常對我這樣說：

「阿母要是沒嫁來這種地方就好了。」

「阿母也想過很多次，丟下你阿爸自己回娘家的話，他太可憐了，所以下不了決心。」

「媽媽妳太笨了，不要管爸爸就好啦。」

我感覺到母親對於自己遭受的不合理對待，怒氣無處宣洩，便如此對她說。

「可是這樣的話，就不會生下你了。」

我可不想那樣。但這不就等於，我的存在是以母親的不幸為前提。每當我們出現這樣的對話，年幼的我心中便會浮現些許複雜的滋味。

祖母逐漸卸下了偽裝，開始露出真面目。邊抽菸或坐在鏡子前邊綁頭髮，邊自言自語已成了家常便飯，每個月更會有幾天狀況特別糟糕，這種時候便怒氣沖天地將砲口對準家裡的人，無意義地大發雷霆。雖說發火對象是家裡的人，但其實遭殃的都只有母親，偶爾還有試圖幫媳婦說話的祖父。

而父親，以及其他有血脈關係的兒子、身為孫子的我都不會成為祖母的目標。祖母內心有一種幼稚的自戀心態，明顯地用二分法區分身邊的人——劃到跟自己同一邊的人值得疼愛，沒被劃進來的外人都不可饒恕。祖母認為自己很美，會花很長的時間化妝、綁頭髮。興致來了，還會穿上略為花俏的和服，頭上蓋著有如布幕的東西，像是公主般地唱歌跳舞，我還曾聽過她自稱是輝夜姬（古典傳說中的公主）。或許她認為自己現在的模樣只是暫時的吧。祖母似乎希望自己與眾不同，對於有損她美貌的農活和雜務極為厭惡。

聽說祖母的第一任丈夫是因為肺病去世的。當時，她被迫下田連丈夫的活也一起做，因此受到很大的刺激，曾在自言自語時提起當時的艱辛。或許那時就已經埋下了她精神出問題的種子。祖母與第一任丈夫沒有生下小孩，於是後來回到娘家，因此她與祖父的婚姻是再婚。

其實祖父也是再婚，這中間是有緣由的。祖父的第一任妻子叫作貴枝，夫妻感情融洽。他們的第一個兒子出生後不到兩個月便夭折了，隨後又生了一個女兒清江。但差不多同一時間，貴枝的哥哥因為西班牙流感而驟逝。貴枝娘家失去了可以繼承家業的人，只剩下貴枝能擔起這個責任。貴枝娘家雖然哀求祖父這邊放人回去，但這種要求自然不可能輕易答應。幾經爭執之後，由祖父家的檀那寺（接受信者布施，信者所屬的寺院）地藏院出面調停，決定貴枝與祖父離婚返回娘家，此時他們的女兒清江才出生兩個月，因此在離婚之後，貴枝還是會過來餵奶。經過這件事，我家便與地藏院斷絕了關係，成為國祐寺的檀家（委託寺院處理葬祭供養等事宜，布施寺院之信者稱為檀家）。

貴枝後來雖然和願意入贅至自己家的男性結婚了，不過並不是因為感情不睦與祖父分開的，加上年幼的女兒也還留在祖父家，所以經常來這裡看孩子。

祖母是在貴枝離開後兩年嫁給祖父的，清江當時還只有三歲，祖母則是二十二歲，祖父二十九歲。祖父家原本應該是希望祖母扮演清江繼母的角色，但祖母很快就懷了長子並開始害喜，沒有什麼機會顧到清江。照顧清江的，大多是她當時還健在的祖母及家中的女傭。令祖母更加難為的是，貴枝總會穿得漂漂亮亮的，帶著餅乾糖果及玩具來看清江，十分寵愛她，因此清江自然與祖母不親。而貴枝則向祖父表達不滿，懷疑祖母是否冷落了自己女兒。

母親曾如此分析當時的狀況。

「你阿公雖然是個好脾氣的人，但有時太沒原則了。不知道該說他不懂得硬起來，還是兩邊都不想得罪。可是到頭來，卻害得兩邊都不幸。你阿嬤會變成那樣，大概也是因為嫉妒吧。從你阿嬤的角度來看，那種狀況實在很難受。」

母親雖然受盡祖母排擠、欺壓，但在我小學高年級時，她仍然客觀地說出了這番話。或許母親是希望藉由這樣做，用超越個人的觀點接受、理解自己的慘痛遭遇。

後來，祖父與祖母生了七個孩子。

父親出生於祖母嫁來的第十二年，是祖母的第五個小孩。就身分而言，雖然父親是次子，但由於他還有一個出生後不久便夭折的哥哥，因此實際上是三子。也或許，自己孩子的死對祖母的精神狀態造成了影響。總之，父親出生那時候，祖母的精神明顯出現了異狀，不論家事或育兒都處理不來。

父親年幼時曾因天花而差點死去，不知是不是服用熬煮過的臍帶奏了效，才撿回一命。但是，父親小時候體弱多病，食量也很小。這或許與祖母生病，無法親力親為照顧有關，但祖母仍舊以她自己的方式疼愛著父親。第二個兒子出生不久便死去，接著連生了兩個女兒，相信祖母心中應該十分害怕好不容易生下來的小兒子又會夭折。而對於父親的執著愈強，對母親的憎恨及反感可能也就愈強吧。

父親也是一樣。雖然沒有得到太多照顧，但或許也正因如此，他對自己母親的重視更勝他人。

「你阿爸小學的時候，經常因為他阿母的事被同學嘲笑。有個同學特別愛一直講，所以有一次你阿爸兩手各拿了五隻削尖的鉛筆，狠狠往那個同學的頭上刺下去。」母親提起這件事時臉上半帶著驚訝的表情，但語氣中又有一絲同情。年幼的我一面聽母親訴說這段往事，一面有些得意了起來。年輕時的父親有著不管對方是誰，就算知道會輸也要自暴自棄打上一架的一面，而這則是為數不多的其中一次勝利。父親好像遭到老師嚴厲責罵，但老師在問了原因之後，便沒有再多說什麼。被父親刺傷的同學不僅再也沒有嘲笑過祖母，後來還和父親成為好友，維持著深厚的友誼直到去世。

「對你阿爸而言，她可是自己最重視的阿母。」母親曾經好幾次感觸良多地這樣說。年幼喪母的母親，或許很清楚父親擁有一位生病的母親是多麼的辛苦。是因為想到為人子女者擁有這樣的母親是何等悲哀，所以母親才決定吞下自己遭受的對待嗎？

但母親也是過了很久以後，才能夠如此釋懷、接受現實的。

3

每次回老家時，由於二樓窗戶只是糊了紙的木格窗，房間一早就很亮。也或許因為比平時早睡，所以我都很早醒來。

有時我比母親早起床，便趁這個時間修改校對稿，或是用筆電寫稿。母親起床後會找我講話，就無法處理工作了。明明偶爾才能見到一次，如果母親跟我聊天，我還只是隨便敷衍的話，她應該也會覺得不是滋味吧。

這一天我不用校稿也不用寫稿。早知道的話，我就應該趁母親還在世的時候更用心聽她說話。

其實母親對於我邊工作邊和她說話並不反感，會問我在寫什麼。如果我隨便回答，她也只會說：「是喔？」很滿意似地點頭。

這天早上天氣非常晴朗，陽光甚至讓人快睜不開眼睛。

早上八點，當我走出玄關想看看外面時，正好有名穿著足袋鞋及工作服的男性走進來，向我道早安。

當他突然開口詢問：「請問可以開始動手了嗎？」讓我疑惑了一下，後來才搞清楚他是園藝師，母親委託他在父親一周年忌日的法事前來整理庭院的樹木。

當我告訴他母親其實在昨天去世了，他露出驚訝的神情，最後我還是決定請他改天再來。

早上九點，廟裡的僧侶前來誦經。由於住持已經有其他行程了，來的是他的兒子。

在疫情爆發以前，母親就曾提過，如果自己走了，只要辦家祭就好。雖然沒有在報紙上刊登訃聞等，只限家族成員參加，但父親有六位兄弟姊妹，母親這邊也有五位兄弟姊妹，其實家裡還是從一早就聚集了不少人。

其中有一位和母親年齡相近，住在附近的女士對於母親驟逝特別感到悲痛。母親住院前幾天，她還來過家裡陪母親聊天。當時母親因為腰痛，一直難以成眠，並導致食慾不振。她當時身體應該相當虛弱，但聊天帶來的愉悅大概讓她暫時忘了痛楚吧。

我記得母親曾在電話中提起，她好久沒跟人聊天了，多虧那位女士有來。那位女士的丈夫大約在兩年前去世，似乎是因為彼此的遭遇相似，所以原本沒那麼熟的兩人熱絡了起來。但當疫情開始肆虐後，便得被迫減少這類的接觸。

母親那時說過，就算去外面，路上也都沒人。發布緊急事態宣言約半個月後，大約四月底時，母親提到自己好一段時間沒跟人說話了，少見地表現出了寂寞的感覺。

然而，母親卻極力反對我在黃金週時回家。她覺得，發布緊急事態宣言後，政府連回家鄉生產都不鼓勵，要是我返鄉後怎麼了的話，哪有臉面對社會大眾。

原本的計畫是在五月連假時做父親一周年忌日的法事，也已經委託廟方，做好在五月四日進行法事的各種安排了。但因為疫情急速升溫，不適合在連假期間舉辦法事，於是便延期至五月二十九日父親忌日當天。

可是母親的腰痛不斷惡化，在連假前甚至已經造成日常生活的不便了。這次返鄉並不是回去玩，而是回去照顧母親的，我和妻子都希望用這個說法說服母親，但雙方一直僵持不下，母親絲毫不肯改變主意。

妻子曾提議，乾脆不要管會不會被罵，不知會母親就直接回去好了。但我則顧慮，母親都抗拒到這個地步了，是否還是該尊重她的意願。

由於疫情的關係出現了許多難題，我自己也感到相當疲憊，心裡多少覺得那就聽母親的話，連假都在家裡休息好了。

既然不回去，我就在超市買了感覺可以代替菜餚的罐頭、即食調理食品、低卡路里營養棒之類的東西，裝箱寄回老家。

這些食物還剩下超過一半，不過已經吃得比我預期的多，低卡路里營養棒看起來也吃了三條左右。可以猜想得到，母親在無法好好下廚的狀態下，是靠著罐頭、即食調理食品這類食物勉強餵飽自己的。一想到那幅景象，我就感到悲傷不已。難道我無法親自餵她吃些有營養的東西嗎？母親的一生都在忍耐和照顧別人，到了人生的最後，即便只是短暫的時日也好，我希望能讓母親過上受人照顧、悠閒自在的日子。

*

一旦拋開了顧慮，祖母對母親的敵意及厭惡就益發露骨。如果只是對媳婦的一舉一動百般挑剔這種老套的戲碼，母親還有辦法忍受，但祖母的行為已經超出常理了。

祖母有時是站在家門口扯開嗓門說母親的壞話，有時則是當著母親的面直接痛罵，甚至在擦身而過時朝著母親吐口水。祖母似乎愈來愈熱衷於羞辱母親、否定她的人格、施加精神暴力。與其說這單純是精神疾病造成的，我覺得這更像祖母將自己因為身為女性所遭遇的內心傷痛，轉嫁至其他人身上。

祖母經常在自言自語時提到她厭惡自己與祖父間的性事，我在小時候也聽到過。是否對祖母而言，不論祖父的慾望，或那慾望所導致的自己懷孕、生子，經歷生離死別的悲傷與痛苦，都是應該深惡痛絕的呢？或該說，祖母原本就很自戀，又因為生病而失去了理智，所以對於母親搶走了自己最愛的兒子，無法掩蓋住動物性的敵意嗎？

真要說的話，父親對於母親的遭遇多少有些故意視而不見。或許是覺得跟祖母唱反調只會讓事態變得更糟，因此也就放棄了吧。家裡其他人也都不想跟祖母正面衝突。身為公公的祖父雖然會背地裡安慰似地說：「請妳忍耐吧，畢竟她生病了。」但也不會直接挺身而出。或許祖父因為過去見過太多造成反效果的例子，所以才看得這麼開，但就母親而言，那種感覺就像是公公不願意保護自己。

全家人中唯一的例外，就是父親最小的弟弟幸男。幸男當時一面工作，一面念高中夜校，放學回家只要看到嫂嫂似乎露出難過的神情，便會馬上察覺，向祖母興師問罪：「妳是不是又欺負嫂嫂了？」最後還威脅：「妳再這樣做，我就跳到井裡死給妳看。」把家裡後面水井的蓋子打開，作勢要跳下去。祖母便會面色發白地跑出來安撫幸男，表示：「我不會再這樣了。」幸男的行為或許稱不上以毒攻毒，但像這樣用超乎常理的方式對付超乎常理的人，母親在一旁也看呆了。

母親雖然是在鄉下長大的，但時常看書，很熟悉新潮的民主思維。對她而言，這個不小心迷失進來的世界，和自己認知中的常態相差太多了。母親的成長過程中雖然少了自己的母親，但她擁有會為小孩著想的父親，姊姊和哥哥也認為家人比自己優先是理所當然的，所以親情的羈絆十分穩固。

然而，母親嫁來的這個家卻有地方不對勁。不知道是不是因為成長過程中沒有受到重視，每個人都不會真心關懷別人，也不會從一而終負起責任。這讓母親覺得大家都只是依眼前的方便與當下的情緒輕率行事，對此感到非常不舒服。

當然，母親也不是只會忍氣吞聲。她曾經好幾次從家裡跑出來，想回十三塚的娘家。每次父親都會追上來，經過一番爭執後，又將母親帶回去。會心不甘情不願地被父親說服，或許是因為母親內心有著對父親的同情，也還無法完全拋下父親吧。

有一次，母親打算趁父親睡著時逃出去。

「火屋不是有玻璃拉門嗎？阿母偷偷從那出去，想從外面把門鎖上，防止你阿爸馬上追過來。鑰匙不太好轉，結果我硬去轉，發出來的聲音把你阿爸吵醒，他就跳了起來，我有夠害怕的。阿母頭也不回地專心逃跑，你阿爸一面匡噹匡噹地搖門，一面喊：『喂！給我等一下！』阿母就拚命地跑。可是我想說，這樣跑遲早會被他追上的，就故意往岔路走。我彎著身子，好像在溝渠裡爬行一樣，花了好久才終於回到娘家。結果你阿爸早就已經到了，坐在和室裡跟你外公說話。」

母親說到這裡露出了苦笑。

外公一開始都叫母親聽丈夫的話，乖乖回夫家去。但在母親數度逃回來求救後，外公便拒絕將母親交給父親了。外公是個非常堅持原則的人，雖然相中了父親，把女兒託付給他，但如今女兒逃回來了，若沒有提出有效的解決之道，只是單純來接人回去的話，外公是不會接受的。

於是父親被趕回去了。

但父親這邊並沒有要放棄母親的意思，他數度造訪母親娘家，希望能談出結果。某天，祖父也陪同父親前來，提出了新的建議。他表示：「我打算讓重信（父親的名字）搬出去擁有自己的家庭。」祖父答應放手讓父親及母親離開，直到他們願意回來為止。對祖父而言，這肯定是痛定思痛做出的決定。

但外公反而擔心起來，雖然祖父家裡的田已經較原本少了許多，但也還有近一丁（三千坪）大，不知祖父有何打算。祖父像是看開了般，表示會雇人來想辦法撐下去。當時耕耘機還不普遍，是用牛來耕田，農業的生產力不高，要靠幾乎等於免費人力的家族成員一起投入，才得以勉強維持。花錢雇人來的話，大概幾乎賺不了錢。

祖父說道：「只要這種苦能結束在我這一代就行。」

祖父或許是想畫下休止符，不要再連累兒子與媳婦，讓他們一同承擔自己這一代的不幸。

外公見祖父願意如此讓步，便答應讓母親回去了。

父親在大野原隔壁的豐濱租了間小房子，在那裡與母親一同生活。他的新工作是販賣「AMITOL」乳酸菌飲料的業務，要帶著推銷用的AMITOL請在外面玩的小朋友或聊天的家庭主婦試喝，詢問是否願意簽約訂購。但因為市面上有許多競爭對手，不容易拿到合約。父親有時會叫母親出來，一起去神社後面喝推銷剩下的AMITOL。雖然業績並不出色，但喝在嘴裡的，想必是酸甜的幸福滋味吧。母親則在家裡做回了裁縫的工作，並利用空檔處理家務。

對母親而言，這是長久以來夢想的生活。

父親的業績並不突出，但經營當地營業所的夫妻卻來詢問父親，有沒有意願接手經營權。這是因為所長罹患了胃癌，已經不久於人世。不知是這份工作不吸引父親，或是他覺得沒有未來，總之父親最後拒絕了。這可以說是正確的判斷。不久後所長便去世了，父親雖然持續跑業務，但不敵競爭對手的商品，業績不斷下滑。

即便如此，若事態就這樣發展下去，或許那段有如惡夢的日子就會因不尋常的狀況而告終，母親的人生將大不相同。也或許母親就不會生病，我的人生將有所改變。

然而，這種平靜安穩的日子其實才是不尋常。

鐘擺又擺回了原本的位置。原因出在祖父因中風而病倒。

母親對於祖父是心懷感激的。祖父不僅總是背地裡維護母親，這次也是以父親及母親的幸福為優先，沒有只顧著自己。父親及母親都覺得，不知是不是祖父太過操勞了才會變成這樣。

母親很清楚，父親想回去，但又對母親開不了口。看到父親鬱悶的神情、聽到他的嘆息聲，母親心裡很難受。

幸好這次的中風相對輕微，沒有留下嚴重後遺症便復原了。但要像過去那樣，由祖父一個人打理近一丁大的田地是不可能的。

腳還有點不方便的祖父和外公、父母再次見面商量接下來的打算。祖父這次的新提議是可以另外蓋一間廚房，讓母親不用與婆婆碰到面，母親也不需要下田或在主屋那邊煮飯洗碗，只希望父親及母親搬回去。出了火屋的玻璃拉門，左邊就有一間約三張榻榻米大的空房間，原本是用來放工具的，可以把那裡整理一下，改建成廚房，供母親下廚。

一想到又要回到那樣的生活，母親就感到心情沉重，內心十分不安。但想起父親的心情及祖父的難處，不禁覺得他們都肯如此讓步了，如果再堅持己見的話也說不過去。如果母親是更能把話說清楚的個性，或許會好些。但由於她失去了母親，在只能依賴他人善意的環境中成長，因此無法做到即使違逆別人也要貫徹自身想法的地步。

最終，母親還是回到了位在萩原的父親家。搬回去後不用進主屋，只要在火屋生活就好，也不太會與婆婆碰到面。這樣的生活固然有優點，但不只是婆婆，不知是不是因為對父親及母親搬出去感到不悅，現在連小叔們見到母親時也是一副不肯正眼瞧她的樣子，日子其實比想像中難過。婆婆還是一樣不時吵鬧，只要主屋的玻璃拉門敞開，她就會探出頭來朝著火屋的方向吼叫。基本上都是用不堪入耳的話語咒罵母親，如果只是這樣的話還可以當作沒聽到，但有時連母親的娘家也遭到羞辱，令她不禁流下傷心的眼淚。

有一次母親在火屋的廚房煮飯時，突然看到祖母站在門口，手上還拿著菜刀。

「阿母那時候並不害怕，因為我覺得如果要繼續過這種生活的話，倒不如死了算了。」母親沒打算逃，反而站到祖母面前對她說：「妳真的那麼恨我的話，就刺下去吧。」不知道是不是被母親的氣勢所壓倒，祖母便轉過身回主屋去了。

據母親說，她的心還是狂跳了好一陣子。自己終究無法在這裡生活下去的念頭再次轉趨強烈。然而，母親心裡並不存在與父親離婚的選項。只要能離開這個家兩個人單獨過生活的話，不管是哪裡都好，這種想法盤據了母親心頭。

經過這件事之後，周圍也沒有人對母親的想法有意見了。去大城市生活也是一個選項，然而父親仍懷抱著希望在農業上成功的夢想，無法割捨。

這時候出現的另一個選項是移民去巴西。由於彼此想法一致，這個計畫看起來似乎愈來愈可行。當兩人心意已決之際，祖父提出了希望帶自己一起去的要求。祖父從中風康復後雖然幾乎沒留下後遺症，但前往巴西必須搭船超過四十天，而且國外搞不好沒有能提供足夠醫療的醫院，因此無法考慮帶祖父同行。另外，如果父親離開了，那又要由誰來守護祖先傳下來的土地呢？最後決定，由排行離父親最近的弟弟照幸辭去鐵工廠的工作繼承家業。

外公那邊知道兩人已經下定決心後表示，「如果你們無論如何一定要去的話，那就讓富美男一起去吧。」富美男是排行離母親最近的哥哥。對於母親獨自前往地球的另一頭，外公應該是擔心的不得了吧。在母親的手足中，富美男是最愛玩、最有冒險精神的，他自己也很興致勃勃，因為覺得單身一人有些不方便，甚至很快地連結婚對象都找好了。於是就決定，兩對夫妻從神戶出發前往巴西聖保羅。

然而，這項計畫遭遇了意想不到的阻礙，也就是我。出發前一個月，母親發現自己懷了我。由於開始害喜，無法搭船，移民巴西的計畫就這樣戛然而止。

母親害喜十分嚴重，什麼東西都吃不下，天氣逐漸變熱，她也愈來愈瘦。父親對此擔心不已，苦思有沒有什麼母親能吃的東西。母親表示自己應該吃得下橘子，但橘子的產季已經過了，父親找遍整個村子，只找到已經乾癟癟的橘子。母親雖然吃下去了，卻不怎麼滿足。父親又問母親還有沒有其他想吃的東西，母親回答想吃蛤仔，父親便馬上跑去豐濱的一宮海灘挖蛤仔。滿滿一鍋的蛤仔湯都被母親喝個精光。

雖然不知何者為因、何者為果，但我也很愛喝蛤仔湯，尤其是只用鹽調味的清湯。我猜母親大概也是那樣喝的吧。

母親懷著身孕又再度做起了主屋的家事，並幫忙農活。是因為有了孩子，所以讓母親心裡認清，自己只能在這個家活下去了嗎？

吃飯時母親也是和主屋的家人一起吃，其他家人雖然樂見如此，但對母親而言，這樣有如選擇向命運低頭，並非自己的本意。也許是為了表示體貼，祖母會幫忙煮晚餐，但千篇一律都是小魚乾高湯烏龍麵，令母親大感困擾。她對於其他家人都吃得津津有味感到非常不可思議。

至於父親的夢想則從去巴西開墾變成了從事酪農業。不知他從哪裡籌措到資金，蓋了牛舍並開始飼養乳牛。或許是因為有了自己的孩子，所以也對未來有了新的夢想吧。

但那對母親而言，肯定非常困擾。父親熱衷於酪農工作，但又沒有其他幫手，到頭來只是增加母親的負擔。酪農不但要早起，還得穿著雨鞋在牛舍裡與牛糞為伍，懷有身孕的母親做起來非常辛苦，而且那也不是她真正想做的。母親之所以願意這樣，大概只是覺得自己有義務協助丈夫灌注熱情投入的事物吧。

父親一開始養的荷斯登牛順利的配了種懷孕。由於要生下小牛才會分泌牛乳，在那之前完全沒有收入。父親和母親除了下田，還得費心照顧牛隻。

母親就這樣一直工作到了生產前。在三月某個寒冷的清晨，早上六點左右母親感覺到快要生了，便告訴父親。父親騎著腳踏車衝去找產婆，讓產婆坐在後座載她回來，這時我的頭已經要出來了。母親就是在平時生活的火屋生下我的。

「阿母生你的時候為了出力，一直抓著你阿爸的手。」

我是在早上九點呱呱墜地的，母子均安。不過，大概是母親抓得太用力了，據說父親的手瘀血了很久。

我的出生對母親而言應該是值得喜悅的事，但同時也無情的奪走了母親所剩無幾的體力。我只要肚子餓了，就毫不客氣地大口吸奶，但母親還是只能靠小魚乾高湯烏龍麵果腹，幾乎吃不到蛋或魚。我可說是名符其實地吸乾了母親。出生時體重三千六百克的我，才三個月就已經超過七公斤，母乳已經不足以滿足我的食慾。母親察覺到自己的奶水不夠，於是只得依賴奶粉。

當時奶粉非常昂貴，一罐大約要六百五十圓，如果換算成現在的物價，差不多要乘上十倍，母親手頭僅有的現金轉眼間就見底了。家裡的一家之主仍然是祖父，他掌握著財政大權，父親也幾乎沒有可以自由運用的錢。當然，只要請祖父幫忙出奶粉錢就能解決，但母親有所顧慮而不敢開口，父親也認為向祖父求助不妥。母親之所以開不了口，是覺得起因畢竟是自己奶水不足；也害怕要是婆婆知道了，不知又會被罵成什麼樣。

母親開始將外公準備給她做為嫁妝的和服一件件拿去豐濱的當鋪。當鋪看準了她急需用錢，不論拿哪一件去，都只當得到一千圓。當鋪也很清楚，反正最後一定會流當。

「一千圓拿去買一罐大罐和一罐小罐的奶粉，找回來就只剩十圓、二十圓了，但奶粉一下就會被你喝光。原本五斗櫥裡裝滿滿的和服，到你長大的時候已經一件不剩了。」母親笑著這麼說。

母親很明顯地營養不良，但卻沒有人體諒，她仍得用瘦弱的身軀背著我工作。過勞與睡眠不足嚴重侵蝕了母親的身體。她開始發低燒，睡覺時會冒汗，身體感到倦怠，臉色也不好。

其實母親自己也察覺到身體有異狀，但卻沒說出口。

「我上廁所的時候，血就像開水龍頭一樣地流。」

不知道是因為酪農工作需要久坐，還是背著我做事情久站的關係，生產所導致的痔瘡嚴重惡化。而且，她還得用這副身體餵我喝奶，也難怪奶水會分泌不足。最後母親終於因為貧血而昏倒，被送往醫院。

醫院幫母親動了痔瘡手術，父親就在一旁觀看。他原本還一副老神在在的樣子，不斷向醫生問問題，但手術進行到一半，就變得面色慘白。

「你阿爸看到阿母屁股流了好多血，就覺得不舒服暈倒了。」母親這麼說的時候露出了覺得好笑的樣子。

手術順利完成，原本應該就能恢復健康了，但母親卻顯得更為虛弱，經常滿頭大汗，呼吸沉重，還會不尋常地咳嗽。肛門外科的醫生原本只注意屁股的出血，忽略了其他地方，於是連忙幫母親照X光，才發現她的左肺都白了。醫生馬上就寫了轉診的介紹信。

母親坐上腳踏車的後座，死命抓著父親的背，前往當地最大醫院的第四病房，那裡是肺結核的療養病房。抵達醫院後，母親就直接住進了隔離病房。

母親深感驚恐與絕望。她已經因為肺結核失去自己的母親了，最怕的就是肺結核。自己也被這要命的疾病纏上身，即將失去生命的想法令母親心情黯淡。

母親接受痔瘡手術時，我就被送去了十三塚的外公那裡，由舅媽和阿姨照顧我。母親原本以為手術結束康復後，就能馬上見到兒子，沒想到連見我一面也不行，便住進了隔離病房，相信她的心應該涼了一大截。

自己會不會就這樣死去呢？自己是不是再也無法抱起兒子、餵他喝奶了呢？想到這些，母親就潸然淚下。

母親在隔離病房擔心受怕地度過一個個夜晚，內心冒出了各種想法。

那孩子會不會像我一樣，變成沒有母親的小孩，一路上活得提心吊膽呢？我是在小學三年級沒了媽媽的，但那孩子還沒斷奶呢。想到家裡的狀況，實在不覺得那孩子能得到妥善的照顧，我一定要把病治好才行。

但對於母親而言，外婆也是因相同的病去世的，肺結核等於是不治之症，期望自己痊癒是一種奢求。

「阿母向神明祈禱，我願意把自己的命奉上，但希望讓我再活五年，到你上小學為止。我每天晚上都這樣在心中默念祈禱喔。」

聽到這些話，已經上了小學的我心裡感覺十分複雜。如果神明憐憫母親，實現了她的願望，那就代表母親隨時都有可能會死。為什麼要許下如此無慾無求的願望呢？我不禁覺得母親那種卑微的性格很可悲。

當時，肺結核不只是單純的不治之症，同時也是人人恐懼、厭惡的社會性惡疾。拿現在來說，愛滋病和新型冠狀病毒第一波疫情肆虐時造成的恐慌，大概就與過去民眾對肺結核的恐懼有幾分相似。就算不是這樣，一直因自己和別人不一樣而自卑的母親，仍舊覺得染上社會大眾畏懼的疾病是更加背負了惹人厭的罪孽。

「得了這種不討喜的病，就算不情願也會讓你看清人心。有些人嘴巴上說沒關係，但根本不願意靠近。」

即使排菌受到控制，移往可以會客的病房後，無論祖母或父親的哥哥、姊姊，甚至是母親疼愛的小叔一次都沒來探望過。

「我覺得他們都是只顧自己性命的人。」

父親這邊有來的，除了父親以外，就只有祖父與排行離父親最近的弟弟照幸。照幸邁著腳步發出聲響走進病房，露出和平時一樣的笑容，詢問母親的身體狀況。

「讓你跑來這裡，真是不好意思。」聽到母親如此表示，照幸回答：「沒什麼問題啦！」在自己厚實的胸膛上捶了一拳。

雖然父親有許多缺點，但母親之所以將他視為自己最信任的人，是因為在母親住院期間，父親每天都來看她。為了幫母親補充營養，還會帶每天早上剛擠的牛奶來。父親一大早就要起床自己一個人擠牛奶、下田工作，然後趕去醫院。由於沒有車子，每天只能騎腳踏車往返好幾公里，就算下雨、颳大風也照常前來。

可以想像得到，祖母及身邊其他人會如何閒言閒語，但父親絲毫不曾動搖。

母親很清楚父親一個人要做兩人份的工作有多辛苦，因此擔心操勞的父親會被自己傳染。「我問你阿爸不怕我的病嗎？你這樣每天來，我很擔心會傳染給你。結果你阿爸跟我說：『有什麼好怕的？我從來沒有在意過妳的病。』」

若要說父親有什麼害怕的，大概就是失去母親吧。不知道是不是為了避免自己產生悲觀的想法，就算母親病情不佳時，他也只說：「一定會好的。」

在過往艱辛的人生中，父親肯定是藉由不去想不好的事，讓自己抱著希望而活。雖然這樣經常讓母親覺得他很遲鈍，但或許這是父親生存下去唯一的方法。父親表現出來的這種遲鈍，某方面來說造就了他的單純與專一，也成為了母親的救贖。

胸部外科的醫生每次見到母親，都勸她切除肺部。據說這名醫生喝酒成癮，連拿手術刀的時候手都會抖。是不是切除了肺病就會好，老實說機率是一半一半，但不論結果如何，至少都不需要療養好幾年。當得知若要切除肺部，必須拿掉一根肋骨，會導致左肩低兩、三公分，雖說是為了活下去不得已的，母親還是無法接受。

就這樣過了一兩個月無法下定決心的日子後，與其說母親的祈禱奏效，倒不如說是內科醫生開的異煙肼、欣鈣派斯（皆是治療肺結核的藥物）起了作用，排菌止住了。母親可說是幸運，抗結核藥的出現讓肺結核從不治之症變成了能夠治療的疾病。許多選擇手術的人，最後也還是去世了，甚至有一位母親在病房認識的女性死在了手術室。

生性悲觀的母親對於自己的好運也沒有大方表示喜悅，只表示：

「今天就算死的人是我，活下來的是她也不稀奇。」

那段時間我是在十三塚的外公那邊度過的。但好幾個月以來，我都是喝母乳、跟母親的接觸最密切，自然不可能幸免於難。進行結核菌素皮膚試驗後，我的手臂變得又紅又腫，呈現強烈的陽性反應。X光也拍到肺尖有可疑的陰影，發現了肺結核的初期感染。為了預防發病，我必須定期接受施打鏈黴素。

據說一個人最初的記憶，經常暗示了這個人往後人生中所要面對的宿命或課題。而在醫院被護士（現在稱作護理師）抱著打針，則可以稱作我的最初記憶。小時候我還相當程度地清楚記得當時的場景，但隨著年紀增長，那些都已經只是記憶中的記憶了。

醫院的氣氛總讓人覺得不安，但去醫院也並不是只有不好的經驗。

不知道是因為母親的排菌得到控制，還是因為我已經感染了，所以不用再擔心被傳染，總之每次我被帶去醫院時，都能見到母親。她似乎很期待和我見面，會去商店買小玩具、點心等我來。母親應該是在我小學的時候自己提起這件事的。

「你每次來阿母這裡回去以後都會拉肚子，讓外公他們很困擾，結果我就挨罵了。可是阿母就是想給你東西啊，忍不住想給啊。」

母親在最悲觀的時候，還擔心過自己是不是再也無法見到我了，因此不難想像她是多麼期待這短暫的會客時間，這對她而言有多珍貴。

「你那時候真很可愛喔，護士都搶著要抱你呢。」

母親對此似乎也難以置信，當她跟我提起這段往事時，我已經變得相當調皮，成了她應付不來的問題兒童。

雖然不確定和母親分開來的那段日子有何影響，但母親認為，應該是有什麼地方出了錯。

十三塚的外公家有外公和母親的哥哥、妹妹、嫂嫂，以及哥哥的兩個女兒，也就是除了外公，還有我的舅舅、節子阿姨、良美舅媽和美佐子、佳代子兩位表姊。兩位表姊分別大我八歲和五歲，當我一歲左右的時候，她們已經上小學了。

雖然不確定是什麼時候的事了，但有一次表姊坐在書桌前念書，而我在旁邊抓住書桌站著。表姊身旁則是良美舅媽，似乎正在教她念書。不知道是不是因為表姊回答不出問題，舅媽生氣了。照理來說我應該感覺得出當時氣氛緊張，但年幼的我卻還想從鉛筆盒裡拿鉛筆出來之類的，在一旁攪局，因此換成了我被舅媽罵，我還記得這件事。

我的記憶中還有另一件事，應該也是在母親住院時發生的。某天，我和舅舅、舅媽、表姊們一起騎腳踏車要去海邊。我連自己是被誰載的都不確定，只覺得大概是壽明舅舅。一行人騎著腳踏車沿家門口的小路要騎上外面的大路時，大家突然停了下來。

原來是母親在那裡，但我連她是怎麼出現的也不確定。我對於她是我母親這件事有多少認知呢？或許只覺得她是我在醫院見過的女人也不一定。我大概感覺得到，這個女人似乎對我有一種特別、而且有點強迫我接受的善意。母親應該是得到了外宿或外出的許可，於是回娘家來住一天。

但對我而言，這等於壞了我的好事，因為我一直期待去海邊玩。我當時應該連海水浴這個詞都還不知道，但會對此感到期待，或許是因為之前也曾和舅舅一家一起去過海邊，所以在經驗上知道這是件好玩的事。

但我卻被抱下腳踏車，無法參加難得的海邊之行，只剩下我和母親兩個人，回到家裡度過無聊的一天。而且母親竟然還鋪了床墊，和我一起躺下來。雖然被母親抱在懷裡，我卻感覺很不自在，無聊得不得了，於是只好望著天花板，在棉被裡動來動去。我記得的就只有這些，沒有印象自己和母親後來做了什麼，也沒有她回醫院的記憶。

母親是趁我睡著的時候回醫院去的嗎？

從去海邊玩這件事來看，當時應該是夏天。我出生在三月，母親是我十個月大時去住院的，也就是一月或二月前後。她在醫院住了六個月，幸運地治好了肺結核，代表她是七月或八月出院的。這大概是接近她出院時的事。

話說回來，這段回憶中沒有出現外公的身影，其實也與事實相符。這是因為外公當時住在丸龜的勞災醫院，並不在家裡。

他是在雜物間後面的田地噴巴拉松時，因嚴重的巴拉松中毒失去意識昏倒的。

「或許心有靈犀吧，你舅舅剛好去巡雜物間後面的田，結果發現外公的臉泡在水裡倒在那邊。」

外公傷勢嚴重，原本收治的醫院表示已經沒救了，但舅舅不死心，拜託院方幫忙轉送勞災醫院，才終於撿回一命。

這件事對我也有不小的影響。由於外公需要人照顧，因此就沒有人能顧我了。

母親向主治醫師說明了原委後，這位年輕的內科醫師表示，會研究看看有沒有辦法讓我和母親一同住院。但最後終究沒有這樣做，主治醫師提出的替代方案是讓母親稍微提早出院。不過，條件是母親必須比照住院，在家繼續靜養半年。

不論對於母親或對我而言，這都可以說是最好的做法了。

於是，母親出院後沒有回夫家所在的萩原，而是在十三塚的娘家住了一段時間。

母親去世前的五天，獨自一人在醫院度過生前最後的日子時，是否有想起當年的事呢？相信她應該覺得，因疫情而無法會客的這種狀況，和肺結核確診後，連年幼的兒子都見不到就住進了隔離病房的狀況有幾分相似。當時，對於不得不將還不到一歲的我託給別人，自己可能就這樣死去的悔恨與悲傷，母親能做的只有哭泣。相比之下，她現在已經不用再擔心孩子，也照顧父親到生前最後一刻，送了他離開。或許像這樣在醫院接受照顧反而讓母親感到安心吧。

母親是否想起了因肺結核面臨死亡的陰影籠罩，向神明禱告時說的那些話呢？那個她希望神明讓自己再多活五年就好的願望。母親後來多活了十倍的時間，並一路守護著我們。依母親的個性來看，對於上天要帶她走，相信她已經不覺得有遺憾了。母親盡責地扮演好了自己的角色，她大概也心滿意足了吧。

但在五十多年前那個時候，父親和母親都還得繼續活下去，還有必須克服的艱辛在等著他們。在自己家的牛舍孤軍奮戰的父親雖然開心母親康復，但又面臨了別的問題。那就是要如何支付母親住院的費用。要開始從事酪農業時，父親就已經硬是要祖父幫忙出錢了，因此很難再開口拜託祖父出母親的住院費用。也或許，祖父其實根本就沒有錢可以拿出來了。

父親的計畫是，只要陸續增加乳牛的數量，牛奶的產量也會增加，收入便會不斷翻倍。然而，生下來的小牛是公的，僅有的一頭乳牛又得了乳腺炎，乳汁分泌變少。不管父親從早到晚如何努力工作，大筆的住院費用依然沒有著落。

結果事情在這時有了意想不到的發展。父親家在山上有一小塊祖先留下來的地，有人去那塊地盜採盜伐。父親研究蕈類的時候經常去那裡挖腐葉土，但從事酪農業之後，就大概一年去採一次松茸而已。那塊地有個外人不知道的地方可以採到天然松茸，算是一點小小的樂趣。

犯人很快就被逮捕了，是一戶有錢人家素行不良的兒子幹的。他的家人帶了禮盒登門道歉，為人和善的祖父表示反正那塊地本來就閒著沒用，叫對方不用在意，很乾脆地接受了道歉。當時父親剛好出門，回家聽祖父轉述後，一把火湧上心頭便衝了出去，他追到對方家中，將禮盒退回。

父親根本毫無頭緒要從哪裡生錢來請律師，只是心中單純有股堅持。他每天跑到對方家去，直到對方受不了願意讓步，談定了賠償六萬圓。以現在來說，大約是六十萬圓。父親就靠著這筆錢付清了母親住院的費用。

父親的人生中有許多不如人意的事，而這次則可說是少數的勝利之一。這或許是父親身為丈夫，覺得自己無論如何必須想出辦法所促成的結果吧。

母親出院後由於前面提到的因素，在十三塚的娘家靜養了半年。母親的哥哥壽明為了讓她安心休養，空出了一小間房間。雖然那個房間十分簡陋，只吊著一顆電燈泡而已，但在我模糊的記憶中，卻覺得那裡非常溫暖、舒適。房間裡除了一張小矮桌和玩具箱（或許是裝蘋果的木箱）以外，沒有什麼像樣的家具。但對我而言，籠罩在電燈泡橘黃色燈光下的房間，在年幼的記憶中是一幅撫慰人心的景象。

「你那時候好乖喔，很聽阿母的話。玩了玩具、看完繪本以後，你都會收拾整齊。為什麼後來會變成這樣呢……」

聽到母親如此嘆息，我自己也百思不得其解。我自己並沒有想給母親添麻煩、製造問題的念頭，只是做出來的每件事造成的後果全都跟我預期的不同，當我注意到的時候，已經挨罵了。或許人有時候不會隨著年齡增加而成長，反而是變笨吧。小學一、二年級的我，每當聽到母親提起我小時候的事情，心中就會產生這種想法。不過這是後話。

壽明舅舅雖然是個沉默寡言、樸實無華的人，但他繼承了外公的生意頭腦，開始展現出強烈的事業心。他從幾年前開始做的粉刷生意正好遇上了岩戶景氣（從一九五八年七月持續至一九六一年十二月的經濟成長時期）的建築熱潮，取得了母親等人想像不到的成功。舅舅為人穩重、話少，具有洞察真相的眼光，雖然他不是個容易親近的人，但人格深受他人信任。

舅舅承包的工程愈來愈大，事業的發展在旁人眼中顯得十分風光，但他也必須硬著頭皮接下有風險或工期緊迫的工作。

壽明舅舅一路上看著外公獨自一人辛苦地將兄弟姊妹們拉拔大，但在自己的生意剛取得成功時就發生了意外，因此他下定決心，不論付出多少犧牲都要將外公治好。舅舅毫不吝惜地將自己辛苦工作賺來的錢用在治療外公上。去醫院時，他都會準備好幾十張千圓新鈔綁成一疊，塞進醫生的口袋。

「我都搞不清楚他到底灑了多少錢。」母親這麼對我說，彷彿她自己也親眼看到了般。醫院裡謠傳外公是退休的有錢人，而實際上他也的確得到了特殊待遇。

或許這可以解釋成因為過去的匱乏，導致舅舅尋求過度的補償。但人類每天的所作所為，不論是最崇高神聖，或是最卑劣可惡之舉，背後的動力或許都是這種反差所產生的能量。人類的熱情需要長時間醞釀，光輝卻又如同煙火般短暫，因而往往帶有悲劇性。

想到了壽明舅舅此後不久即將面臨的命運，即使是年幼的我，每當聽母親提起那件事時，內心也總是感到鬱悶。

舅舅的付出終於得到回報，外公順利康復了。那次計畫去海邊玩，應該也是因為外公的情況好轉，不用再有人照顧了吧。

在那之後，我也沒有關於外公的記憶。可能是外公出院時，我和母親剛好已經回萩原那裡的家了吧，那是我快要兩歲的事。

4

我的記憶是在四歲以後比較清楚，兩歲到三歲時的記憶則是片段、混沌不清的。

家裡有乳牛、除了乳牛以外還有小牛。雖然喝得到剛擠出來的牛奶，我卻不太喜歡喝。除了祖父、祖母以外，還有幸男叔叔和我們住在一起，我的記憶裡只有這些事情的幾個模糊畫面。如果是在小時候，我應該能更清楚地回想起來，但原始的記憶已隨著成長一年一年地淡去，有不少過去原本存在的記憶已經被有如暗號的說明敘述所取代。

與母親有關的原始記憶也已經不會再更新了，今後大概只會不斷淡去，取而代之的，就僅有這些記憶曾經存在的紀錄吧。不，就連這些記憶曾經存在這件事，也會逐漸遭到忘卻。不只關於母親，不論是任何人——甚至關於自己，那都是持續前進，而且不可逆的過程。隨著我死去，連留存在我心中的間接性記憶也會消滅殆盡。

能夠拼湊出過往點滴的線索，大概就只有我寫下來的這數萬字文字了吧。雖然只是幽微不可靠的痕跡，但讀者可以憑藉想像自行補充，從中感受到超越我和母親個人體驗的事物，也許這種可能性反而值得正面看待。

許多當時的記憶，都是我從母親那邊聽來後，想像自己彷彿也親身經歷過。例如，我曾聽母親提過好幾次，回到萩原的家不久後所發生的一次意外，那是祖父餵我喝甘酒所引起的。由於我鬧著還要喝，於是不管我要多少，祖父都讓我喝。當天晚上我的心情很不好，一直哭鬧。到了半夜終於不哭了，結果變成睡得像個死人一樣。母親一直從旁觀察，覺得我的樣子不太對勁。借用她的說法，我的肚子「脹得像大鼓一樣」，而且還發燒。

「我把你阿爸叫起來，問他這樣放著不管沒關係嗎？你阿爸也說不知道是不是腸炎，所以我們就急急忙忙做準備，用背架背著你，騎腳踏車到竹廣先生那裡去。我們一直敲他家的玻璃門，敲了好一下燈才終於亮，看到醫生起床來應門。」

竹廣先生是在鎮上開診所的醫生。他看過我的狀態後，用犀利的眼神看著母親，問她：「妳餵他吃了什麼？」母親惶恐地敘述事情經過，醫生聽了後皺著眉頭說：「竟然給一歲小孩喝甘酒……」

處置完畢後，醫生邊洗手邊說：

「要是明天早上才帶來的話，他早就死了。」

後來直到長大為止，我都不敢喝甘酒，不管怎樣都無法接受。但神奇的是，過了三十歲以後，我就漸漸不再抗拒，也開始覺得甘酒好喝了。我會覺得「即使是懂事前便已經留下的心理創傷，似乎也是能克服的」其中一個原因就是我自己有這樣的經驗。

祖父和善的個性是令祖母精神出狀況的原因之一，也造成了他的軟弱及沒有原則。祖父餵我喝甘酒時並不覺得有什麼不妥，因此母親也無法責怪他，沒有多說什麼。只是每當發生這種不合常理的事情時，母親就不禁尋思，是不是因為自己決定在這個家生活下去，才會落得像這樣連孩子都無法保護的下場，迷惘與懊悔之情又湧上心頭。

父親的酪農事業面臨了下一個關鍵時刻，那就是第二頭小牛即將出生。母牛是在天氣尚冷的初春出現臨盆的預兆，陪同父親一起接生的母親體力還沒完全恢復，累到都有黑眼圈了。殘酷的是，這一胎生下的小牛仍然是公的。父親失望的神情看在母親眼裡十分難受。

乳牛的生長速度相當快，生下來的小牛如果是母牛的話，只要一年就能自己生小牛、分泌牛乳了。和父親同一時期開始從事酪農業的人，都已經陸續有母牛出生，增加了乳牛的數量。然而，父親養的乳牛生下來的兩頭小牛都是公的，又得熬過毫無進展的一年。

雖說不能完全歸咎於時運不濟，但愈是去想為什麼一直都只遇到不好的事，成功只會更加遠離自己。

不過父親並沒有放棄，仍嘗試再度配種，然而卻又一次遭遇不幸——雖然配了種，母牛卻沒有懷孕。在當時，配種一次要花七千五百圓，對父親而言是一大筆支出。獸醫不肯明確表示有無希望懷孕，但父親並不放棄，花了三次錢配種，但最後仍舊沒有懷孕。父親已經沒有財力也沒有心力再養一頭母牛了，他的夢想宣告破碎。

對母親而言，這多少讓她鬆了口氣。

連平時愛說話的母親提起牛，也只有一句：「說到牛啊……」就不再多說什麼了。雖然母親不想對父親的夢想說三道四，但老實說，她大概覺得，開始養牛以後就沒什麼好事吧。

即便是熱衷研究的父親，也厭倦了一天天毫無回報的勞動，連做筆記記錄也隨便了起來。他只要一有喝酒的機會，就會狂喝猛喝到不省人事。由於在家會被祖父母看到，因此父親都是在別人家喝。也因為這樣，母親被迫為了出門接父親、帶他回家而四處奔波。

母親在盂蘭盆和新年的時候可以回娘家。她會換上喜慶場合穿的正式和服，做好準備後便牽著我到主屋問候祖父母，報告：「我等一下要回娘家了。」祖父每次都會回聲：「嗯。」並伸手到懷裡，掏出三張一百圓鈔票給母親。母親道謝收下後，就讓我坐上腳踏車的後座，往位在十三塚的娘家去。

每次回娘家時，母親還得通過一項考驗。

腳踏車從萩原沿著下坡騎，會來到比較熱鬧的地方，也就是構成大野原主要街道的十字路。路的兩旁有蔬果店、魚店、服飾店、和服店、糕點店及書店等商家。

「阿母原本想買些供品代替伴手禮，結果經過小西玩具店前面的時候，你就開始扭屁股。我覺得這樣很危險，所以趕快把車子停下來，沒想到你就從後座跳下來，跑進玩具店去了。阿母沒辦法，只好把腳踏車停好追進店裡，結果你已經抱起玩具了。而且你每次抱的，一定都是最貴的玩具。」

母親試圖哄我離開，或是去買別的東西，想盡方法說服我，但我完全聽不進去。

玩具店老闆也笑著說：「他還真識貨呢，知道哪個最貴。」

如果是平常在家裡，母親會直接硬把我手上的玩具搶走，但因為顧慮店裡其他人的觀感，母親退縮了。我見狀便更加得意起來，不肯聽她的話。

僵持不下到最後，母親也吃不消了，只好順著我。

「你阿公給的錢還不夠呢，阿母把錢包都掏空了才付得出錢。」

母親向外公道歉自己沒買供品回家，外公也只是笑著說：「只要看到你們過得好就夠了。」眼睛在長長的眉毛下瞇成了一條線。不知是不是覺得自己必須對女兒的不幸負責，外公並沒有對母親搬出大道理訓話。

相較之下，身為大哥的壽明舅舅則是用更理智的態度將一切看在眼裡。年幼的我總覺得這位寡言、不親切的舅舅難相處，或該說讓人不舒服，也許是因為我或多或少感覺到自己那套狡詐的策略對他不管用吧。

而他平時也幾乎不會對母親的事情發表意見。但在舅舅人生最後一年的新年，我和母親回十三塚時，他對母親提起了我的事。

「阿母坐在火盆前，你則坐在我的膝蓋上，很開心地抱著剛買來的新幹線玩具。我問你舅舅：『哥，你要不要也來暖和一下？』他難得地坐了下來，一面就著盆子裡的火，一面盯著你看。然後他開口了：『我很了解妳覺得他可愛，所以想要疼他、寵他。可是，什麼事情都依著他，並不是對他好。』阿母回答他：『哥，我也知道啊。雖然知道，但就是會忍不住嘛。』結果你知道你舅舅怎麼跟我說嗎？『妳忍不住的話那不就完了？這樣會害他覺得他那一套是管用的。』他竟然這樣說呢。」

外公看到母親眼眶泛淚，便跳出來說：「好了，別再講了。」壽明舅舅沒再多說什麼，只冷冷地回了句：「算了，妳自己慢慢想吧。」便站起身來。

外公見到母親咬著嘴唇，難過地低下頭的樣子，小聲地說道：「他雖然講話難聽，但那也是因為他擔心妳嘛。」似乎想打圓場。母親只說了句：「我會聽哥的話。」眼淚便潰堤了。

「當時阿母心裡覺得：『哥根本不了解我的心情。』可是現在回想起來，他其實觀察得很仔細呢。他已經看出來我以後會為了你傷腦筋，所以才對我說那些話的吧。」母親百感交集地看著當時念小學的我，這麼說道。

外公名叫榮助，是家裡的次子，原本並沒有打算要繼承家業，而是想去當警察，並為此念書做準備。外公家當時經營買賣牛隻、馬匹的仲介生意，家境不錯。但外公的父親因遭人欺騙而欠下大筆錢，淪落成為佃農。再加上外公的大哥由於討厭耕田而離家自立，因此才十六歲左右的外公便不得已繼承了家業。外公憑藉著身為一家之主的責任感，以及自身的勤勉、才幹，試圖重振家業，從貧困的谷底翻身。但也因為他的責任感太強，使得自己有時背負了不必要的辛勞。雖說是外公自身的性格造成他硬著頭皮勉強供弟弟去念大學，但也因為這樣，連累了自己的枕邊人去世。

壽明舅舅的事業蒸蒸日上，讓外公卸下了長年來的重擔，得以享受安穩的生活。他年輕時火爆的個性也收斂了許多，現在感覺就像個慈祥的阿公。對外公而言，這可以說是最幸福的一段時間了。

壽明舅舅在前一年甚至一手包辦了六十公尺高的水壩的粉刷工程。「他有一次失手，油漆罐就一路撞著牆壁掉下去，後來一看，罐子整個扁掉了。他說一想到如果掉下去的是自己怎麼辦，也嚇到雙腿不聽使喚，動彈不得了。」

最後的結局，是舅舅勇敢地完成了危險的工作。當然，生性愛操心的母親，想必會害怕自己的哥哥有個什麼萬一。但聽到了工程的發包金額、看到家裡的廚房改建成了最新穎的鋼筋混凝土樣式，讚嘆及崇拜之情也就蓋過了不安。

外公曾難得地笑著告訴母親，當他偶爾出門去首山觀音（香川縣三豐市的平照寺）、大野的祇園（香川縣三豐市的須賀神社）參拜時，舅舅還會瞞著舅媽偷偷塞錢到外公的口袋裡，跟他說：「去喝一杯吧。」外公對於自己兒子的心意應該相當開心吧。

但誰也沒有想到，那一年的新年才過不到兩個月，便遇上了恐怖的災禍，令外公不得不再次扛起支撐全家的重擔。

也因為這樣，母親曾好幾次回想那天的事，並向我提起。

由於父親的酪農事業沒有前景，母親動了外出工作的念頭。這樣至少可以稍微增加現金收入，而且還能離開這個家到外面透氣。當時豐濱的海邊填海興建了幾間工廠，其中有一間叫大同金屬網的金屬網工廠正好在招作業員，母親有意去那裡上班。

但母親出去工作的話，就得有人照顧當時還不到三歲的我。母親實在不敢把我交給祖母一個人，而祖父在第一次中風後就幾乎沒有工作，一直待在家裡，母親便毅然決然去拜託祖父。

祖父很爽快地答應了，但祖母卻在一旁喃喃自語說道：「媳婦竟然自己跑出去工作，要老人家來帶小孩……」不出所料，祖母對這個請求不太開心。

但母親隨即又說：「雖然數目不多，但領到薪水後我會給孝親費表示心意。」結果祖母似乎也有些感興趣了，反覆念著：「收媳婦的錢幫忙帶小孩，要收嗎？還是不要收？」最後還是決定收下母親的錢。

母親的薪水是日薪三百圓，一個月約有七千五百圓。給祖父母各一千圓後，母親手邊大約還剩五千五百圓，得用這些錢來付電費、買菜、買衣服等。對母親而言，雖然沒有多少現金可以自由運用，但仍彌足珍貴。

因此，母親去上班時，我便和祖父母在一起。我還依稀留有當時的記憶，記得都是祖父在哄我，祖母則都在忙自己的事，經常心不在焉，所以我也不怎麼期待她來顧我。

不過，祖母並沒有嫌棄過我，心情好的話有時會煮東西給我吃；如果我想做什麼危險的事，她也會出聲制止。祖母十分膽小，某些方面很不敢放手，我只是離開屋子，走到家門口前面的路上，她也會大驚小怪。

我年紀稍微大一點後，如果發燒在火屋睡覺，她有時還會幫我準備冰枕。

「原來她也有溫柔的一面呢。」母親感佩似地這麼說。

小孩子不論身在何種環境，都會將那個環境中的一切視為再正常不過的事。雖然比不上跟祖父那樣，但我還是會親近祖母，對於祖母的自言自語，以及我跟她說話時她的心不在焉並不會覺得特別奇怪，自然而然地就接受了。

我很喜歡玩積木，很熱衷於一面自言自語，一面用積木打造出自己想像的世界。祖母不會感興趣地來問我在做什麼，我也不會去干涉祖母在自言自語什麼。但就算我不想，也還是會聽到她的自言自語。

祖母會將心中想到的東西全都以自言自語的方式表現出來，因此我從小開始，就是一面聽著他人的真心話一面長大的。

我並不是要否定人類的真心話中，其實存在著高尚的情操或崇高的觀念。但我在日常生活中所聽到的，都是幼稚到滑稽、醜陋、自私自利、愚蠢的真心話。

我成為精神科醫師後，學習到的精神療法基本原則是壓抑不是好事，硬是壓下真心話忍耐不說會打亂精神狀態的平衡，因此必須要多說真心話，我自己也是這樣告訴患者的。但另一方面我又不禁認為，人類的真心話並不是那麼美好、值得讚揚的東西，將真心話藏在心裡反而才應該稱許。如果世界上真的存在人類的崇高性，那也不是毫無保留地說出真心話，而是選擇不將真心話說出來吧。

因此我認為，控制住心情，將真心話留在心裡並沒有什麼好否定的，反而要精神夠成熟才做得到，是一件了不起的事。

將毫無保留地發洩出想說的話或心裡的想法，當成自己追求的最終目標，我總覺得這樣不太對。

傷害母親最深、最折磨母親的，便是這種不加控制的脫序之舉、欠缺考慮及同理心的言行。我認為母親娘家的環境和萩原的父親家決定性的差異，就是「自己的真心話比顧慮他人更重要」這種幼稚的精神構造。對母親而言，這樣的環境不僅不合理、痛苦至極，我也感覺到讓自己的孩子身處這種環境並非她的本意。

「阿母覺得很神奇，為什麼這一家都是這麼幼稚的人。他們不是壞人，但是這樣反而更麻煩。要是有一個可以正常說話的人，阿母也不會那麼辛苦了。」母親經常如此感嘆。父親在這些人之中雖然算是比較好的，但有時還是會跟他們同一副德行，而且似乎連我也是。

「你也跟他們一樣啦！」母親曾經想放棄我似地這麼說。

不知該說這種遲鈍是透過遺傳與生俱來的特質，或是沒有得到像樣的照顧及同理心，在半放棄狀態下成長所導致的。

母親由於年幼喪母，成長過程中說不上曾受到自己母親充分照顧，但她的娘家具有足以彌補母親去世的關懷體貼及情感連結。相對地，父親的家人並沒有失去自己的母親，但由於祖母無法扮演好母親的角色，因此家裡充斥著混亂與失序。而且父親家中也不存在足以彌補這種狀況的關懷體貼及深思熟慮，只有眼前的慾望與情緒反覆無常地交織翻騰。

對於養育子女最糟糕的，就是失序失控的環境。母親所以如此感嘆，或許是因為她害怕、憂慮不只是她自己，連她唯一的希望——也就是我，也會這麼賠進去。

說到環境，母親在意的還有一件事。

由於東京奧運舉辦在即，電視開始普及，但附近鄰居還是有很多人家裡沒有電視。雖然我們家因為家境窮困買不起電視，不過我的叔叔幸男藉著一招密技，用幾乎免費的方式得到了一台電視。那一招是這樣的。

幸男念夜校時曾經在電器行工作，學習修理、組裝電器的技術。他知道如果買電視機的零件來自行組裝的話，只要不到一半的價錢就能擁有一台電視，於是決定自己動手組裝。而且，他不是組一台，而是組了兩台，然後將其中一台賣給附近鄰居。即使賣得比市價便宜，用來買兩台電視所需的零件仍然是綽綽有餘。換句話說，我們家等於得到一台免費的電視。

雖然因為這樣，家裡有了電視可看，但這件事對我也有不小的影響。

「你阿公都讓你坐在他膝蓋上看電視，因為他想要一伸手就可以轉台，所以整天坐在電視機前面。」

大概是祖父第一次中風後，留下了腳有些行動不便的後遺症，覺得站起身來太麻煩吧。也因為這樣，我每天都在臉幾乎要貼到電視上的超近距離長時間看電視。

「我覺得好像有點靠太近了，但畢竟是我拜託他幫忙帶你的，所以說不出口。」

我不知道這對我的發育有什麼影響，但小學入學時做視力檢查測出來我兩眼視力都只有零點二，恐怕是這樣看電視造成的吧。

我似乎原本就有輕微的斜頸，母親也非常在意這件事。不知道是不是因為斜頸的關係，我跟人說話時總會習慣性地往右上方看，而不看著對方。

母親住院前我還不會這樣，她出院後在娘家休養那段時間雖然有一點斜頸，但也不太會眼睛都不看著人。一想到不知道我發生了什麼事，母親就十分不安。她懷疑我的視線對不準人是脖子造成的，於是非常有耐心地一直想把我的脖子扳正。

「不管試多少次，只要我一放手，你的脖子就又歪回去了。」母親語帶悲傷地回想起當時的情景。

母親另外還在意幾件事，其中之一就是我沒辦法控制好尿尿。

「你早就沒包尿布了，可是每晚都會尿床。阿母只好每天晚上把你挖起來，帶你去尿尿。」

火屋的玻璃拉門走出去幾步就是雜物間和庭院的交界，地上鋪有細長的花崗岩石板，彷彿標出了界線。母親會從腋下抱著我到石板附近，然後把我的褲子脫下來，在我耳朵旁邊「噓——」催我尿出來。我則睡眼惺忪地任由母親擺布，那幅景象還依稀留在記憶中。

等我再大一點之後，不知是不是母親覺得不適合繼續這樣在家門口尿尿，她就改成帶我去簷廊那邊。

還有一個問題是我的脾氣。只要母親回來晚了，我就會把怒氣發洩在她身上。印象中我沒有找過祖父母的麻煩，永遠都是對著母親發脾氣。或許我也用我自己的方式在忍耐吧。

「還有過阿母跟你說會晚回來，結果你就生氣，抓起煮飯鍋的大蓋子丟過來呢。」

我會覺得自己好像記得當時的情景，大概是因為母親曾不只一次跟我提起這件事。

從依戀的觀點來看，我對母親做出的反應，應該相當於反抗／矛盾型吧。當母親離開，過了一陣子又回來時，幼小的孩童表現出來的反應經常顯示出這個孩子在依戀方面的穩定性及類型。與母親的依戀穩定的孩童在母親回來時，會直率地開心喜悅，並向母親撒嬌。但反抗／矛盾型的孩子反而會表現出憤怒，並且抗拒、攻擊母親。雖然這種反應一般容易在缺乏關愛的孩子身上看到，但與一直被冷落的孩子相比，如果被疼愛與不被疼愛的時候存在巨大落差，孩子會更容易表現出上述反應。

小時候的我個性上有些自閉，不知是和遺傳有關，還是不到一歲時就與母親分離產生的影響，又或者是對孩童而言不甚理想的環境中各種問題交疊所造成。這很難釐清，而且似乎不是光用反抗／矛盾型就可以解釋的。母親不禁覺得，各式各樣、多到數不清的不利因素混雜在了一起，不管怎麼看，我的成長都朝著她不樂見的方向發展。

但母親為了改善生活，還是只能咬著牙工作。而且對母親而言，在外面與其他人建立的連結，肯定具有救贖的作用。

我還依稀記得在那個寒冷的日子發生的事。年幼的我在客廳玩耍時，聽見外面傳來機車引擎聲，知道有人來了。玄關的玻璃拉門灑進了燦爛的陽光，我稍微拉開門朝外偷看，只見一個身穿黑色皮大衣的高大男性從黑色的機車上下來。對方不是我熟悉的人，讓我感到害怕，於是跑回客廳。不久後玄關的門被打開來，那個人神采煥發地走了進來，原來是壽明舅舅。家裡除了我，還有祖父和祖母在。他將剛搗好的麻糬裝在木盒裡帶來給我們。

壽明舅舅基本上很少來萩原這裡，而且他沉默寡言，平常就算有來也是把事情交待完了就離開。但這一天當祖父母請他留下來喝杯茶時，他有別於以往，脫下了大衣和鞋子進到客廳，爽朗地與祖父母聊起天。祖母的心情似乎也很好，提起了母親去外面工作後還有給她孝親費，看起來頗為開心。

祖母基本上是個重外表的人，如果對方看起來耀眼、體面的話，她就會比較偏心。大概是因為祖母表現得十分親切，讓舅舅也鬆了口氣，不時發出愉快的笑聲。我被祖父抱在膝蓋上，比手畫腳地玩了起來，也覺得這和樂融融的氣氛很舒服。舅舅回去時，我還跟到了玄關外，看著他跨上機車離去。那是我在舅舅生前最後一次見到他。

那一天母親因為上班不在家，後來她也只再見過壽明舅舅一次。

在晝短夜長的二月，某天傍晚母親下班後，突然很想念父親及哥哥，於是特地繞了一大圈回十三塚的娘家。

「大概是冥冥之中感覺到了什麼吧。」母親也只能這樣解釋。

「我停好腳踏車以後，剛好看到大哥人就在雜物間前面的機車那裡。那時候天色暗了，連臉都看不清楚。我跟他道謝之前拿麻糬來的事，他聽了以後跟我說他也很高興可以跟你阿嬤聊到天。」

然後壽明舅舅有點唐突地問起母親：

「妳這樣出去上班可以賺多少錢？」

母親回答，跟你賺的比起來，我賺的錢少到說出來會不好意思，但這不是錢多或錢少的問題。不知道舅舅聽母親這樣說時臉上是什麼表情，但他只問了一句：「把那孩子託給老人家，這樣好嗎？」

母親自然也有很多她的理由。不過，壽明舅舅應該是感覺到了什麼，才會這樣勸母親。

「那成了我大哥的遺言。」

在那之後過了一週，母親上班時接到電話。當時剛過中午，她正準備要吃便當。電話是父親打來的。父親跟我們家前面的布店借了電話打去，他告訴母親：「妳大哥出意外受了重傷，趕快去醫院。」舅舅在的剛好就是母親兩年前因肺結核住院的那間醫院。從工廠騎腳踏車到醫院如果趕一點的話，大概要十分鐘。母親當時還不知道發生了什麼事，路上一心祈禱不要是危及性命的傷。

母親喘著氣趕到了自己曾經住過的醫院，但病房裡的景象宛如煉獄。舅媽趴在病床前痛哭，外公則癱在病房的一角，留下了男兒淚。壽明舅舅滿頭是血、包著繃帶，母親的二哥富美男握著他的手，有如呻吟般地不斷喊著「大哥」。

在那不久前，富美男舅舅抓著醫生的白袍，死命懇求：「拜託你救救他……」但醫生只是搖搖頭，對於壽明舅舅的傷勢無計可施，只能等待死亡降臨。

聽說壽明舅舅是在檢查鷹架時撞到鐵絲跌下來的。意外發生在農會的貨運站，鷹架並不是很高，高度只有幾公尺，不知道是不是因為這樣而大意了。偏偏他運氣不好，頭部後方撞到下面的大石頭，頭蓋骨及裡面的血管都受了傷，我想可能是急性硬腦膜外血腫，如果在現在，應該是救得活的。

「他的鼻子、嘴巴一直冒血出來，可是我們束手無策。大哥應該已經沒有意識了，但他的雙眼不停留淚，看了真的覺得好不捨。」

母親曾多次提起那幅景象。

兩小時後，壽明舅舅三十七年的人生落幕了。他很早便失去了母親，但不曾說過一句洩氣話，不斷工作支持妹妹及家人，當人生看起來終於出現希望的曙光時，卻悲慘地失去了生命。

那一天發生的事對我而言，也是特殊的回憶。

母親帶著慘白的臉回到家後，告訴我舅舅去世的消息，並表示等一下要過去致意，必須先換衣服。雖然她這樣說，但我還是不太清楚實際上究竟是怎麼回事。只是，母親悲傷無力的聲音讓我感覺到，似乎發生了什麼非常可怕的事。

母親騎腳踏車載我回到十三塚的娘家時，壽明舅舅的遺體已經從醫院運抵，放在後面和室鋪的床墊上。

冬日的天空覆滿雲層，太陽將要下山。在昏暗的燈光下，一家人圍在遺體旁。良美舅媽和兩個表姊趴在舅舅身前發出哭聲，我感覺到氣氛不太對勁，雙腳已經無法動彈了，但母親毫不猶豫，對我說：「來，你也去跟舅舅道別吧。」牽著我的手直直往和室走去。

我像是要躲在母親背後般，抓著她的腰，膽怯地望向舅舅的遺體。舅舅躺在厚厚的冬天棉被內，臉上蓋著白布。但仔細看會發現，他頭上的繃帶滲出了血跡。

坐在另一邊的舅媽發現母親和我來了，便停止哭泣，低頭致意。

母親立刻坐到舅舅身旁，雙手合十，問道：

「我可以看看他的臉嗎？」徵求舅媽的同意。

舅媽點頭後，母親掀開了蓋在舅舅臉上的白布。

我還清楚地記得那張臉。雖然臉色蒼白，但舅舅端正的面容十分乾淨，連一道傷都沒有，只有鼻孔留著鼻血的痕跡。

「哥，你為什麼會死……」母親哭了出來，一旁的人彷彿也受到觸發，再次傳出哭聲。我雖然因周遭強烈的情緒爆發而震撼，但還是沒有哭出來。也許是衝擊太大，讓我變得有些茫然無覺了。

在哭喊啜泣聲中，只有舅舅始終沉默。一個月前他還神采煥發地現身，爽朗地與祖父母聊天，我也覺得自己和他好像稍微變得親了一些。但如今他已遠離我們而去，不會再笑，也不會再回話了。

我聽從母親的話，用葉子沾水擦濕舅舅的嘴唇。

原本精悍健壯的舅舅沒有任何回應。

舅舅的死，是我第一次接觸到死亡這件事。

「他的告別式真的很讓人難過。因為他的事業做很大，所以告別式當天送來了上千張剛印好的名片，那些全都放進了他的棺材。良美舅媽一直不肯離開棺材旁邊，所以沒辦法蓋上蓋子，是好幾個人好不容易才把她拉開的。看了真心酸。」

告別式那天晚上，我和母親一起在十三塚的娘家過夜。我發現自己棉被的圖案，和蓋在過世舅舅身上的棉被非常相似，因此完全不想睡，令母親很頭痛。良美舅媽聽見我耍賴，告訴我守靈時用的棉被因為沾到血，已經丟掉了，但我還是不相信。

當時的火化爐不像現在的火力那麼強，遺體火化完成需要一整晚的時間。我到現在都還記得隔天早上火葬場房間裡陰涼的氣息。從火化爐拉出來的推車上面堆積著白色的骨灰，裡面摻雜了燒剩的骨骸，大約還看得出人的形狀。壽明舅舅身材高大，骨頭似乎也很粗壯，因此骨骼維持了原本的外型。

「哥，你竟然變成這樣了……」母親等人又拿出了手帕嘆息拭淚，但我則是因為親眼見到了真正構成壽明舅舅的物質，而受到強烈衝擊。那和像是要嚇唬我般，滲血躺在我面前的遺體不同，帶有安穩的透明感。連粗壯的骨頭也如同空氣般輕盈，火鉗一撥動，骨灰就像輕飄飄的羽毛飄散在空中。

我也察覺到，繚繞在耳邊的嘆息聲，在本質上開始出現微妙的變化。雖然女眷們還是一樣哭泣悲嘆，但糾纏、撼動她們的熾熱激情已經冷卻、退去，轉變成了平靜的嘆息。

一位親戚想起壽明舅舅原本鑲了金牙，於是有人開始找融化的金子，但四處都沒有找著。不知是誰開口說：「大概已經被撿走了吧？」便沒人再找下去了。

舅舅在事業正要起飛之際突然離世，讓整個家族都籠罩了陰影。

「他原本身體很健壯，可以說是個打不死的人。」

母親曾數度感嘆，像自己這樣體弱多病的人活了下來，不曾生病的舅舅卻先一步走了，只能說命運實在捉弄人。

母親一直很遺憾自己沒能替舅舅做些什麼，於是她在我的小櫃子上面的架子放了一小張舅舅的遺照，每天合掌悼念他。

我不太喜歡看到那張照片，因為會讓我想起那天看到的舅舅死去的面容。

但每次只要一有什麼事，母親就會讓我想起舅舅的死。她尤其一直警告我，舅舅摔死時，致命傷是耳朵後的傷，甚至到了嘮叨的地步。

靜不下來的我只要一撞到頭了，母親一定會先問我撞到的是哪裡。「不是耳朵後面吧？」她會用可怕的表情這樣問我，而且如果是靠近那邊的部位，她就會臉色大變，持續注意有沒有什麼變化，讓我也跟著害怕起來。

那年四月，我第一次被送去了托兒所。當時應該有入學典禮之類的儀式，雖然對典禮本身沒有記憶，但我很清楚記得母親騎著腳踏車，從托兒所載我回家的情景。

留在我記憶中的，是和入學典禮完全無關的景象。我坐在後座時，看到一名穿著緊身裙的年輕女子在另一條路上同樣騎著腳踏車。引起我注意的是，她的膝蓋附近纏著繃帶，看起來簡直就像她的膝蓋以下和膝蓋以上是靠著繃帶連在一起的。

現在回想起來，纏在舅舅頭上的，和將女子的腿連起來的，同樣都是繃帶，實在有種不可思議的感覺。這幅景象，或該說想像，在我腦海中留下了非常強烈的印象，即使年齡已經增長許多，我仍然能鮮明生動地回憶起那個畫面。

母親之所以決定送我去托兒所，我想應該是受了舅舅生前那番話的影響。而且母親也覺得，比起留在祖父母身邊，讓我跟其他小孩相處、接受老師教導，或許對我的成長能帶來更好的刺激。

母親去申請入學時，鎮上的承辦人員起初其實不太同意收農家的小孩就讀，因為他們覺得家裡就可以照顧，但母親不肯退讓。她說明自己目前在外面上班以及祖父曾經中風過，身體不太好。祖母的事我不知道她是如何交待的，但總之承辦人員最後同意收我了。

這間托兒所才剛成立，不知道為什麼不在大野原的市區，而是在距離紀伊町的市區有一段距離的地方，我大概是這裡的第一或第二屆學生。不知道是不是因為大野原只有這一間托兒所，住在大野原市區的小孩子也都是送來這裡，其中還包括了經營已久的書店、舶來品店、理髮廳的兒子。在母親看來，這些家庭就像是鎮上的名流。

從萩原去托兒所的人就只有我。雖說都是鄉下地方，但那些鎮上的小孩成長的環境肯定比我要有都會氣息，過的生活也更上流。母親大概是希望我能跟他們打成一片，接受良好的教育吧。

我是搭公車去紀伊的托兒所。在鎮上最熱鬧的十字路口中心附近有一間計程車公司，門口就是公車站。馬路兩旁開滿了就當時而言十分時髦的舶來品店。

每天早上，母親都會從萩原的家騎腳踏車載我到公車站。由於我們家外面的路沒有鋪柏油，到處凹凸不平。母親總是騎很快，腳踏車難免會經過大的坑洞，我也曾跟母親抱怨屁股很痛，令她傷腦筋。

公車站通常都聚集了許多人。公車離站時雖然會有點哀怨，但我不曾哭鬧，給母親添麻煩。照理來說和母親分開應該是傷心難過的，但我已經稍微習慣母親要去上班這件事了，所以不至於太嚴重。

而且我那時已經四歲，以現在的算法來說是中班了。

送我上車後，母親還得騎車趕往大約三公里外，位在豐濱的大同金屬網工廠。

我搭的公車是往和豐濱相反的方向走。這條縣道也被叫作金毘羅街道，一直下去會通到琴平。不過，到托兒所大概只需要搭三四站，車程十多分鐘，過了一條名為柞田川的大河之後，馬上就到了。

小孩子和大人對於時間的感受是完全不一樣的。就算只是短短的十多分鐘，也足以擁有強烈的體驗，或是發生各種插曲。

我在托兒所第一個敞開心房的對象，是一個叫步美的女生，她很喜歡照顧人，而且個性懂事。不知何時開始，我搭公車時都會去坐她旁邊。

但有一天，那個座位被家裡開舶來品店的藤川得意洋洋地坐走了。我要求藤川換座位，他卻不肯。結果最後我們打了起來，藤川的營養比我好、個頭也比我大，而且很會打架。我的臉被抓傷流了血，不甘心和疼痛讓我哭了出來。但讓人意想不到的是，情勢在這時逆轉了。步美用嚴厲的口氣指責藤川，結果藤川最後不得不把位子讓給我。我得以坐到步美隔壁，而且她還來關心我：「你還好嗎？」這或許只是短短一兩分鐘間發生的事，但卻讓我感覺到人生並不是一無是處。

人大概就是在同時品嘗「母親不在身邊的不安」，以及「母親以外的人出面維護自己的舒適安心感」這兩種滋味的過程中，一點一滴超越了「自己」這個框架吧。

上托兒所的經驗對我而言，是喚醒自我與他人之別的機會，我認為這個時機來得正好。但對於三月出生、發育較為緩慢的我而言，去托兒所的每一天都是考驗。

托兒所的建築呈橫排狀，我被分到的是給四歲小朋友念的黃班，位在最旁邊，隔壁是粉紅班，小朋友的年齡更低。粉紅班教室對面是一間叫作保育準備室的房間，裡面存放著各式各樣的圖畫紙、畫板、遊戲用的道具及連環畫劇，另外還有準備給小朋友替換的內褲、長褲、尿布等。我尿褲子的時候，老師就常抱著我兩邊腋下帶來這裡。

負責教黃班的，是一位姓高木的年輕女老師。她幫我換褲子的動作很快，我則呆呆地抬頭望著架子上的東西，任憑她處置，然後穿著和早上來學校時不一樣的褲子回班上。

「你換了褲子耶，又尿褲子了嗎？」聽到步美半擔心、半嘲笑地這樣說，儘管年紀還小，我心裡還是會覺得羞愧。話雖如此，但這都是自然而然發生的，我也控制不了。

如果只是尿褲子的話倒還好，但我連大號也控制不好，讓身邊的人很傷腦筋。母親只要看到我又換了褲子，也會不太開心。雖然她告誡我：「想上廁所的話就趕快去上。」但不知道為什麼，我總會錯過那個時機。是被其他事物吸引了注意力嗎？還是心不在焉呢？我自己也搞不清楚。

母親對此十分擔心，但身為當事人的我卻絲毫不在意。從托兒所回家後，就會想像自己是Super Jetter或鐵人二十八號，兩手張開來、身體往前傾，在家門前的蓮花田裡跑來跑去。

當時父親仍在勉強地從事酪農業，家裡還有牛。母親去上班時，父親就會到公車站接我。但父親不一定都會來，這時我就得自己一個人走約兩公里半的路，從公車站走回萩原的家。對四歲的我而言，簡直是無止境地遠。

有時住在附近念高中的大哥哥騎腳踏車經過，看見我獨自一人，便會載我到家門口。那是個淳樸的時代。

六月的某天，父親沒有來接我，因為家裡出了事。祖父由於第二度中風而倒下，這次的發作比前一次嚴重，令祖父就此臥病在床，但祖母絲毫沒有照顧他的意思。祖父連大小便都無法自理，必須有人照料。到頭來，母親只得辭去工作，一面幫忙父親，一面照顧祖父。

母親在家的時間變多了，對我而言是好事，但就她的角度來說，則似乎有些遺憾。

我還記得某一天和母親一起去大同金屬網工廠道別時的事。母親和平常上班時不一樣，穿上了正式體面的洋裝，我也被慎重其事打扮了一番。

有一位年輕女子十分歡迎我的到來，還端出了滿滿一盤水果。我後來才知道她是社長的妹妹。母親在工廠裡和廠長說話時，我則目不轉睛地看著製作金屬網的巨大機械不停運轉。母親提過，曾有好幾個人的手或腳被這台機器捲入，我以前都只能想像它是什麼模樣。

先前見到的年輕女子似乎覺得依依不捨，邀我們去工廠後面的海邊散步。我們三人走下了防波堤，漫步在被初夏陽光照得閃閃發亮的海灘上。我在那邊專心地撿拾著海浪打上來的貝殼、塑膠容器之類的東西。從母親的同事都十分惋惜看來，她應該很認真工作吧。我想起父親曾說過，海的另一邊是美國，於是問道：「美國在哪邊？」母親和女子都露出了困惑的表情，笑著說：「嗯……是哪邊呢？」我看到的海，其實是瀨戶內海。

後來母親就被家裡綁住，在農活與照顧祖父間蠟燭兩頭燒。祖母原本就厭惡祖父，在祖父半身不遂、臥病在床後，更是明顯地表示嫌棄。如果祖父大便了，她連靠近都不肯，只會把正在下田的母親叫來。母親只能放下工作趕回家裡，幫祖父換好尿布後再回田裡。

祖父對母親感到抱歉，不斷地說：「對不起、對不起，我的身體變得這麼不中用……」母親覺得祖父很可憐，回答：「不用在意，爸你只要想辦法好起來就好。」祖父便淚眼汪汪地望著母親。

不知道是祖父的病令祖母不耐煩，或是季節性因素造成的，祖母的精神狀態也不穩定，變得經常激動大叫。祖母的不滿似乎有一部分是來自於母親辭去工作後沒辦法再給孝親費。她攻擊的對象大多是母親，但如果祖父不知死活想要袒護母親，也會連帶遭殃，被祖母辱罵。他甚至曾被祖母曾拿母親披在棉被上的衣服狠狠打過。

祖母說出過各式各樣心中的怨恨，她常提起的一件事，是在她精神剛開始出現狀況時，祖父為了讓不做家事也不照顧小孩，只顧著大吼大叫的祖母冷靜下來，曾經拳腳相向。但半身不遂的祖父已經沒有力氣再對發狂的祖母回嘴，只能忍耐自己妻子的嘴臉。他對母親也只是說：「是我不好。」

事情的先後順序也許不太對，但我還記得某個下雨天發生的事。我不確定那是在梅雨季節，還是秋天的多雨時節，但下了一整天的雨是肯定沒錯的。

那天吃完午餐後，我的牙齒開始痛起來。步美很擔心我，便幫忙告訴老師。我跟老師說是蛀牙在痛，老師便叫我去刷牙，但刷了之後反而更痛。我一面哭，一面誇張地喊叫：「好痛、好痛！」結果不但沒獲得同情，反而引起大家的反感。連老師都說：「只是牙痛的話，就稍微忍耐一下吧。」班上同學也一一附和，有人說自己的腳受傷了，還不是一樣忍著；有人說自己之前也牙齒痛，但可沒有哭。但我還是反覆地喊痛，哭到連鼻涕都流出來了，最後大家反而開始嘲笑起我。「真的那麼痛嗎？」一開始還很擔心我的步美也變得愈來愈冷淡，只說了句：「不管你了。」讓我茫然不知所措。老師告訴其他小朋友不用理我，便將其他人帶開去演連環畫劇了。

我覺得自己被拋棄了，於是跑去面對中庭的走廊哭泣。這時園長剛好經過，便仔細看了看我的臉，詢問發生什麼事。

最後在園長的協調下，讓我提早放學，自己一個人搭公車回家。要搭公車時我已經不覺得痛了，但都到了這時候，怎麼可能說得出口，便低著頭坐上了公車，車上乘客只有我一人。父親似乎接到了校方通知，前來公車站接我。來接我的人不是母親，讓我若有所失，便詢問：「媽媽呢？」父親只簡短地回答：「她有事。」

父親騎腳踏車帶我去看牙醫，接受了治療。其實，我會這麼清楚記得那一天，是因為後來發生的事。

我回到家時，看到了奇異的景象。祖父平時躺的和室正中間，放了個像是大鐵盤的東西，裡面燒著火。旁邊則有身穿白衣的人朝著火焰好像在灑些什麼，一面用雄厚的聲音誦經。熊熊燃燒的火焰是所謂的護摩火供儀式，身穿白衣的人則是修行者，帶了幾名自己的弟子前來。

愛媛縣新居濱市有一個叫作阿島的地方，這位修行者的道場就在那裡，據說他因為法力高超而頗有名聲。其實我也有去過那座道場。從豐濱搭一個小時的火車到新居濱，再轉乘公車搖搖晃晃約半小時，才到得了位在山裡面的道場。我還記得道場後面有條大河。

去道場接受祈禱加持的人之中，有的容易對加持起反應，有的則不然，而反應最大的，就是幸男叔叔了。幸男叔叔簡直變得跟狐狸一樣，修行者不過用一隻手指碰他，他的身體就扭成一團，痛苦地打滾。修行者說這代表有東西附在他身上，於是便用心地作法驅趕。

父親和母親則不太容易起反應。其實大家最希望的，是請這位修行者幫忙看一看祖母，但祖母本能地害怕這種法術，因此不肯跟來。於是，為了根除最關鍵的病灶，就只能請這位修行者來我們家了。

大家都稱這位修行者「阿島的師傅」，他披著一頭長髮，而且相貌豪邁、身材魁武，散發出宗教領袖般的氣息，「嘿！呀！」等卯足了勁發出的吆喝聲中充滿氣勢。我看著護摩火供的火焰，以及修行者彷彿能自由操縱火焰般的姿態看到出神，沒想到父親這時說出了讓人意想不到的話。他告訴修行者我有尿褲子的問題，這位師傅說了聲：「沒問題。」下一秒便將我抱起，在火焰上來回過了三四次，還特別仔細用火烤一烤屁股附近。

以結果來說，不論是護摩火供或祈禱對於我的大小便控制都沒什麼幫助，祖父也沒有康復的跡象。祖母對於阿島的師傅怕得不得了，即便特地將他請來家裡了，還是不肯接受祈禱加持，因此根本無從驗證這位師傅的法力。

夏天快結束時，我也逐漸熟悉托兒所了，除了步美以外，也開始有男生的玩伴。和我最要好的男生姓西山，他發育得早，運動神經也很棒，而且伶牙俐齒。相較於發育遲緩的我，可說是完全相反的類型。我對他的感覺是一種類似崇拜和尊敬的心情，至於他是如何看待我的就不得而知了。

雖然班上有壞心眼的小朋友，但西山具備了一種超齡的公正性格，如果有人被欺負了，他就會出面制止。是這種公正的性格讓他接納我的嗎？

而家裡開書店的福山則屬於話不多的人，雖然沒有特別亮眼之處，但教養良好。他不會故意捉弄人，是可以放心一起玩的對象。

當時我能夠稱得上和其他人有同等表現的事，大概就是畫畫了。有一天，我因為想到了某個點子，回家時心情很興奮。這個點子是，只要在紙上剪出相同的形狀，不就能複製任何東西了嗎？我有種自己掌握了全世界的感覺，一心一意沉浸在自己的構想中。到家之後，我就用蠟筆在報紙上畫出所有自己想像得到的東西，然後一一剪下。其中最讓我得意的作品，就是纜車。不論是纜線或車廂，都是從紙上剪下來的。我在母親的五斗櫥和我自己的小櫃子間拉起了纜線，再吊上纜車車廂。這些都是用報紙剪成的，雖然沒有我想像中那麼壯觀，但對於自己功複製出了以前只在繪本上看過的東西，我感到心滿意足。

後來我因為太累而睡著了，母親是在傍晚才回來的。她看到我做的東西，驚訝地問我：「這是什麼啊？」由於才剛醒來，我還迷迷糊糊的，原本占據了我心中的熱情已經退去了大半。

母親回來的時候，我常常因為玩得很累，已經自己一個人睡著了。這時她就會把我背在背上，從火屋帶到主屋去。在昏暗的光線中前進時，還睡眼惺忪的我靠在母親背上，有一種難以言喻的安心與舒適感。

然後母親會在客廳放下我，自己往廚房的方向走去，準備遲來的晚餐。

雖然已經逐漸習慣托兒所了，但對我而言，去上學仍然是一項令人不安的考驗。因此，母親來托兒所接我的日子，就會成為特別的記憶。

那是個天氣晴朗的日子，我在大家羨慕的眼神注視下，離開了黃班教室。然後母親用腳踏車載我，騎了比平時更長的距離。我會記得河岸道路的風景，大概是因為母親沿著托兒所旁邊的柞田川河岸，一路往觀音寺騎去吧。

那一天母親是要去位在觀音寺市區的衛生所接受定期檢查。我不記得自己是不是也有一起接受檢查。不過，印象中我抓著母親後背，腳踏車輕快地馳騁在風光明媚的景色中，是段愉快的回憶。由此看來，我應該沒有接受結核菌素皮膚試驗的注射。檢查完後，我和母親好像還去吃了烏龍麵。或許因為在外面吃飯是一年只有一兩次的大事，所以那天的記憶更顯得燦爛耀眼。

但對母親而言，每年一次或兩次被衛生所通知去做檢查這件事，等於是逼她想起還殘留在自己身體上的烙印，相信她在騎腳踏車時心裡肯定充滿了不安，和我雀躍的心情完全相反。

隨著我的年齡增長，她也開始告訴我，這個病對她而言是何等沉重的枷鎖。

母親的五斗櫥抽屜深處，收著一個咖啡色的大信封，裡面是母親慎重其事保管起來的X光片，她只要一有機會便會拿出來給我看。X光片上等比例照出了母親的肺臟。

每當母親拿出X光片，年幼的我就會心情陰鬱。聽她說明時，我總覺得自己好像被施加了恐怖的咒語般，呼吸不過來。黑白的X光片本身就已經因為毫無生氣而讓小孩子覺得害怕了，母親一面指著右肺變白的部分，一面壓低聲音說話，彷彿害怕被別人聽見的模樣，更加令我恐懼不安。母親說那裡還有一個空洞，就是因為那個空洞，所以她每年都會被叫去做檢查。對她而言，那就像一樁必須隱藏起來的罪般，讓她覺得自己的過去和一般人不一樣。

不過，母親會特地給我看那種東西，也是因為我在嬰兒時期曾被檢查出初期感染。

「你也曾經輕微感染過，所以一定要小心，別變得跟阿母一樣。」

母親甚至把當時醫生一句令人不安的預測也說了出來。

「如果會出現症狀的話，應該是在他接近青春期的時候吧。」據說醫生曾對我的預後如此表示。

母親話中非比尋常的憂心，反而使醫生那句話聽起來更加沉重，讓我覺得自己的生命就像風中殘燭般，心情也靜不下來。

大概那個時候的母親還不懂得將自己的不安放在心裡吧。

後來母親逐漸克服了這個短處，說出口的話全都經過反覆思量。幾乎每個見過母親的人，都會對她深思熟慮的態度及遣詞用字留下深刻印象，我也聽過不少感佩之詞。但母親在到達這個境界前，經歷過太多不幸，不斷遭遇各種令人憂心之事。而年幼的我，也不由自主地遭受牽連。

母親之所以愛嘮叨我的姿勢，大概也是因為無法忘記那則恐怖的預言吧。她拚了命地想要保護我遠離不吉的命運。母親相信姿勢不良會影響到肺部，非常討厭我駝背。

母親覺得和父親或祖母厚實的胸部比起來，自己的胸膛太過扁平，像父親及祖母那樣，胸部有如鴿子般飽滿是最理想的。我在母親面前時，會直起腰、挺起胸部給她看。「對了，差不多就是這樣。」雖然好不容易過關了，但只要母親的眼睛一離開，我馬上又會變回駝背。

一旦我咳嗽起來，母親就更加神經質。如果持續乾咳好幾天，母親的神色會愈變愈凝重，開始對我進行診察。她會叫我大口呼吸，我便照做，讓肺部吸滿空氣。母會再問我，有沒有哪裡呼吸不順，我總是搖搖頭。

「阿母生病的時候，呼吸都塞住了，連一半的空氣都吸不到。」母親如此說道，嘆了口氣放下心來。

母親或許是希望藉由告訴我肺結核有多可怕，讓我多注意健康，只是做得太過火了。當我還是個小孩子的時候，就已經開始害怕死亡的陰影。我逐漸意識到，「活著」這件事有如走鋼索般危險，死亡就一直在鋼索下面等著。

舅舅去世後一段時間，我忘了是不是因為有什麼儀式，母親帶我去參拜首山觀音，為舅舅祈福。爬上石階的時候我還很有精神，蹦蹦跳跳的。但到了要下樓梯的時候，我卻因為害怕會摔下去，雙腿無法動彈。不管母親怎麼拉，我都不肯動，最後只好四肢著地，用倒退的方式爬下去。

母親在我意想不到的時候來托兒所接我，固然讓我特別開心，但偶爾也會有她應該要來接我，但卻沒現身的狀況。

有一天的風特別大，但偏偏那一天我下公車時，沒看到任何人來接我。雖然我偶爾也會從公車站走路回家，但下雨或天氣不好時，父親或母親其中一人一定會來接，因此這意想不到的狀況讓我不知所措。

雖然我勉強打起精神邁出腳步，但風實在太大，瘦小的我好像要被吹走了般。平常經過的神社裡矗立著巨大的樟樹，此時也發出巨大的簌簌聲，令人感到害怕。

我心裡十分不安，幾乎要哭出來了，但還是強忍住淚水，繼續走下去。經過了八兵衛聚落後，我的眼前豁然開朗，看到了平時熟悉的山巒。山腳下的田野就是萩原，遙遠的另一頭開始看得到我家所在的聚落了。年幼的小孩從公車站走到這裡要將近一小時的時間。

聚落的外圍有墓地，走到那裡時我跑了起來。快要跑到家門口時，我不小心絆倒了，但還是拚命爬起來，直接跑進家裡。

母親正好就在玄關外，看到我滿臉通紅地跑進來，似乎嚇了一跳，問我發生什麼事。我奔向母親，緊緊抓著她哭了出來。

「對不起，沒有去接你，因為醫生來了。」

原來是因為祖父的身體狀況不太理想。

母親拍掉了我褲子和手上的沙子，說我全身上下都沒有傷。但我還是沒有停止哭泣，堅稱手肘在跌倒時撞到了。

於是母親用手指沾了口水，抹在我說痛的地方，並一面念著「阿爸阿母的口水是藥藥」的咒語，告訴我：「好，已經沒事啦。」

神奇的是，母親這樣做之後我就不痛了，便停止哭泣。這就是母親的魔法咒語。

祖父在那之後不久就去世了。祖父原本說等到可以領年金了，要把錢給母親。他也只能用這樣的方式向母親表達謝意，然而卻在剩下不到一個月就可以領取年金時離世。

祖父是在和室裡的床墊上去世的。他一直緊緊握著母親的手，直到嚥下最後一口氣。

「你阿公感覺像是要掉下懸崖了一樣，明明已經那麼虛弱了，還握著我的手握到我都覺得痛了。」

祖父總是說，希望母親在自己臨終時陪在身邊，他最後的心願終於實現了。

為了安排告別式的事宜，我和父親去了葬儀社。葬儀社的店面陳列了各式各樣告別式的用品及佛具，像是花圈、大小燭台、做成蓮花造型的擺飾。我看著看著結果完全被吸引住了，央求父親買蓮花造型的擺飾回去，但想當然地，他並沒有答應。

祖父身穿寫有佛經的白色和服，以盤腿坐姿被放進大杉木桶，桶裡的空隙則用裝了米糠的袋子塞滿，固定住祖父的身體。祖父的手被擺成合十狀，連他的雙手之間也塞滿了袋子，最後只看得到頭髮已經稀疏的頭部。

桶子要蓋上蓋子前，眾人請祖母做最後的道別，但她只是用力地搖頭，彷彿那是無理的要求。

祖父是在十二月一個寒冷的日子入土的。墓地挖了一個大的不得了的洞埋葬祖父的棺桶，我一直盯著那個洞瞧。

祖父的墓沒有墓碑，只有一個土堆，就這樣持續了幾年。後來有一次父親去掃墓時，突然遇到怪事。地面無預警地陷了下去，使得父親腰部以下都被埋進土裡。父親受到出於本能的恐懼驅使，拚命爬了上來。當時母親人也在場，他們腦中閃過的念頭都是，這就像祖父從地底下發出的呼喚。

後來冷靜思考，他們覺得想必是棺桶的蓋子已經腐爛了，因而承受不住父親的體重。但父親掉落下去的位置，應該就是祖父的遺體，甚至有可能已經不小心踩到，父親對這件事耿耿於懷了一段時間。

這也是因為雖然父親很重視祖父，但卻一直沒能幫祖父修墳。父親絕對不是不把祖父當一回事。他原本打聽到在修墳之前，要先請寺廟幫祖父取居士法號，於是賣掉母牛籌到三十萬圓捐給廟方，讓祖父有了居士法號。但是修墳的錢還沒有著落。

不過，父親彷彿受到那天發生的事催促，終於在隔年修好了祖父的墳。

我則仍然一樣，是個迷糊的小孩。雖然對周遭的事心不在焉，但還是一點點地長大了，逐漸懂得控制大小便，也會自己去上廁所了。我還記得那時候，有一天在托兒所的廁所上大號時，心裡想到的某件事。托兒所的廁所是漆成了米白色的鋼筋混凝土建築，和小朋友平時活動的教室中間隔著中庭。上大號用的廁所是茅坑式的，為了避免小朋友掉進去，馬桶的圓頭前面裝了ㄈ字形的金屬桿讓小朋友抓著。我就抓著那根金屬桿，一面上廁所，一面這麼想：以後過了許多年當我變成大人時，應該會回憶起自己一面抓著桿子一面上廁所的事，以及回憶起現在的自己曾經這樣思考過。

那之後過了十幾年，當我在念大學時，某天我在山手線的電車內一面看海德格的《存在與時間》，一面回想起了當時的情景，以及從廁所窗戶照進來的午後陽光。就在那一瞬間，我知道自己認知到了此有（海德格於該書中提出的哲學概念）的歷史性。現在的我回想起自己在四歲那天的預知，完成了約定，我的心中滿是這種不可思議的感覺。

這種不可思議的感覺帶給了我希望——就像母親想到她自己有一天會不在，為此所留給我的話會陪著我繼續活下去、支持我一樣。即使我不在了，我寫下來的文字或許也能為某個人內心角落的黑暗，帶來些許光明。

雖然史坦納（奧地利的哲學家、教育家）說過，人的幼兒期幾乎像是在睡著中度過的，但我有時也會從半睡半醒、迷迷糊糊的狀態間短暫清醒過來。

只是當我再度回到迷糊的狀態後，如果沒有人幫忙，就會聽不懂、記不住老師說的話，總是不斷讓別人傻眼。

步美都會告訴我該做什麼，對我而言是個很可靠的朋友。她還曾經來家裡玩過一次。步美家裡剛好也是養牛的，但似乎都能成功增加乳牛的數量。到我念高中時，她家仍在持續從事酪農業。

我是在托兒所畢業後好幾年，才知道了更多有關她的事情。四歲時的我，只覺得和步美很親近、相處起來很舒服，完全沒有更多想法。

有一次步美走路來我們家，但偏不巧我在睡午覺。雖然母親試圖叫我起床，我卻完全不肯醒來。步美也把火屋入口的玻璃拉門弄得匡噹匡噹作響，想要叫我起來。我起床以後母親告訴我，她試了一個小時，最後終於放棄回家了。

托兒所生活最後的高潮，就是話劇發表會，我們演的是《笠地藏》。個性迷糊的我，演的是沒有台詞的其中一尊地藏。根據母親的說法，我在台上時也是一直在發呆，連模仿隔壁小朋友，跟著做出相同動作都很勉強。不過母親還是安慰自己，至少我沒有在台上尿褲子。我戴著斗笠和步美一起拍的照片到現在還留著。

畢業前高木老師給我的評語是害羞、不擅長在大家面前說話，但是很喜歡畫畫。

母親每次只要一提到高木老師，就會說：「你不知道尿了多少次褲子，都是老師幫你換的。」讓我無言以對。

過了兩三年，我聽母親說高木老師嫁人了，總覺得心裡有些落寞。

祖父去世後不久的冬夜，發生了一件事。我因為覺得身體很冷，從睡夢中醒來，結果發現平時睡在我兩旁的父親與母親不見人影。由於平時挖我起來上廁所的母親不在，所以我尿床了，似乎是因為這樣才覺得冷。我感到不安，一面喊「媽媽」一面在光線微弱，只有一小顆燈泡的房間裡來回張望，但還是沒看到人。我便起身打開玻璃拉門，走出火屋。在沒有月光的漆黑夜晚中，戶外寒冷的空氣沿著我濕掉的下腹部爬了上來。

父親和母親過去並沒有在半夜不見過，而且我是那種睡著了，就要隔天早上才會醒來的人，因此就算曾經有過，我也不曾察覺。母親以前常說：「就算把你丟到河邊，你也不知道。」

為什麼偏偏那一晚我就醒來了呢？大概是因為附近瀰漫著不知從何處傳來的詭異氣息吧。那股氣息的來源，是一種好像有什麼在低吼的聲音，以及偶爾響起的尖銳金屬聲。我好像被某種東西吸引了般，穿上鞋子跨過與庭院交界的石板，朝主屋方向走去。這時我突然轉過身體，往門外大路的方向望去——因為不尋常的氣息就是從那裡傳來的。

往門口的大路走了兩三步，我就因驚嚇和害怕僵住了。在一片黑暗之中，巨大的火柱朝著天空直直地往上竄。雖然中間有好幾座田，隔了數百公尺遠，但火柱在黑夜中反而更加醒目。籠罩著這一帶的詭異氣氛，其實源自於消防車的警笛聲。

「尊司，你在那裡幹嘛？」

幸男叔叔不知道什麼時候出來了，從背後出聲叫我。

「因為媽媽不在……」

我這麼回答。

「失火了，你爸爸媽媽應該是去幫忙滅火了吧。待在外面會感冒喔，進去吧。」

幸男叔叔的聲音聽起來格外地冷靜、溫暖。我稍微放下心來，聽了他的話。其實我的身體已經冷到要發抖了。

「要和我一起睡嗎？」

幸男叔叔牽起了我的手。走到半路上，我停下了腳步。

「怎麼啦？」

「尿尿……」

叔叔這才知道我尿床了，於是去火屋幫我拿了條新的褲子換上。

我和幸男叔叔一起鑽進了鋪在母屋客廳的棉被裡。

「哇，好冷！」幸男叔叔忍不住發抖，我也學他跟著抖起身體。

前面提過，幸男叔叔對電器很在行，除了我們家的電視，他還會組裝、修理鄰居的電視，十分討喜。他對於電器產品及機械的喜愛非比尋常，平時是個節儉的人，一點也不鋪張，唯獨在購買電器產品時毫不手軟。

幸男叔叔有一次買了台可以錄下聲音的錄音機回來。四方形的機器靠近上方處有兩個像眼珠一樣的圓圈，並纏著深褐色的細長條帶子。幸男叔叔說明，機器可以將聲音錄在這個薄薄的帶子上，但每個人聽了都半信半疑。於是他馬上將自己的聲音錄進去給我們看。當大家聽到帶子放出幸男叔叔的聲音時都讚嘆不已，發出了歡呼聲。「好厲害啊。」母親說道，父親則「喔」地睜大了眼睛。於是幸男叔叔更起勁了，說這次要來錄大家的聲音，拿起了麥克風一一堵到每個人面前，引起一陣騷動。父親陷入了思考，不發一語；母親喊著：「不要啦！」很害羞似地縮起了身子；祖母也喃喃自語道：「要錄呢？還是不要錄呢？」不知該怎麼辦；而我則邊笑邊躲到了母親背後。

帶子播出來時，可以聽到母親喊「不要啦！」還有祖母在說「要錄呢？還是不要錄呢？」以及我的笑聲，又引起了哄堂大笑。父親一直在想該說什麼才好，因此就只有他的聲音沒錄到。

後來每個人都逐漸忘了一開始的害羞，紛紛對麥克風說自己想說的話，搞得幸男叔叔幾乎要受不了。似乎不是只有我覺得播放帶子時聽到的聲音，和自己平時聽慣了的聲音不一樣。母親也好奇：「我的聲音是這樣喔？」並說出了她的感想，「好奇怪的聲音喔。」當幸男叔叔快轉帶子，錄音機開始用尖銳的聲音像連珠炮似地講話，大家聽到之後又是一陣大笑。

幸男叔叔就是這麼一個讓人吃驚的人。

夜校畢業後，幸男叔叔到了一間工具店上班，年底某一天，他領了獎金回到家時心情大好。他從薪水袋裡拿出了總共一萬一千圓的獎金向圍在火盆前的眾人炫耀。那時不知是出於怎樣的心境，他將零頭的一千圓直接塞給了我。

住在十三塚的外公，在自己長子的一周年忌日過後沒多久，又遭逢了厄運。再次扛起一家生計，從早到晚不停工作的外公，從雜物間的二樓摔下來受了重傷。他的腰骨受損嚴重，身高少了二十公分之多。醫生宣告他這輩子別說是走路，連站起來都沒辦法了。

母親帶我去探望外公那天早上，他躺在和室裡，身體就像被對折了般彎曲著。外公看著我，悲傷似地笑著，

「阿公身體變成了這個樣子，大概是因為做了什麼壞事吧？」並如此自嘲地說道。

但我因外公淒慘的模樣而震驚，只想要趕快離開，對於他話裡的意思、他的悲傷都無從理解。不過，雖然我還年幼，對於這番話本身的記憶，以及在那虛弱笑容下渾圓有神的雙眼所給我的印象，都刻進了腦海中，一直到我能夠理解它們背後的意義為止。

5

母親以前總是這樣說：

「阿母並沒有要你當個了不起的人，只希望你能表現得跟其他人一樣。」

我五歲以後，開始去讀位在小學隔壁的幼稚園。到頭來，我等於念了一年托兒所和一年幼稚園。去幼稚園只需要走十五分鐘左右，離我們家近多了，對我而言可說是輕鬆不少。

但我每天早上去上學時，總是不斷回頭看在後面目送我的母親。走出去約一百公尺的地方有尊地藏菩薩像，要在那裡右轉。我會依依不捨地頻頻回頭，一直到地藏菩薩附近。

我家前面有條小河，出了家門走過小橋之後，就是外面的大馬路。家裡除了這個門，屋子的西側還有一座象徵了往日榮華的冠木門（左右門柱有一條橫木貫穿的門），但因汽車無法通行，便一直鬥著沒有使用，在東側建了座新的門。雖說是門，但也只有水泥塊做成的門柱，十分簡陋。母親總是站在橋上，一面看著我一面揮手。

我去念大學，離開母親身邊生活後，每當要搭計程車去車站時，也還是一樣。即使我出了社會，母親依舊持續這樣做。母親最後一次揮手目送我離開，是今年（二〇二〇年）一月的事。不是我送母親，直到最後都還是母親送我離開。

去幼稚園的路上，我總是祈禱不要遇到到任何人。每當要轉彎的時候，我都會留意視線內有沒有其他人。因為我不想要遇到小學生的上學路隊。

上學路隊的路隊長是服飾店的獨生女，念小學六年級的美代子姊姊。這間服飾店原本主要是賣布料，被大家叫賣布的。服飾店老闆曾在大阪學習經商，不知在怎樣的機緣下剛好找到了空屋開店。這家店就在我家對面，中間只隔著條馬路。

不論布料或成衣，老闆都是親自從大阪進貨的，可說是物美價廉。因此雖然開在鄉下，仍舊有客人專程遠道而來，生意很好。

美代子姊姊長得瘦瘦高高的，有一張容貌端正的瓜子臉，個性聰明伶俐又努力上進、喜歡照顧人，超乎年齡地成熟懂事。

再加上她沒有兄弟姊妹，所以把我當弟弟般疼愛。母親和美代子姊姊很聊得來，美代子姊姊也很喜歡和母親說話，兩人時常閒聊。

由於我是自己一個人走路去幼稚園，因此美代子姊姊會邀我跟她的上學路隊一起走，但這好意對我來說是多餘了。我喜歡美代子姊姊，卻不想加入除了她以外，還有其他人在的圈子。

美代子姊姊的上學路隊是在另一位小學六年級的男生家集合。還沒到出發時間前，大家會在那個男生家的院子裡玩花一錢（一種傳統的日本兒童遊戲）。在通過那一戶前面時，我都會放輕腳步避免被發現。

有一次，當我快步從那家門前走過時，被美代子姊姊叫住了。

「我聽到有腳步聲，就出來張望，果然是你呢。」

於是我被帶去了大家集合的地方，跟其他人一起玩花一錢。這個遊戲的玩法是大家排成兩排面對面，和旁邊的人牽手一面唱歌，一面往前走、往後退。我在玩的時候總覺得很害羞，很怕玩這個。而且，大家在說「我想要〇〇（人名）」的時候，我就會有種肉慾般的羞恥感，想把身體縮起來。

只是，如果都沒有人說要我的話，我也會覺得落寞。那天玩到後來，除了我以外的人都被挑走了，變成只有我一人面對其他所有小朋友。等到終於有人說「我想要尊司」了，我感覺就像被搔了癢一樣，一面傻笑一面獨自一人對抗一整群小朋友。猜拳輸了後我也成了對面的一分子，遊戲到此結束。我拿起放在旁邊的書包和手提袋，跟大家排成一直線，往學校前進。

美代子姊姊走在最前面，最後面的是小學六年的男生，我則跟在美代子姊姊的後面。

雖然如此受到重視，我還是不喜歡加入上學路隊，只想偷偷從那家門前溜過去。和大家一起玩是很開心沒錯，但想要避開人群的衝動還是贏了。

也因為這樣，即使上了幼稚園，我在社會性及行動方面還是落後別人，尤其對於和大家圍成一個圈一起進行活動，或是聽老師說話這類的事不在行。念托兒所的時候，大家年紀都小，我的問題還不算特別明顯。但到了五歲，同學都逐漸變懂事之後，我的步調跟不上周圍其他人，或心不在焉的毛病就變得很醒目了。

對我而言，團體生活有必須和恐懼、不舒服對抗的一面。但另一方面，我也逐漸體會到和其他人交流的樂趣。

我和班上的幾個同學成了朋友，其中我最信任的，是一個姓清水的男生，他的父母都是老師。清水非常聰明伶俐，體格發育得好，也很擅長運動，身高在班上是數一數二。有一次他還曾經騎腳踏車來上學，嚇了大家一跳。
身體及心智發面的發育都有些遲緩，身高在班上是倒數第三的我，為什麼會和這種可說是班上風雲人物的男生成為朋友，實在很神奇。現在回想，他和托兒所的西山有幾個共通點，就是公正、值得依靠、對待弱者也很友善。這樣說起來，或許我是在向西山及清水尋求庇護。
班上還是會有那種由長得高、力氣大的男孩子帶頭，作威作福的小團體，我心裡很怕那個男生和他們的跟班。他們仗著自己人多、有力氣便目中無人，即使在沙池用鏟子挖洞、蓋隧道來玩，只要他們出現了，就得把沙池和鏟子讓出來。有時候為了避免自己受到威脅，就只能依靠有辦法和他們對抗的人。
不過話說回來，我並不是出於這樣的盤算而親近清水，更大的原因是我自然而然地被清水那種公正的和善，以及擅長照顧人的個性所吸引。
對我而言，清水是這樣的一個人，但他是如何看待我的就不得而知了。或許在某些方面，我只是一廂情願地親近、依賴他吧。
我和朋友間的相處，也一點一滴地出現了不同模式。大多數的小朋友其實都有不公正的一面，會表現得自私、狡猾，做些陰險的事，像清水那樣的人反而是例外。

由於清水的家稍微遠了點，所以我平常還有幾個別的玩伴，但他們都不像清水那麼公正、和善，甚至還會為了占便宜而攻擊、背叛朋友。對於在社會性的發展這一塊一直漫不經心的我而言，這大概算是很好的人際關係訓練吧。

雖然比較常和朋友一起玩了，但我仍舊熱衷於畫畫、玩積木，喜歡沉溺在自己的幻想世界裡。單純說是畫畫可能不太貼切。這是因為相較於畫出事物的外形、顏色等表面的樣貌，我畫的主題更多是事物的內部及結構。我並不討厭畫動物或人，但汽車或冰箱更吸引我，而且我很愛想像這些東西的構造。雖說所謂的構造不過是自己幻想出來的亂七八糟的東西，但我還是對於煞有其事地畫出車軸、引擎、剎車，思考機械運作的機制很有興趣。

這種特性在幸男叔叔及父親身上也看得到，我的另一位叔叔照幸則是技術非常純熟的車床師傅，也許父親這邊的人都有適合從事技術工作的基因。

而我對於機械的興趣，大概也和內心的憧憬有關。當時擁有汽車或冰箱的家庭開始變多了，但一貧如洗的我們家兩者都沒有。或許是做為自己無法擁有這些東西的一種補償，光是畫出物品的表面還不夠，我要連內部的構造也畫出來，藉此享受彷彿這些都是屬於自己的感覺。

上小學以後，這種傾向變得更加明顯，我開始熱衷於畫房屋的隔間圖。原因非常明顯——我們家實在太舊、太破爛了，就算只是幻想，我也想要有個新家。
某一天，父親看了我畫的東西以後告訴我，那個不是畫，應該是設計圖吧。他看我畫了好多張都畫不膩，便說：「你將來當設計技師好了。」父親的話對我而言有如晴天霹靂。我這才知道，自己畫出來的東西原來有特別的名稱，而且還有專門在做這個的工作。
「當上設計技師的話，只要畫這種圖就可以領到薪水了。」父親很羨慕似地這麼說。
「那我以後要當設計技師。」
父親馬上讓我知道，事情沒那麼簡單。
「那你就要用功念書，去讀高專。」
「高專？」
「就是高等專門學校。要念高專的話，學費可不便宜啊。」
父親沒有說出大學這兩個字。對高中中輟的父親而言，希望自己孩子能夠念書的心情非常強烈，但從我們家的家境來看，大學實在是高不可攀，他大概一開始就排除了這個選項吧。
父親的話打動了我。以後去念高專、當設計技師成了我的夢想。
但只要看過現實中的我，就會覺得這種夢想完全不可能實現。

打擊母親最深的，是教學參觀日發生的事。

大家圍在一起玩遊戲時，我卻自己一個人在遊戲室的周圍晃來晃去，撿掉在地上的東西，或是拿球來丟。最後我還被老師追著在遊戲室裡逃來逃去，讓其他家長不禁笑了出來。

母親覺得既丟臉又難過，無法繼續在那裡待下去。她像是逃跑般地回到家裡去找父親，哭了好幾個小時，悲嘆我的慘狀。父親也只是默默地聽，不知該如何是好。

「阿母那個時候好難過，覺得為什麼我們家小孩沒辦法跟別人一樣呢？所以我就跑去找藤川老師商量。」

藤川老師是幼稚園的園長，那年結束後就要退休了，在幼兒教育這方面非常資深。

藤川老師很仔細地聽母親敘述，然後笑著回答：

「媽媽妳不用擔心，像尊司這樣的孩子，更大一點之後就會逐漸穩定下來了。而且，他平時不會那麼誇張的，可能是因為看到很多人來參觀，所以有點飄飄然了吧。」像這樣安慰了母親。

雖然母親對於我之後會逐漸穩定下來這種樂觀的說法感到懷疑，但出自教育界資深老手的這番話，還是稍微起了鼓勵的作用。

「藤川老師還跟我說：『媽媽妳有點太拚了，請妳稍微放鬆些，隨遇而安就好。』阿母自己也覺得，的確只要是跟你有關的事，我就會拚死拚活的，或許真的應該聽老師的話。可是只要看到了你做的事，就沒辦法不在意。」

事實上，母親總忍不住注意我的一舉一動，嘮嘮叨叨地指點這個、指點那個。

「有帶衛生紙嗎？聯絡簿放進書包了嗎？不要只會東張西望，要仔細聽老師說的話。一有感覺的話，就要趕快去廁所喔。想再多等一下才去的話，就會來不及了。知道嗎？」

母親和我不一樣，視力很好，兩眼都有一點五。她會用她那優秀的視力掃過我全身，檢查服裝儀容。只要一發現有什麼問題，她便臉色大變，小跑步過來幫我整理。

這種行為到了我四、五十歲時仍舊沒有停止。即使是久久一次的返鄉，她還是會檢查我的頭髮、領帶哪裡亂了，皮鞋亮不亮，然後說聲：「等一下。」湊上前來把亂掉的地方整理好、擦起鞋來。如果我沒時間洗車，開著髒兮兮的車子回去，母親往往會一大早就幫我洗車。母親當時已經裝了心律調節器，肺活量應該也大不如前了，這對她來說想必很吃力，但她就是沒辦法放著兒子髒掉的車不管。

雖然母親本來就喜歡照顧人，但更重要的原因是母親很在意他人的看法及目光。她非常不喜歡被別人看到不體面的樣子。

這樣說起來，我寫出了這麼多外人所不知的事，母親大概也會很不開心。我這麼做或許是大大的不孝，但即便如此，我在記錄母親的生前點滴時，仍舊不想只挑好的那一面出來寫。

像母親那樣在意他人眼光、害怕自己在別人心目中被扣分的類型，在依戀形式的分類中稱為不安型。母親的這種傾向可說是相當強烈。這或許是她年幼喪母，在被迫揣測他人心思的環境中成長所造成的影響。

大部分在不安型的母親照顧下長大的孩子，同樣容易在意他人的眼光及臉色，顯示出不安型的傾向。不安型的傾向在我身上沒有那麼強烈，大概是因為我身上有一半是父親那種遲鈍、對每件事都正面看待的基因吧。也或許父親的個性之所以會這樣，其實是他的成長環境迫使他不得不如此。

說到我的玩伴，還有一個重要的人一定要提。

那就是我的青梅竹馬多美。多美和我一樣住在早本聚落，她的父親是做馬口鐵的，家裡信天理教，她家後面蓋了一棟氣派的天理教教會。

老實說，比起男生的玩伴，我更喜歡跟多美一起玩。多美雖然話不多，但個性溫柔，完全不會說讓人聽了不高興的話，跟她在一起感覺很安心。而且她擅長照顧人又懂事，長相算得上可愛、運動神經也很好。有些手腳俐落的女生在做墊上運動的時候連腳尖也能伸得直直的，或可以在單槓上一口氣轉好多圈，她就是這種人。

我和多美玩的時候，大多是扮家家酒。多美總是將自己的房間和書桌收得很整齊，扮家家酒的時候也一樣會把遊戲裡的家打理得井然有序。

在我們聚落還有另一個可愛的女生，叫作良子。良子原本住在神戶，因為她父親是船員，大概半年才回來一次，因此在老家附近蓋了一棟很有現代感的房子，她就和母親及妹妹住在那裡。良子家散發出的都會氣息很吸引人，她也很歡迎我去玩，但或許是因為她母親總是在家，讓我有點卻步，也感覺不太自在，所以我還是比較常去多美家。

我們聚落裡跟我同年的，就只有這兩個女生，到小學二年級為止，我們都時常往來。

我發現，不論是托兒所那時的步美，還是多美，或西山、清水他們，全都有共通之處。這些人不僅成熟懂事，而且待人公正，對待弱小的人也很和善，相處時不會遇到不愉快的事。我喜歡和女生，特別是個性溫柔的女生一起玩，大概也是因為這樣比較能安心吧。

但另一方面，其他各種小團體都是些會故意找麻煩，或不知何時會動手動腳的危險人物，總是令我感受到威脅。

雖然我在成長中備受呵護，幾乎到了過頭的地步，但有時還是會覺得缺乏安全感。這或許是因為我十個月大時，約有半年的時間被寄放在十三塚的外公家；也有可能是因為母親的生活不太幸福，使得她時常哭泣而影響到了我。即使我只是小孩子，還是無法不去在意母親今天有沒有露出難過的神情。如果母親看起來幸福快樂，我會開心到像是要跳起來；但母親若是哭泣，我就會覺得心裡像是被狠狠抓了一把般難過，對於害母親受苦的元凶充滿怒氣。然而，就算母親看起來很有精神，我也無法完全放心。因為只要一點小事就有可能讓她突然覺得受傷、眼眶泛淚。

所以我在挑選玩伴時，自然會將能讓自己安心列為優先條件，這或許可以說是自我治癒行為的一環吧。

若從我後來關注的依戀議題的觀點來看，多美真的可說是擁有穩定依戀的人。多美的哥哥雖然大她六、七歲，但父母感情很好，母親是個相處起來非常舒服的人。多美曾經帶我偷偷進到她父母的臥室，枕頭邊有個類似邊櫃的家具，裡面擺著威士忌酒瓶和玻璃杯。她父親不愧是做馬口鐵的，那個邊櫃也是馬口鐵材質，特別引起了我的注意，所以我到現在都還記得。順便再說一下，多美的書桌也是馬口鐵做的。由於我們家完全沒有享受生活的閒情逸致，因此即使只是馬口鐵的邊櫃，也顯得十分耀眼。

參與天理教活動的，是多美的祖父母，他們兩人十分虔誠，甚至還自己興建教會，背後似乎有許多故事，但至少我在多美身上並沒有看到任何不幸的陰影。

至於家裡開服飾店的美代子姊姊，表面上看起來是個非常開朗、聰明，家境富裕的大小姐，但背後複雜的一面並沒有讓有外人看到。那似乎與她父母感情不睦，或是說她父親性格過於偏執，因而對母親拳腳相向有關。這位服飾店的伯伯做生意時非常和藹可親，但私底下卻異常偏激，只要一遭到違逆，就會對妻子嚴重家暴。他的妻子邊喊著「救命！」邊跑來我們家這種事，一年總會上演好幾次。

每次只要一這樣，我就會有一陣子見不到美代子姊姊。

即使如此，我還是常去美代子姊姊家玩。她家有我們家沒有的那種有照片的書，以及美味的點心，這兩者都對我充滿吸引力。她還曾經大方地將自己不看了的書送我。

基本上，美代子姊姊都會很親切地歡迎我，但有時她也會突然變冷淡，叫我暫時不要去找她。或許是因為我太厚臉皮，為了吃點心而上門的頻繁太高；也有可能是我上小學的時候，她已經在念中學了，而且似乎相當用功，沒時間陪我這種小學生。

美代子姊姊考完期末考後，就會一臉開心地出現，和母親聊自己的考試成績之類的。她曾說自己擅長的科目是英文，我還記得母親聽了之後表示：「擅長英文的人，都很勤奮努力呢。」讓我知道，學習英文似乎得付出相當的努力。

那個時代還有很多人只有中學畢業，美代子姊姊的父母也是念到中學而已。母親好歹算是念過高中，或許美代子姊姊因此覺得和母親比較好聊吧。美代子姊姊去大阪念大學後，仍和母親維持這樣的關係，她每次返鄉時都會來找母親聊上許久。

祖父去世後，母親並沒有回外面上班，而是幫忙父親務農。由於酪農事業無法上軌道，父親最後又回頭去種我們家原本賴以為生的菸葉。種植菸葉需要花費一整年，付出大量勞力與時間，單靠他自己實在照顧不過來，母親只得幫忙。父親之所以做出這個決定，不只是因為看到其他農家靠著種植菸葉致富這種經濟上的因素。種植菸葉需要高度的種植技術與品質管理，或許這激起了父親的研究熱忱。我相信父親還是會擔心母親的身體狀況，但他大概也很想設法擺脫接二連三失敗的狀況。

種植菸葉的第一步，是在寒冬時期製作溫床。主屋和雜物間之間有一片寬廣的庭院，以前乳牛就是綁在那裡，現在則用來擺放溫床。父親會揮動大木槌在地面打樁，然後組裝木框做出兩排細長的溫床。溫床裡放入稻草，便成了巨大的稻草游泳池，對小孩子而言是最棒的遊樂場。我常因為在稻草游泳池裡遊玩而被父親罵。

溫床放入擺了一段時間的堆肥、鋪上腐葉土，再蓋上塑膠布便完成了。堆肥發酵釋放出來的熱，以及太陽的輻射熱讓塑膠布裡在寒冬時節也還是暖呼呼的，我經常趁父親不注意的時候偷偷鑽進去。有時候裡面還有其他捷足先登的訪客──午覺被我打擾的貓咪會打著呵欠迎接我。

冬天培育的幼苗會在春天移到田裡。原本只有手掌大的幼苗到了初夏將至時，便已長得比我還高，張開大大的葉子。接著，就到了盛夏的收成期。

菸葉必須在收成的同時進行乾燥，這使得種植菸葉成了更加艱苦的一項工作。天還沒亮的時候，就要開始採收菸葉。採下來的菸葉會放上搬運車送往雜物間，進行綑綁麻繩的作業，以便將菸葉吊掛於乾燥室。開始在乾燥室吊掛菸葉，通常已經是太陽快下山的時候了。

乾燥室是大約三層樓高的四方形建築，為了調整內部溫度，屋頂的頂端又高出一截有橫條窗戶的小屋頂，造型十分獨特，遠遠就能認出來。乾燥室內部則是空無一物的挑高空間，只有用來吊掛菸葉的器具，以及數十層用來搭設水平踏板的木條。

光靠父親和母親的話，人手實在不足，因此是和另一對耕種菸葉的夫妻一同進行收割與乾燥。密閉的乾燥室裡面非常悶熱，作業時揮汗如雨，在下面的人要將串在麻繩上的菸葉拿給在上面的人，一串串吊掛起來。我總是纏著母親，問她：「還沒好嗎？」抱怨自己肚子餓，但全部吊掛完已經是接近深夜的事了。

「真的很可憐呢。雖然我叫你進主屋去，可是你還是不肯離開我身邊，一直被蚊子咬。有時候等我做完，你都已經倒在乾燥室門口那裡睡著了。」

由於是和其他人一同作業，母親雖然在意我，但也不能中途離開。

接下來，父親要在乾燥室待上四天四夜，調整爐火、管理溫度。乾燥結束後，再將吊掛起來的葉子收下來，送入下一批菸葉。一株菸葉會由上往下依序採收天葉、本葉等不同位置的葉片，因此要一次又一次重複這樣的作業。最後採收全部剩餘葉片的步驟叫作「PONKAGI」，在夏天熱到最高點時進行的「PONKAGI」，是種植菸葉的決勝關鍵。

母親每年夏天結束時都會瘦七公斤，父親曬得黝黑的身體也會變得又瘦又窄，體重只剩四十五公斤。

「我們兩個都好像不知道什麼種族的人，只有細細長長的脖子特別顯眼。」母親曾看似悲傷地這麼笑著說。

完成乾燥的菸葉會先放到雜物間二樓，在秋天進行挑選作業，然後等到十二月終於能夠出貨。

當時菸葉是由專賣公社收購，要先運到名為收納所的專用建築物，在那邊檢查品質及重量，決定收購價格，當天就會付款給農家。

對於種植菸葉的農家而言，這一天將決定自己一年來的辛勞是否能得到回報。

我們家第一年收成的菸葉僅得到最低等級的評價，對於一反（三百坪）田的收成平均能賣得數十萬的農家，只能投以羨慕的眼光，暗自嘆息。在收納所拿到的錢扣掉了借款後，手頭上只剩下約一萬圓，剛好可以買一輛腳踏車。

我還依稀記得父親與母親在傍晚推著新腳踏車回來的情景。

「辛苦工作一整年，就只賺到那麼一點，真的很讓人失望啊。」

種植菸葉和酪農業一樣，對母親而言是最慘痛的經驗。但異常有韌性的父親卻遲遲無法看開，到我小學三年級為止，種了四年菸葉。遺憾的是，收成的結果一次都沒有到達平均水準過。

菸葉品質不佳的其中一個原因，或許是種植地點為水田而非旱田，濕氣重的土地不利菸葉生長吧。但其實也是有農家在相同條件下，依舊收成良好。根據父親分析，這些農家有一項共通點，那就是都有養雞，並使用大量雞糞代替肥料。我們家當時不懂得這一招，等到發現的時候，已經過了四年。

某天我從幼稚園回家時，平常都不在家的母親竟然難得在家，鋪了單人的床墊躺在火屋裡。她的臉有點發白，嘴唇也沒什麼血色。但我還是因為母親在家而感到開心，便大聲問她：「媽媽，妳在啊？」結果母親馬上把手指比在嘴唇前叫我安靜，生氣地瞪我。

「要是被阿嬤聽見了怎麼辦？」

母親似乎是瞞著祖母偷偷在這裡休息。我閉上了嘴巴。

母親和平時不一樣，神情有些恍惚。我惶恐地偷瞄母親的臉，一面問她：

「妳哪裡不舒服嗎？」

母親搖了搖頭。但我不懂，既然身體沒有不舒服，為什麼要躺著。

「你去外面玩吧。」母親說。

但不知道為什麼，我沒心情去外面玩，只是待在母親身邊不動。

母親沒有再說什麼，我就在母親身旁用蠟筆在圖畫本上畫畫。

結果母親像喃喃自語般吐出了幾個字。

「阿母剛才去把肚子裡的寶寶拿掉了。」

或許因為麻醉和止痛藥還沒完全退去，母親的意識仍有些模糊，情緒也不太穩定。

母親向一臉茫然的我說明，什麼叫「把寶寶拿掉了」。

我像是整個人凍住了般聽她跟我解釋。

「如果生下來的話，就是你的弟弟或妹妹了，但寶寶還只是一團血肉，分不出來是男生還女生。醫生問我要不要看，但我覺得看了只會更難過，就沒有看。醫生還說已經看得出來手腳和五官了……。雖然想為了你把寶寶生下來，可是醫生說，如果要生的話，阿母會死……」

母親仍舊躺著，眼角留下了眼淚。

「對不起。」母親不知是向誰道歉。

我這才知道，一個人要降臨到世間，竟是如此血腥、無依無靠、賭命的行為，深受衝擊。我已經受夠這種讓人難過的事了，尤其是折磨母親的事。

「我不要弟弟了啦。」我邊哭邊這麼說。

當時我很羨慕別人家的小孩都有兄弟姊妹，因此經常向母親撒嬌，說自己想要個弟弟。我覺得是自己任性的願望害母親受苦的。

在那之後一段時間，母親的身體還是不太好。「妳要多吃一點才行啦！」或許是因為擔心母親，父親會責備似地這麼說。父親不善表達情感，就算心裡擔心，講出來的口氣也聽起來像是生氣。「如果又復發的話，要怎麼辦？」我曾好幾次聽他威脅似地這麼說。不只是母親，我聽到了復發這兩個字也會感到不安。母親跟我說過許多次，萬一復發的話，可就沒得救了。

在那之後沒多久，我發現我小櫃子上面壽明舅舅的遺照旁邊，放了一個臉白白的，看起來很可愛的人偶。據說那是十三塚的外公放在推車上拉過來，送給我的生日禮物。

「媽媽，這是什麼？」聽到我這麼問，原本在折衣服的母親抬起了頭望向那個人偶，幽幽地說

那是你的弟弟。

我受到驚嚇，縮回了原本要伸出的手。

某天我回家時，發現主屋裡滿是還沒拆封的全新家具和電器用品。我瞪大了眼睛看這些湧入我們家的財寶，整個人飄飄然起來。我們家終於轉運，買得起新家具了。新家具！這幾年來，我們家都沒有出現過新家具。不只是大大小小的家具，而且還有電器用品、全新的床墊棉被，甚至

是機車。我因為太過興奮，還想要跳到一堆看似床墊的東西上面去，結果祖母勃然大怒。

「喂！你想對幸男的東西做什麼！」

我對於這麼多東西全都歸幸男叔叔一個人擁有不太能接受，不禁反問：

「這些全是他的喔？」

兩天後，我從幼稚園回來時，感受到了完全相反的衝擊。家裡又變回原本的樣子，那些東西一樣也不剩了。

原來是觀音寺那邊有一戶有錢人家強烈希望收養幸男叔叔當婿養子（成為贅婿的同時亦取得該戶人家的養子身分）。這戶人家的女兒十分貌美，而且擁有相當的財產，對幸男叔叔而言並不是壞事，但祖母堅決反對讓幸男叔叔去當養子。我的另一位叔叔照幸也已經是婿養子了，因此祖母捨不得再把老么幸男送給別人家。為了說服祖母，對方父親還答應每個月給祖母五千圓零用錢當作交換條件。祖母終於屈服，談成了這門親事。

幸男叔叔還在上夜校的時候，便非常勤奮節儉、努力存錢，一路下來存了約一百萬圓。他用女方贈送的錢買了家具及機車，二十萬圓的婚禮費用則是繼承了家業的父親出的，因此到頭來他的那一百萬圓都沒有動到。幸男叔叔覺得那筆錢要是給女方家裡拿走的話就太傻了，因此離開前便把存摺和印章交給了祖母。

五十五年前的一百萬圓以消費者物價指數來看，在現在約有四倍的價值，就當時的感覺而言，是比現在的一千萬圓還要大的一筆錢。

因為這樣，祖母一下子有錢了起來，每個月能拿到五千圓零用錢，還有一筆一百萬的存款。相對地，貧窮的父親為了籌自己弟弟的二十萬圓婚禮費用，卻不得不把田賣掉。

一邊有放著沒地方花的錢，另一邊則是連謀生用的土地都得賣掉，設法籌出錢來，實在諷刺。或許這個世界就是這樣的，但這種可說是毫無道理可言的矛盾，就在我們家上演。

以前母親時常感嘆，這一家人似乎不懂得什麼叫有福同享，有難同當。「吃苦的人就放著他吃苦，享福的人只顧著享福，好像事不關己。阿母實在搞不懂這種想法。」相較於現實上的窮困，這種自私自利、不為他人著想的行為，更令母親深切感受到心靈上的貧窮。

祖母喜歡抽一包七十圓的 hi-lite，但父親連一包三十圓的 GOLDEN BAT 都買不起。雖然知道違法，父親甚至還曾經拿自己種的菸葉捲菸來抽。

手頭寬裕的祖母會將她買來自己享用的熟食、可樂、點心等藏起來，偷偷拿出來吃。我要是剛好發現，把那些東西拿來吃了，就會引起大騷動。祖母不只對我生氣，還會嚴厲責罵母親。我想，就父親及母親的立場而言，他們應該也頗為委屈。他們與祖母一起生活，比任何人都顧慮祖母，吃飯、洗澡都是優先為她準備，雖然窮困但還是盡心盡力，結果完全沒有得到祖母的感謝。祖母感謝、誇獎的，總是只有讓她拿到了零用錢的幸男叔叔。

即便如此，父親和母親依舊用心對待祖母，並說服自己為祖母過得比以前享受感到高興。雖然母親有時也會對不合理的遭遇感到生氣，但她似乎想要藉著撐過、克服這些考驗，阻止這愚蠢的不幸循環下去。

或許是稍微過了一段時間後，有一次母親曾這樣說：

「我覺得你阿嬤是背負了這個家的因果報應，才會得那種病的。好好對待你阿嬤，讓她過得幸福的話，或許這個家也會變好吧。阿母決定要這樣想，這樣想的話，也就不會那麼生氣了。」

母親大概覺得，不想被憤怒及怨恨污染內心的話，就只能這樣轉念了吧。或許她逐漸學習到，與其怨恨自己受到傷害，不如放寬心胸去接受，這樣勉強還能減輕一些痛苦。

但話說回來，母親的個性原本是無法容忍不合乎情理的事情的，要讓自己變得能接受沒道理的對待，想必需要極大的努力和忍耐。母親年輕時還沒磨練出那種寬容的胸襟，因此吃了許多苦。

而她對身為兒子的我，也有嚴厲的一面。

母親是個一絲不苟的人，最害怕的就是我走偏，因此很想教會我正確的道理。然而，母親愈是熱切地教導，身為關鍵人物的我就愈是展現出有違母親教導的一面。母親後來將我的這種雙面性格形容為「人前人後兩個樣」，她認為我這種性格缺陷肯定和每天晚上尿床有關。

母親的這番見解可說是相當一針見血。我在學習精神醫學後得知，許多罪犯及縱火犯都會尿床，在收容機構長大的孩子或是有依戀障礙的孩子同樣有這種傾向。催產素和抗利尿激素這兩種荷爾蒙與依戀的穩定有關，抗利尿激素尤其會影響男性的依戀，並具有控制尿排出的作用，若分泌不足便容易失禁。不幸的是，不穩定的依戀也容易導致犯罪。

對於我尿床，母親雖然沒有嚴厲斥責，但她每次總會一副悲傷或面色凝重的樣子，一再提醒我自己的缺陷。尿床的小孩都會希望自己的祕密不要被人知道，而母親覺得這種事千萬不能讓別人知道的觀念，反而加深了我的罪惡感。

或許母親的憂心，以及不能在外面丟臉的意識，強化了我覺得自己某些部分很見不得人的想法。

在必須對外隱瞞這一點上，我的尿床和祖母的精神異常可說有相似之處。就像祖母的自言自語和亢奮狀態是不想被外人發現的羞恥，我的尿床也是最好沒人知道的一種缺陷。

雖然母親殷切盼望我們不要被外人嘲笑、只要跟普通人一樣就好，但不只是祖母，連我也有必須向外界隱瞞的問題。

如果只是尿床的話，母親或許還能睜一隻眼、閉一隻眼，但我在母親口中的那種「人前人後兩個樣」的性格卻愈來愈強烈。

我對於肛門和大便產生興趣，也是在那個時候。

有一次，我很想看大便從肛門出來的樣子，為此苦惱不已，便跑去拜託祖母讓我看。因為我知道去問母親的話一定會被拒絕，事情還會變得很麻煩。祖母翻了個白眼，看著我笑了出來：「那個地方哪能給人看。」拒絕了我。但我並沒有放棄，決定直接付諸行動。

我們家的浴室和廁所是另外蓋的，不在主屋裡面，平時要上廁所都是去那邊。上大號的地方由於要做掏清糞便的開口，因此比地面高約五十公分。我偷偷觀察祖母，算準了她打開廁所門，抬起腳走進去的時機，在門要關上時伸手去拉開。

我的臉剛好在祖母蹲下來時臀部的高度。「我想看。」聽到我這樣說，祖母笑得牙齒都露出來了，用一隻手想將門關上。門就在試圖關上的祖母，和設法打開的我之間開開關關的。祖母雖然想罵我，但因為在笑而說不出話來。而且，祖母的便意這時候已經憋不住了。她的肛門接二連三有黑影落下，我一面盯著瞧，又突然感到嫌惡，便放輕了手上的力道。門關起來以後，祖母仍在廁所裡笑。

雖然沒有再以類似行動滿足自己的需求，但我對於探究肛門的好奇心仍然持續了一段時間。我那時大概正處於佛洛伊德所稱的肛門期吧。佛洛伊德認為，隨著發育，誘發性衝動的來源也會有所變化，從最早的口腔期逐漸轉變為肛門期、性器期。肛門期與教導孩童自己上廁所的時期有所重疊，就年齡來說我應該快要脫離這個階段了，卻似乎在肛門期多停留了兩三年。我不太確定細節如何，但我選擇的下一個目標，是和我年齡相近的朋友。

放假的時候，有一個住在附近，和我同歲的男生會來找我玩。他是我們家親戚的小孩，名字叫正明。不知何時開始，我常和他一起玩。有一次，我以要玩新遊戲為名找他過來。

我告訴正明，有一個非常好玩的遊戲，把他找進了火屋。火屋簷廊的防雨門完全關上了，屋子裡幾乎漆黑一片。我假裝要玩醫生遊戲，叫他趴在床墊上，然後悄悄將他的褲子脫掉，編造各種理由開始調查他的肛門周邊。當我想插入火柴的時候，正明終於抵抗了。於是我連忙哄正明，說不會再弄痛他了，叫他再趴回去。結果正明也不再抗拒，默默地任我擺布。

我光是玩別人的還不滿足，接著又要正明對我做相同的事，他勉為其難地答應了。我一面要他玩我的屁股，一面陶醉地趴著。我馬上就知道，比起自己去玩別人，當被玩的一方得到的快感是好幾倍。不過正明玩我很快就玩膩，說他不要玩了。

不過，一旦我們產生這種關係，彼此就好像建立起了祕密的連結。

跟這種遊戲比起來，其他遊戲都顯得遜色許多。我開始偷偷期待正明來玩，滿腦子想的都是見面的時候要如何製造我們兩人獨處的機會，或是該在什麼時機找他玩那個遊戲。

「要不要玩那個？」只要我鼓起勇氣開口，他就好像在等我這句話般，臉上帶著異樣的光采回答：「好啊。」總之他是不會拒絕我的。

這種遊戲被我們稱作「玩屁屁」。我和他在黑暗中眼睛發亮地對望彼此，伴隨彼此肛門的氣味吸進罪惡的氣息。

但不巧的是，正明只有偶爾會過來玩，因此讓我覺得很不方便。我只要一有機會，就會邀其他小朋友一同從事這祕密的勾當。我下一個拉攏的對象，是就住在隔壁，同樣偶爾會來玩的太郎。我和太郎在托兒所就是同學，但真要說的話，他算是不守規矩的那種人，所以我以前很怕他，對他敬而遠之。這樣說起來，我也算相當程度拓展了人際關係。

我還另外成功邀到了幾個小朋友，不過有人光是聽到「玩屁屁」就呵呵大笑；有的人則是當我想插東西到肛門裡時，就會臉色大變地衝出去。

我還曾經找女生玩過一次，對象是良子，她是個五官像外國人般的漂亮女生。她大概以為我們只是要玩普通的醫生遊戲吧。在黑暗的房間裡，她圓滾滾的眼睛閃閃發亮。我好不容易脫掉了她的白色內褲，但手剛伸到肛門那邊時，她就發出了不知該說笑還是尖叫的聲音，飛快地跑到外面去了。

某個星期日，太郎來找我玩時發生了一件事。他覺得玩膩了，露出一副無聊想睡覺的表情。為了把太郎留下，必須有什麼誘因才行。我想起了母親總是像變魔術般，從五斗櫥的其中一個抽屜拿出錢來的事。我憑著記憶在五斗櫥裡摸索。外公當初似乎砸了不少錢，這個五斗櫥的做工相當精巧，門裡面還有一扇小門及抽屜，形成一個隱藏的櫃子。我在別的抽屜找到鑰匙，打開裡面那扇門，發現了一個口金包。打開一看，裡面有幾張紙鈔和零錢。我想起了幸男叔叔給的一千圓一直放在母親那裡保管，便產生了從裡面拿一千圓出來應該也無妨的想法。

我緊緊握著那一千圓，和太郎一起去村子裡被大家稱作大久保的雜貨店，一口氣買了所有想吃的東西，兩個人一起享用。但連平時可算是無憂無慮的太郎，也露出了不安的表情，害怕會被發現。我也逐漸擔心起來，便將吃剩的點心連著袋子一起丟在沒人看見的地方，打算湮滅證據。接著我又覺得把剩下的錢帶在身上不太妙，便裝進糖果罐埋到土裡，再放上石頭做記號。我說：「這就當我們的祕密資金吧。」太郎似乎也沒有異議。想到下次還可以這樣大肆揮霍，我們對望彼此，心照不宣地笑了。以前的五十圓硬幣比較大，塞不進糖果罐，我便交給太郎保管，覺得這樣比較安全。

然而，當天晚上我遭到了嚴厲斥責。大久保的老闆對於我們出手如此闊綽感到可疑，便通知了家裡。母親感嘆我終究開始偷起了東西，甚至搬出壽明舅舅說過的話，覺得自己對我太過縱容，流下後悔的眼淚。

「你以為阿母是為什麼那麼辛苦地養你啊？是為了讓你當小偷嗎？阿母還不如死了算了。」

面對說出如此重話，嚎啕大哭的母親，我也知道自己犯了大錯，跟著哭了出來，但母親並沒有這樣就放過我。

「剩下的錢你放在哪裡？你應該沒有全部用完吧？藏到哪裡去了？」

我頓時像是被抓住了小辮子般。因為我心裡還是抱著一絲「只要剩下的錢沒被發現就好」的想法。雖然並沒有打算等到風頭過了，再把那些錢拿出來用，那畢竟那是我和太郎的祕密資金，所以我多少希望能保住那筆錢。

但母親似乎連找了多少錢回來都跟老闆打聽過了，數字沒有對起來的話，她是不會罷休的。我含糊其辭想要蒙混過去，但母親看出了我眼神飄忽。「都到了這個地步，你還想說謊嗎？」母親面目猙獰地逼問我。

就在這時，隔壁阿姨牽著太郎來了。母親罵我罵得正兇時，她們兩人從簷廊另一頭的大門那邊走了過來，太郎也在哭。

太郎的口袋裡憑空冒出五十圓，於是被他母親逼問是怎麼回事，太郎便招出是我給的。而且他還連剩下的錢埋在土裡的事也說了出來，我們的祕密資金就這樣曝光了。

萬事休矣。於是我和拿著手電筒的母親及父親一起前往村子外的現場。我感覺自己就像被警察帶去還原案發經過的嫌犯般，將埋錢的地點告訴母親。母親叫我自己挖出來，由於埋得不是很深，因此很快就挖出了裝有現金的糖果罐。

母親確認裡面金額的同時，似乎被這種細膩的手法打擊到了，不禁脫口而出：

「這小孩太恐怖了，竟然做出了大人都想不到的事。」

對母親而言，偷錢本身已經很離譜了，竟然還用這種方式把錢藏起來，她大概覺得我的未來沒救了吧。

我也因母親說出來的話受到打擊。那種好像打算放棄我的語氣，在我內心形成了新的認知——原來有一部分的我，是非常邪惡、恐怖的。那個部分令人避之唯恐不及，甚至連母親都不願面對。

接下來就像是火上加油般，母親開始喋喋不休地訓話，漫長的夜晚彷彿沒有盡頭。

我從小開始，就有一種倔強的脾氣，被罵的時候會表現得更加明顯。就算是只要承認自己錯了、老實道歉就能得到原諒的事，我也會賭氣，死都不肯說「對不起」。

身邊的人有時原本沒那麼生氣的，結果反而被我的倔強點燃怒火。我雖然因此吃了不少虧，但像母親如此講求做人處事要合乎道理的人，看到我這種不肯老實認錯的態度，有時應該也很難嚥下這口氣。

我不記得起因是什麼了，有一次我在晚上被母親從屋子裡趕了出來。我表現出頑劣的態度跑到外面，故意躺在地上，或在屋子周圍晃來晃去，就是不開口要求母親讓我進屋。我還躺到了和庭院交界的石板小路上，想讓母親踩到我或絆到我。我心裡期待母親會因為擔心而前來查看，但母親大概也在等我主動道歉吧。就在我們這樣僵持的時候，屋裡的燈熄滅了。我跑到位在外面的浴室裡，蜷曲著身體，對於拋下我不管的母親流下生氣的眼淚。不過，母親似乎終究無法入眠，後來還是從屋裡出來開始找我。我則故意躲進洗澡用的大桶子裡。母親沒看到我，十分著急，便叫醒父親，一起在家裡尋找。希望她們不要找到我，和希望他們找到我的兩種想法在我心裡交戰，最後我終於被找到了。「你竟然躲在這種地方！」我又再次挨罵。

我原本以為會被罵得更慘，出乎意料的是，母親只說了句：「你是笨蛋嗎？」便沒再多說什麼，讓我進屋去了。

母親似乎是在什麼時候發現了，像我這樣的小孩，愈罵反而會讓事情愈嚴重。就算費盡心思要我照她的意思去做，也只會造成反效果。如果這樣反覆下去，自己的兒子大概會變成一個麻煩人物吧。

「你啊，脾氣真的有夠硬的。但這不全是你的錯，阿母自己也有不對的地方。」

後來雖然還發生了許多事，但我之所以沒有走歪，大概是因為相較於責備我，母親自責得更加厲害，使我產生後悔的心情，因而踩下了剎車吧。母親在還不知道該怎麼處理的時候，也曾罵我、打我，但那幾乎沒有用，只是讓我更加反抗而已。母親似乎已經考慮到長遠的未來，覺得不能再繼續這樣下去，於是改變了做法。她不再生氣，轉而去思考我是在怎樣心情下做出那些事的。她會回想自己是不是有哪裡不對，而非責罵我。

母親最厲害的武器，就是眼淚和話語。她說出來的話不僅充滿了情感，還會誠實面對自己的過錯。如果母親責備我的不是，只會讓我反抗；但當她說是她自己的錯，反而會令我的內心產生強烈動搖。

我在講述母親艱苦的人生時，用了許多篇幅說祖母和我的事，但還有一個人不能不提，那就是父親。父親不僅將母親拖進了和她原本想像完全相反的人生，這種人生可說混亂至極、有如迷宮般，而且父親自己還時常幹下令母親擔心、悲嘆的事。

父親喝酒這件事尤其造成母親的困擾。他的酒量並沒有多好，卻又愛喝。婚後不久，去接喝得爛醉的父親回家便成了母親的工作。每當有人來通知母親，父親又在某某人家講醉話講個不停，或是醉到昏睡過去了，母親就得拖著板車去接他。

母親抵達時，父親有時是不省人事，有時則是正在興頭上，一副意氣風發的樣子，還會把酒杯拿到母親面前，問她：「妳要不要喝？」

父親醉到睡著時，只要用板車載他回家就好，這還算容易的。但如果沒有到昏睡過去的地步，就得大費周章了。即使母親好不容易把父親哄上板車躺著，他也不肯安分，馬上就想起身。母親曾笑著說，有一次父親還從車上跑下來，自己跑到前面去，母親只好拉著車一路追趕父親。

「他平常是個認真的好人，可是只要喝酒，就會變了個人似的，為什麼會這樣呢？你阿爸心裡大概有很多委屈吧。」

充滿挫折與屈辱的人生，有時或許也需要發洩吧。

在我懂事之後，父親也還是經常喝到失去控制，惹出事情來。某個春天的晚上，父親出門去賞花，卻渾身是血，被人用門板抬回來。

幾名男子吵吵鬧鬧地從大門進來，母親見狀不禁尖叫：「老公……」趕忙跑過去。

父親不僅醉到意識不清，額頭也受了傷，眼睛因為流下來的血而看不見東西。

將父親抬回來的這群人在雜物間前放下門板，小聲向母親說明事情原委。母親對於父親造成困擾向他們道歉，並感謝他們抬父親回來。

祖母也從主屋出來，一副害怕的模樣。看到了自己兒子的慘狀，她臉色大變。

「重信！」祖母尖聲喊叫父親的名字，「你的臉怎麼了？」

這群男子回頭望了一下祖母，露出嫌惡似的表情，向母親點了個頭便離開了。

「是誰幹的？是誰幹的？」祖母不停喊著。

父親像是被祖母的聲音喚醒了般，睜開眼皮望向祖母回答：

「不用擔心，只是跌倒而已。」

父親搭著母親肩膀勉強站起身，搖搖晃晃地往浴室走去。他躺過的地方滿是血跡。

每當碘酒碰到傷口，就會聽到浴室傳來父親的呻吟。

做完應急處理後，父親連衣服也沒換就直接躺上床睡著了。母親從鼾聲大作的父親身上，脫下被血和泥巴弄髒的襯衫及褲子。

母親呆坐在睡著的父親身旁。

「爸爸怎麼了？」我問母親。

「他跟人打架，想要揍人，可是腳沒站穩，自己從斜坡上滾下來。」

得知父親做出的辯解其實是實話，令我大為失望。

「為什麼要打架？」

「好像是因為你阿嬤被別人說了什麼。」

「喔～」

「雖然你阿嬤那樣，可是對你阿爸而言，她還是自己最重視的阿母。」母親悲傷似地這麼說。

父親用鉛筆狠狠刺向嘲笑祖母的同學那件事，也是母親在這時告訴我的。

「可是爸爸做這種事，不會被警察抓嗎？」

看到我一臉擔心的樣子，母親露出微笑。

「那是以前的事了，而且他們都只是小孩子。聽說你阿爸被老師狠狠罵了一頓，可是那個男生後來變成了他最好的朋友。你應該也知道吧，就是山本那邊的腳踏車店的叔叔。」

我點了點頭。那個叔叔常來我們家，也是我一個女同學的爸爸。

「我後來才知道，山本那個叔叔的媽媽，其實是他的繼母，他也是吃了不少苦的。」

但是我不懂。如果知道那樣很不好受，為什麼還要讓別人也經歷一樣的事呢？

當我這樣告訴母親，只見她臉色一沉，說道：

「真的是這樣。可是啊，人其實是很脆弱的，自己遇到了難過的事，就會希望其他人最好也一樣。阿母也是啊。運動會的時候大家的媽媽都有來，看到大家一臉開心地跟媽媽撒嬌的樣子，我就會想，為什麼只有我這樣孤伶伶的，心裡不平衡起來，覺得沒有一件開心的事，看到其他人笑還會很生氣。我甚至想過，其他小朋友的媽媽也最好全部死掉，但又很討厭這樣的自己……」

母親眼中泛著淚。失去母親的傷痛，從小學到現在一直沒變過。雖然已經過了二十年，但那道傷口仍未癒合，持續令母親傷心流淚。

「我好羨慕你阿爸，他的阿母還活著。」

我大感意外。雖然我還小，但也知道祖母有病，父親和母親都為此吃了許多苦。但即便是這樣，母親還是覺得，「母親在世」是一件值得羨慕的事。

＊

我在日後接觸到的許多案例，都深受自己的父母折磨，而最初的案例，可說是我的父親。換個角度來看，父親是個不論吃多少虧，都不願拋下自己母親的人，甚至令妻子也連帶受苦。但由於母親年幼喪母，因此不希望丈夫也經歷相同遭遇，不知道是不是母親這種內心的缺憾反倒在不知不覺間拯救了父親。

母親是什麼時候才算真正擺脫了喪母所帶來的悲傷呢？至少到我上小學為止，她只要一有機會，就會跟我訴說失去母親的悲傷。

對母親而言，她住在出作（香川縣高松市出作町）的姊姊千代子，扮演了代替外婆的角色，但當時千代子阿姨正在國立療養院住院。由於丈夫身體虛弱，因此千代子阿姨必須連姨丈的工作也扛下來。她的不幸起於在雨中下田時染上感冒，因而臥病在床，結果發現罹患肺結核。那是母親在十三塚的娘家靜養時的事。母親的病情經過半年就緩和了，但千代子阿姨的肺部功能受到影響，不得不住院好幾年。因此母親只有在偶爾去探望時才見得到自己的姊姊。

至於母親的妹妹節子，則嫁去了大阪。當時只有在發生了大事時，才會打長途電話聯絡，因此一年能聽到對方聲音一次就算好了。嫁來父親家後的頭十年左右，對母親而言是最難熬的時期，但別說是外婆了，能夠聽她哭訴的兩位阿姨也都相隔遙遠。所以母親才會忍不住向我這種年幼的小孩訴說心裡的感觸。

失去母親後，我深切感受到，沒有母親這件事所代表的意義之一，就是不再有人聽自己說話。即使平時沒有聯絡，但想說話的時候，只要撥通電話就能得到回應，我重新體認到這對自己帶來了何等的幫助。或許我自己在失去母親後，也稍微體會到了母親長年來的寂寞、無助。

失去母親這件事之所以令人恐懼，根源或許來自於永遠失去了人生自始以來一直依戀的對象所給予的回應。只要自己出聲，就能得到對方的回應，但這個人再也不會做出任何反應了，彼此之間無法再有交流往來，諸如此類的痛苦。這和逐漸窒息的痛苦有幾分相似。做孩子的，肯定是一面呼吸，一面活在母親所回應的言語及微笑之中。若失去了言語、微笑等一切回應，就算再怎麼大口吸氣，也只會引發吸不到氣的痛苦。

就像小孩子因為有人回應自己——而且是用充滿同理心、善意，經過深思熟慮的言語及表情做出的回應——而得到了保護一樣，我也得到了守護。

不會再有回應。就算我能回想起、想像再多母親所說的話，現實中母親已經不會再對我說話了。我不會再得到任何真正的回應了。我想，那就是恐懼的根源。

在我快要滿一歲的那一天，面對母親不在身邊的現實，我內心是不是充滿了難以言喻的不安與恐懼呢？對於不管自己怎麼哭，都得不到母親的回應，感到困惑、絕望，哭到精疲力竭而睡去的狀況，持續了多少個晚上呢？

我是否依稀回想起當時經歷的恐懼，感覺到了難以名狀的不安與害怕呢？

得不到母親的回應，是否再次讓我體會到失去了依戀的對象這件事，是何等恐怖呢？

因為依戀，所以不斷索求。也因為這樣，得不到回應的痛苦，會一直持續下去。擺脫這種痛苦的唯一方法，是不是只有抛下依戀，停止索求呢？是不是只能斬斷對母親的思念呢？但如果這意味著忘記母親的話，反而更令我覺得悲哀。如果為了逃避自身的悲傷，而必須忘記對方的存在，那我寧願選擇與悲傷共存。雖然我這麼想，但或許人終究是會逐漸遺忘的。像母親那樣，不斷回憶、訴說她自己母親的事，就某方面而言，或許還比較困難。

我覺得那是我四或五歲時的事，但也或許已經上小學了。有天晚上，我獨自一人看著電視劇。劇情描述有個人得了會失明的病，雖然動了好幾次手術，但還是逐漸失去了視力，是個沉重的故事。主角住的大學醫院病房，有著天象儀般的圓頂，營造出一種沒有人味的冰冷氣息。

在此之前，我都不覺得自己的視力不好是多嚴重的問題，但那齣電視劇引發了我的不安。電視劇播完時，我的內心充滿憂慮，擔心自己的眼睛以後也會看不見。不巧的是，當我回過神來才發現，到處都沒有看到母親，父親也不在。祖母雖然在，但對我沒有幫助。我去到火屋，也沒有見到母親的身影，但不知為何屋子裡鋪著床墊。床墊是格紋圖案的，我便什麼也不想，沿著一個個格子的線條走了起來，因為我實在無法靜靜不動。不知自己未來會怎樣所產生的不安，以及母親不在這件事令我陷入恐慌，只能含著淚在床墊上繞來繞去。除此之外，我沒有方法能讓自己靜下心。

幸好母親回來了。她一臉疑惑的樣子看著眼眶泛淚的我，告訴我她出去參加聚會了。不管原因是什麼，對我而言根本不重要。就算我無法清楚表達自己心中的不安，但只要母親回來了，讓我摸到她，我就能安心，這樣就夠了。

母親曾不只一次跟我說，每次見到我，她都會抱著「這或許是最後一次見面了」的心情和我相處。送我離開時，她肯定也是這樣想。

不知何時開始，我也有了相同的想法。只要一這麼想，道別的時候我就會想抓起她的手、摸摸她的背。這幾年我每年都會回老家一兩次，到了要離開時，便會握握母親的手、撫摸她的背。每當我這麼做，母親瘦小的身軀便縮得更小了。

6

疫情雖然暫時趨緩，但在梅雨季時確診人數又開始增加，每天新增的確診人數一下子就超過了一千例。關西在八月終於出梅，但疫情仍然沒有緩和。

我想起了去年夏天，母親迎來父親去世後的第一個盂蘭盆節，她在約一個月前就掛起了燈籠，我也想這麼做。香川縣內的西部地區習慣吊掛木框糊上白紙、金紙做成的盂蘭盆燈籠，但我找不到相同的款式。在網路上搜尋下來，我覺得放在地上的旋轉燈籠也蠻好看的。雖然母親應該是希望我用她熟悉的吊掛式燈籠迎接她，所以我有些猶豫，但又覺得母親一定會喜歡這款燈籠，因此帶著點強迫接受的意思，買了旋轉燈籠和盂蘭盆用的白燈籠。

我在京都自己家裡的和室一角擺了張小桌子，上面放著母親的牌位及照片，並點上蠟燭、燒香，燈籠擺在兩旁，白燈籠則掛在旁邊的門框上。

母親過去似乎每晚都會播放誦經的ＣＤ，自己也跟著念，但我只是打開燈籠的開關，看著光影旋轉而已。

電視上在播報熊本縣的球磨川因豪雨氾濫成災，造成嚴重災情的新聞時，我接到了住老家後面的阿姨打來的電話。四國那邊也下了不少雨，我們家雜物間的屋瓦也脫落了一部分，狀況危急。雜物間靠西側那一頭，就是我孩童時期住的火屋。

我在隔天中午聯絡了當地業者，請他們查看屋頂的狀況，並進行應急處置。

當天傍晚業者通知我，不只屋頂受損嚴重，建築物本身也已經非常老舊，建議我與其修理屋頂，倒不如直接拆了。這是有我最多童年回憶的建築，因此心裡十分掙扎。但考量到今後的管理，我也明白拆掉是比較實際的做法。

我請業者進行估價後，內心仍有一絲不捨。但我說服自己，我的童年時光以及和母親之間的回憶，其實是存在於我的記憶中，而非那棟老舊的雜物間。

在火屋度過的日子對我而言，是與母親之間的回憶最濃縮的部分，那裡同時也是我的原點。雖然貧窮，但在那段時光，家人就好像彼此緊緊黏在一起般。生活中充滿了艱辛與悲傷，不過父親及母親全力付出的心意一直伴隨在我身邊，守護著我。就這層意義而言，我當時或許很幸福。

*

我進入小學就讀這件事，對母親有特殊的意義。入學典禮那一天，母親回想起在病房中祈禱，希望自己能活到我上小學的事，不禁潸然淚下。然而，在願望實現的同時，她也擔心上天會不會將自己得到延長的性命收回去。

我在前面提過，母親的記憶力很好。但是，記憶力好有時並不是好事。我和父親會把不開心的事全都忘掉，但母親不同。她連壞事都會全部記住，也因此增加了更多煩惱。

開學第一天，我就被擔任班導的女老師盯上，出師不利。我的心思完全不在老師發下來的課本上，頻頻回頭張望站在教室後面的母親，放學時也沒跟老師道別，就直接跑去抱住母親。

「這麼愛撒嬌？要不要回幼稚園去啊？」

老師這句帶有諷刺意味的話，讓母親感到畏懼。

母親念小學和中學時都很得老師疼愛，她尤其敬愛中學時一位姓林的老師。母親是在遇到擔任小學老師的大嫂後，才開始對老師這個職業的印象產生轉變。她不僅總是用鄙視的眼神看母親，而且完全不與父親或母親往來。這位大嫂被我們稱為「後面的老師」，母親第一次見到她時，就覺得自己與她相處不來。更具決定性的關鍵，則是一件與我有關的事。

那是我兩歲時的事。後面的老師精心整理的花圃裡，有株菊花不知被誰折斷了。她認為這肯定是我幹的好事，便將我和母親叫了出去。大嫂怒氣衝天，我和母親就站在玄關接受她的追究。

「不管我問他多少次『是你做的吧？』他都不肯承認！」

似乎我在兩歲那時候，就已經展現出倔強的一面了。愈是被責罵，我就反抗得愈厲害。

「她還是不滿意，覺得兩歲的小孩就會說謊，長大還得了，這是做母親的沒有教好，發了好大的脾氣。不管我怎麼道歉，她都不肯原諒。我們在玄關罰站到半夜，一直聽她訓話，那一次真是難受啊。」

或許母親根據自己過去的經驗，對於學校老師的印象是「雖然有時嚴厲，但對於學生的不成熟之處會溫柔、包容地看待，讓人感覺溫暖」。但經過這件事，母親對於老師這個職業的觀感似乎變差了不少。開學第一天從班導口中說出的那句話，與令人不舒服的記憶重疊在了一起，幾乎令母親害怕得發抖。

如同母親擔心的，小學對我而言比幼稚園更加難受。我不能再想畫畫就畫畫，或是隨意拿黏土來玩，必須學一點也不有趣的算數和國語。但比起盯著黑板，我更喜歡望向窗外，天馬行空地胡思亂想，或是在筆記本上塗鴉。我到現在都還記得，算數和國語筆記本上大大的格線，在我眼裡就像是建築物的不同樓層，裡面有許多房間。我喜歡在各個房間之間畫出牆壁或地板、配置電線、安上插座，到了忘我的地步。

也因為這樣，我的成績不是太好。聽母親說，我很早就會認平假名，三歲時已經懂得讀報紙，讓身邊的人嘖嘖稱奇。但其實我只是跳過漢字，挑平假名來念而已。和現在的資優兒童相比，根本不算什麼。

我還記得接近要上小學時，有一次多美告訴我她會用漢字寫自己的名字，並問我會不會，結果我答不出來。當時我完全沒有寫過漢字。向母親提起這件事後，雖然她有教我自己名字的漢字怎麼寫，但因為太難了，我終究沒有學會。

算數課不知道上到第幾次的時候，老師問我們「有沒有人知道『＋』這個符號代表什麼？」我興奮地舉起手來。因為我知道那是「加」。但接下來老師問「那『－』代表什麼呢？有沒有人知道？」我就不敢舉手了。因為我沒看過這個符號。有一個女生舉手，回答：「是減。」自己不知道的東西，其他小朋友竟然輕易回答出來，這件事帶來的衝擊我到現在還記得。

上小學後發現的另一件事，就是我有嚴重的近視，兩眼視力都只有零點二。母親雖然想到了造成我近視的原因，但已經太遲了。祖父早已去世，在土中長眠。母親想起當時祖父答應照顧我所帶給她的幫助，也就靜下心來，相信祖父並沒有惡意了。

母親帶我去一家剛開幕的眼科診所，讓一位年輕的女醫生診察我的眼睛。我持續去了一段時間，接受維他命注射及電療，視力恢復到零點七，但後來遇上農忙時期，由於母親沒空，不知不覺間就沒有再去了。對於討厭打針的我而言，倒是一件好事。

但是母親並沒有放棄。有一次，她買了一大堆雞肝和雞腸回來。好像是因為她想起來，外公曾經因為夜盲症而看不見東西，但在吃了雞內臟以後，視力便恢復了。為了方便我吃，母親將這些內臟煮得甜甜鹹鹹的，但我看著這些堆積如山的詭異內臟，就是不想動筷子。「難道眼睛看不見也沒關係嗎？」雖然母親死命地瞪著我，但我完全沒有送入口中的意思。

不知道是不是因為當時留下的陰影，我有很長一段時間都不敢吃肝臟和腸子。但同樣很神奇地，過了四十歲以後，我開始覺得這些東西好吃了。

我們家附近住了一位信教很虔誠的太太，名叫敏江。聽說她是因為丈夫在外面有了情婦而不回家，在傷心之下去信教的，我們家的不幸她自然也看在眼裡。敏江女士認為我們家接二連三遭遇不幸，是信仰不足的關係，三不五時來我們家傳教。

雖然母親不是很信敏江女士說的話，但似乎被她帶來的傳教書籍勾起了興趣。根據書裡的說法，疾病都是內心的不正及邪惡所導致，我的近視也不例外。書中將眼睛疾病的起因，解釋為人前人後的行為反差。母親大概覺得我符合書中描述，於是將那段內容念給我聽。我有則種被說中的感覺，心頭一驚，並十分困惑為何自己的祕密會被知道。

當時只要有能夠提供一絲希望的事物，似乎不管是什麼，母親都願意嘗試，很容易受到影響，並經常將我也牽扯進去。

阿島的師傅似乎因為胃癌去世了，沒有再來過我們家，但父親及母親還是維持著每晚念經的習慣。從他們會揮動錫杖，經壇上供奉著不動明王來看，信的應該是修驗道（融合了佛教的一種日本特有的山岳信仰）。四國原本就以八十八箇所參拜聞名，有石鎚山等眾多靈山，因此盛行與密宗有深厚淵源的修驗道。

父親及母親平時念誦的佛經之中，我最喜歡充滿節奏感的波若心經。尤其是「揭諦揭諦，波羅揭諦，波羅僧揭諦」這一段，念出來的音十分有趣，所以我記得很清楚。他們會用宏亮的聲音一齊念誦經文。另外，「矜羯羅童子、制多迦童子」這兩位童子的名字也讓我倍感親切，我總想像制多迦童子應該是位高個子的人吧（制多迦與高個子的日文讀音相近）。

或許是因為失去了阿島的師傅這個精神支柱而感到不安，母親曾數度遠赴高松聽一位地位崇高的修驗道師傅說法，我也曾被帶去。演講結束後，只要付三千圓，師傅就會做法幫忙治病，總是大排長龍。快輪到時要先告知工作人員有何煩惱需要解決，我聽到母親很丟臉似地湊到工作人員耳旁說：「有尿床的困擾。」於是師傅叫我趴下，用經書拍打我的屁股一帶。

放學回家後，我都會把書包扔在廚房的小門那裡，直接跑去找多美玩。只要不是跟其他人有約，我幾乎每天都會去多美那裡。雖然我有時也會去找良子，但只限於沒辦法和多美玩的時候，還是多美相處起來最自在。多美的運動神經比我好，跑得比我還快。我要先幫自己辯護一下，其實我跑得絕對不慢，小學高年級時還曾被選去跑接力，只是多美的身手更加敏捷，動作靈活。她的身體彷彿橡皮般有彈性，爬樹或跳橡皮筋都難不倒她。但她沒有因為這樣就大剌剌地像個男生，總是冷靜、親切，受大家歡迎，小學一直都是當班長。她不是話多的人，我也從沒聽過她說別人壞話，而且她還很願意配合我。

我曾經想過將來要娶多美。只是我還有一個心裡偷偷愛慕的對象，那就是爸爸當警察的文子。

文子和我同年，長得瘦瘦高高的，聰明伶俐，而且帶有一種都會氣息。不知道是不是因為吃的東西不一樣，連她身上的味道都和其他人不一樣。我之所以特別記得她，是因為她在小學一年級中途轉學了。我曾經剛好在她父親來接她放學時遇到她。她朝我揮揮手，便抓著她父親機車後方離去了。

我是直到她不在以後，才發現自己喜歡她。由於實在憋不住，我告訴了好幾個同學自己喜歡她的事。光是這樣我還覺得不夠，甚至向母親大談自己的心意。但母親只是默默聽我分享自己強烈的愛意，然後冷冷地說了句：「你應該先把尿床的問題解決吧。」

或許因為我是三月出生（日本學制為四月開學，三月出生等於是當屆的年尾），個子比較小，六年級學生之類年紀比我大的小孩，在我眼裡彷彿巨人般，為了遠離他們的威脅，上下學途中我總是希望盡量不要遇到任何人，偷偷摸摸、躲躲藏藏的。

但其實也是有和善的巨人。我還記得有一個叫阿龍的男生，看起來像座山一般高大，上學路隊總是被安排走在最後面。基本上，身材高大的男生都多多少少有些逗趣的地方，阿龍也不例外。他的頭經常撞到活動中心的門框，好像要把活動中心拆了般。

活動中心每個月都會舉辦兒童會的聚會，阿龍發揮了他的身高優勢，每次都擔任寫黑板的工作。雖然他的手能輕鬆伸到黑板最高的地方，但因為經常寫錯漢字，實在不太適合負責寫字。

阿龍的家孤伶伶地位在村子外圍，是當時全村唯一沒有電的地方。我曾經去他家玩過幾次，他家中間有條走道，格局感覺和學校有幾分相似，引起了我的興趣。走道的天花板垂掛著其他地方見不到的煤油燈，左側有張櫃檯般的檯子，上面還開了個小窗口，這種裝潢簡直像診所的掛號櫃檯。但其實也沒錯，因為這裡到二次大戰期間為止，曾是收治痢疾和傷寒病患的隔離醫院。他的父母在大阪遇到空襲，因而無家可歸，不知何時開始在這裡住了下來。戰爭已經結束二十年了，但在這種鄉下地方還遺留著當時的傷痕。

阿龍家後面原本是病房，但已經被拆除，茂密的樹木和雜草肆無忌憚地生長在空地上。我三歲時有一次來這裡玩，不小心掉進病房原址留下來的糞坑，差點丟了小命。那裡大概是以前隔離醫院的廁所。「怎麼偏偏掉進那裡面……」母親幫滿身屎尿的我淋水，不知如何是好。不過我並沒有因此生病，也沒有拉肚子，實在神奇。

阿龍的兩個哥哥都是出了名的會讀書，每次都看到他們在過去是護理站的書房裡用功。阿龍家裡沒有電視，他還得跑去鄰居家才有得看，但他兩位哥哥似乎不覺得有需要。電對他們家而言非常珍貴，包括書房的電燈在內，需要用電的時候，阿龍父親才會用皮帶將耕耘機的引擎與發電機接在一起發電。

母親總是誇獎阿龍的兩位哥哥，認為他們將來一定會是了不起的人，希望我也能多學著點。雖然她誇獎的對象不包括阿龍，但每當我在學校玩攀爬架，困在上面下不來時，他總是會突然現身，輕輕抱起我放到地上，具備這種體貼的溫柔。

只是，不是每個人都像阿龍那麼好。學校裡到處都是沒來由的攻擊、不講理的霸凌，以及各種愚蠢的規則。對於沒有能力保護自己的人而言，學校是個充滿危險與痛苦的地方。為了確保安全，必須要有抵抗別人攻擊的能力，或是有懂得找強者求助的頭腦。兩者都不具備的人，就成了絕佳的下手目標。

在學校的每一天，感覺就像是被迫參加選邊站遊戲，得要通過尋找代罪羔羊的篩選，只有做好萬全準備，能夠隨時跟著多數人一起移動的人，才能在遊戲中生存下來。不想被當成笑話或被排擠的話，就必須留意周遭動靜，看清楚大家的動向。

為避免自己遭殃，我採取的策略是觀察別人的臉色，藉著做出討好的行為躲避對方攻擊。只是，這種策略也不是每次都管用。我還是和以前一樣愛發呆，因此常一不留神就做出了白目的事，或是不小心惹到不該惹的人。

母親以前三不五時就會對我說：「人是很可怕的。」比起這句話本身，母親說出這句話的語氣更讓我害怕。母親在說重要的事情時，都會壓低音量，散發出有別於平時的緊張氣氛，好像要將話傳進我的內心深處般。當時的母親相信性惡說，認為世上的人都喜歡打探他人的缺點、幸災樂禍。母親從小就吃了許多苦，嫁來之後連人格都遭到否定，不斷遭遇不幸，因此她會這樣想也不是沒有道理。母親的後半輩子漸漸擺脫了這種被性惡說所限制的悲觀思考，但在我還是小學生的時候，母親仍然完全沉浸在悲觀的想法中。

就某方面而言，我覺得母親說的也沒有錯，但我終究沒有變得像她那樣悲觀。或許是因為母親總把我視為優先，和她比起來，我的人生算是輕鬆愜意多了吧。

說來神奇，父親的人生悲慘的程度也不輸給母親，他卻能一直保持樂觀的想法。是因為家族遺傳造就的遲鈍個性嗎？或是因為他打從一開始就是在連些許愛情都感受不到的環境中長大，所以也沒體會過失去的悲傷嗎？

或許該歸功於我體內流著一半父親的血，雖然母親不斷灌輸我悲觀的思想，我也被迫目睹人類各種醜陋、軟弱的一面，但我還沒有對人類如此絕望，活得可說是逍遙自在。我內心同時存在著不安畏懼的一面，以及神經大條到過頭的一面。
雖然討厭上學，但回家後用電視看卡通的三十分鐘還是很幸福；扔下書包跑出去找朋友玩時，就連功課和堆積如山的罰寫也拋到腦後去了。
這裡要稍微提一下罰寫的事。
我的班導當時已經快退休了，她用了一套簡單又有效的方法來管理班級。忘記寫功課、忘記帶東西、掃地不認真、被老師警告等各種行為的處罰，全都是罰寫漢字。犯一樣錯，就罰寫一百個漢字。罰寫是在放學後留下來寫，如果還是寫不完，就帶回家寫。
但如果被罰太多的話，根本怎麼寫也寫不完。班上就有幾個小朋友已經欠到幾千個漢字，為了罰寫苦苦掙扎，我也是其中之一。
而計算罰寫積欠數量的，不是老師，而是班上「好心」的同學。
另外，班上還有個像糾察隊一樣的男生，到了打掃時間就會晃來晃去，四處巡邏。這個男生不用打掃，唯一的任務就是監督其他同學有沒有認真打掃。而且這是他專屬的工作，並非大家輪流負責。為什麼是由他來監督大家呢？就我的印象，這項制度是他提議的，老師聽了之後決定採用，並當場下令：「就由你來負責。」這個男生手上總是拿著大大的記事本，只要看到沒認真打掃的同學，就會馬上將名字登記起來。名字被登記，就代表要罰寫一百個漢字。

我們學校每個角落都打掃得乾乾淨淨，校風純樸溫馨，是鄉下的優良學校，吸引了絡繹不絕的訪客來參觀。雖然訪客讚嘆學校裡完全看不到垃圾、沒有任何塗鴉，但就算知道了一個垃圾相當於罰寫一百個漢字，恐怕也不會太吃驚吧。

雖然學校有些地方讓人不喜歡，但基本上我還是和其他人一樣期待上學。同學有時也會來家裡玩，不過我並沒有因為家裡貧困而感到不好意思。

由於母親大致上都會滿足我的願望，因此我以前並不覺得我們家特別窮。但話說回來，我也漸漸察覺到自己的家十分破舊、沒有車子等，這些難以掩飾，而且顯示出了我們家貧窮的事實。

應該是小學一年級第三學期的事吧，之前一直在駕訓班學開車的父親終於考到駕照、買了車子，我大為開心，便向朋友吹噓這件事。只是，當我問起車子是花多少錢買的，一向大嗓門的父親不知為何，只是小聲地回答兩萬八千圓，讓我有種不好的預感。雖然當時的物價遠比現在低，但就連小學一年級的我也知道，一輛車兩萬八千圓可說是相當不尋常的低價。

即便如此，我仍滿心期待車子牽回來的那一天到來。母親似乎也不太清楚父親買的是怎樣的車，「不知道你阿爸買的是什麼樣的車呢？」充滿期待與好奇。

等待好一段時間後，某天放學回家時，我終於看到那輛車停在雜物間前。我原本想飛奔過去，卻不自覺停下了腳步。正當我盯著黯淡無光的綠色車身，心想不妙，父親這時打開車門從駕駛座走了出來。

「怎麼樣？」父親一臉得意似地看著我。他似乎是因為第一次擁有自己的車而太過興奮，沒注意到我困惑的樣子。母親也從副駕駛座下車，她看起來不像父親那麼興奮，應該是注意到我失望的表情了，為了顧及父親的感受，便問我：「你要不要來坐啊？」給父親做面子。

我於是和母親交換，坐進副駕駛座。上車之後，我稍微開心了些，但隨即發現時速表是圓形的，而且最高時速只有八十公里，又再次失望起來。因為清水家的車時速表是扇形的，最高時速更到達一百二十公里。不過父親還是一樣樂觀，「怎麼樣？可以開到八十公里喔，很厲害吧？」一副心滿意足的樣子。

但事實上，這輛車根本沒開到四十公里以上過，刻度到八十公里的時速表也只是裝好看的。但我在向同學炫耀家裡買車的時候，根本不知道這些事，因此不久後，就有同學跑來我們家看車了，其中還包括清水和他的哥哥。清水順便張望了駕駛座，不知道是不是因為顧慮到我的感受，他並沒有表達任何感想。

那時引擎蓋剛好是打開的，清水的哥哥便探頭進去看，結果驚呼：

「這輛車沒有引擎！」

大家也過來圍觀，發現裡面的確空空如也，只有塗上白漆的底部積了些雨水。父親大概是為了將流進去的雨水晾乾，才打開引擎蓋的。

其實，引擎蓋下面的空間是行李廂，這輛車的引擎在駕駛座下面。雖然這輛車才剛買來，引擎卻不好發動，父親經常要拆掉座椅，將插在汽缸頭的火星塞拔出來，用手指擦一擦或吹吹氣，所以我知道引擎在哪裡，但卻沒心情講。

清水的哥哥似乎非常困惑，騎著腳踏車在車子旁邊繞呀繞的，嘴裡一直說：「這輛車太奇怪了，太奇怪了。」

對我而言，這輛車成了自己必須背負的十字架。用十字架來形容可能不太恰當，或許該說是一個必須隱瞞起來，令我羞愧的祕密吧。

雖然我希望大家以為我家裡家境不錯的錯覺能一直維持下去，但卻無法如願。父親會開著這輛車在村裡四處出沒，經過我旁邊時還會刻意放慢速度，問我：「要上來嗎？」就算我再怎樣裝作與自己無關，還是會被知道。父親的車在村裡十分出名，上學途中如果剛好開過路隊旁，只要有人說：「那是尊司家的車。」大家就會回過頭去看，令我大感丟臉。

我後來有一段時間一跟別人說話就會臉紅，並害怕他人的視線，我想肯定和這時的丟臉經驗有關。

雖然母親看起來不像我那麼在意，我也不曾聽她對這輛車表達不滿，但相信在意他人眼光和想法的母親，應該還是會希望自己家裡的車能更接近一般的水準。

母親在父親買車之後約兩年，考到機車駕照，買了台速克達，不是父親買的那種中古車，而是全新的。那大概是母親好不容易做出的反擊吧。

母親原本似乎是想考汽車駕照，但因為預算和時間的關係放棄了。即便過了幾十年，她還是對這件事感到後悔。

＊

後來直到母親去世前約一個月為止，她都是騎機車出門購物、去醫院。

母親騎的並不是低排氣量的小車，而是中型機車，因此車身頗重，不是八十四歲的瘦弱老人家應付得來的。但母親完全沒有表達過不滿，所以我是等到事態無可挽回時，才發現這一點的。

三月某天母親去超市買水，要將東西放進機車置物籃的瞬間，腰骨發出了抗議。母親好不容易回到家，但因為過於疼痛，甚至無法將機車推進雜物間。母親去世，我回到家裡時，機車仍然停在外面承受風吹雨打。從母親做任何事都一板一眼，無法忍受物品沒有整齊歸位的個性來看，想必是因為痛到受不了，才會讓她束手無策。我試著自己推動那輛機車，感到心情低落。都已經這種狀況了，母親還是沒叫我回來，只打算自己想辦法。

然而，推不動機車這件事不只代表她的腰受傷，似乎也打擊到了她的內心。或許對母親而言，機車是自由與自立的象徵。當母親無法騎機車時，她是否覺得自己已經無法再照顧自己了呢？

7

村裡有像阿龍家那樣，比我們家還窮的人家，而富裕人家的代表，則是我們口中的「後面的阿伯」，也就是我的伯父家。

不知道是不是因為之前那件事留下的陰影，雖然後門一出去就是他們家，但我後來再也沒有去那裡玩過。母親把那一家當成妖魔鬼怪般不敢靠近的心態，大概也影響了我。也或許，那裡本來就散發出一種讓人覺得難以親近的氣氛。

不過，打破禁忌的時刻還是到來了。那是我小學一年級暑假某天的事。後門外有一條沿著小河的小路，後面的阿伯家和乾燥室就隔著小路對望。小路會接到從地藏菩薩像那邊連過來的一條稍微大一點的路，沿那條路往左邊下去就可以到多美家。但那天要去找她玩的話時間還太早，我無處可去，便從後面的阿伯家院子外的樹籬前走過。

樹籬內有株無花果樹高出一截，大片的葉子生長得十分茂密。我從通往院子的入口往裡面瞧，看到樹蔭下有張摺疊式的躺椅，上面躺了一個人。

樹蔭下淺藍色與白色條紋的躺椅看起來十分涼爽，而且有一種這附近難得見到的優雅風情。穿著背心、短褲躺在椅子上的，是後面的阿伯的次子，我的堂兄育男。我受到好奇心驅使，往樹蔭那邊走了過去。育男比我大十一歲，當時應該已經是高三生了。

育男一隻手枕在頭下，另一隻手則拿著書，正在看書。躺椅旁邊有張時髦的木製小桌，上面放了幾本看起來很艱澀的書。

不知道育男是沒發現我進去，還是裝作沒發現我，黑框眼鏡後的雙眼還是盯在書本上。

「你在做什麼？」我問他。

「看也知道吧？」

育男不客氣地回答。

我想了一下，謹慎地問道：

「是在看書嗎？」

「嗯。」育男不太高興似地回答。他的表情看起來像是覺得難得的悠閒時光，卻被我這種人打擾而感到厭煩。

但我卻絲毫不在意，繼續問下去。

「是什麼書啊？」

育男突然坐起身來盯著我，彷彿想說：「你很囉嗦耶。」

「拿去，給你看。」育男把他在看的書遞到我面前。我拿過來，眼光落在翻開的那一頁上，裡面全是困難的漢字和我沒看過的符號。

「你看得懂嗎？」

我搖搖頭。

「看不懂吧？所以就算跟你解釋那是什麼書，也只是白費力氣。」

育男說話的方式和其他人都不一樣，在我聽來很有新鮮感。

我很早以前就知道，自己的堂兄育男和一隻叫作梅西的狗住在後面的阿伯家，但這還是第一次好好和他說上話。

我大方地跟在育男後面走進了他家，但要在穿過屋子時停下了腳步。有個人坐在三面鏡前，正在化妝，我對那個矮胖的背影有印象。接著在下一秒，我從鏡子裡看到那個人的眼神就像箭一般直直射向我，便畏縮了起來。那個人是我的伯母，也就是後面的老師。

「是尊司嗎？」伯母手上拿著眉筆，問我為什麼會出現在這裡，不知道是不是覺得透過鏡子不可靠，她回過頭來直接看著我。

我用細微到幾乎聽不見的聲音向她打招呼。

「不用管她啦，快點過來。」育男催促停下了腳步的我。我走過伯母後方，往育男所在的廚房去。雖然這氣氛讓我覺得好像要無法呼吸了，但伯母什麼也沒說。

扣除伯母令我感到緊張這一點的話，育男對我而言是個有趣到極點的玩伴。從怎麼下將棋，到怎麼追女孩子，他教了我各式各樣的東西。帶我認識社會主義和共產主義的，也是育男，我一下子就成了左派。

育男家有各種稀奇的東西。他家旁邊有一間混凝土磚蓋的雜物間，用現在的說法來說，就是屋頂建成了露臺。這樣的設計已經夠少見了，雜物間裡面還放了桌球桌、高爾夫球、變速腳踏車、釣竿的捲線器、槓鈴等一大堆有趣的東西。育男的房間也滿是收音機、吉他、咖啡機、地球儀、將棋的棋盤等我家沒有的東西。

他教會我將棋的入門規則，並陪剛學會的我下棋；也給我看他收集的郵票，還送了我幾張。

在那之後，閒閒沒事做的我，就時常跑去找育男。母親因為過去的事，似乎對於我進出育男家感到不安。當時育男快要考大學了，照理來說不應該花時間在我這種小一生身上。母親大概是怕萬一我造成他們家困擾，到時又要被後面的老師嚴厲責罵。但我不把母親的擔心當一回事，有事沒事就去育男家。

育男常有朋友去找他，他們會大白天就喝起啤酒，高談闊論。這對我而言可以算是商機。我會幫忙跑去買配酒的東西，賺跑腿錢。如果我挑的下酒菜對到育男的胃口了，他也會誇獎我。

「沒想到你有些地方頗有大人樣的嘛。」

幫忙跑腿一直是我的工作，所以我已經習慣了。幫家裡買東西時，我連一圓跑腿錢都拿不到，但育男有時會大方地把零錢全部給我。

我還記得，育男曾經做刨冰給我吃。育男家有很多我家沒有的東西，其中一樣就是刨冰機。由於我經常盯著刨冰機瞧，育男便示範給我看要怎麼用。我看到機器削出白色的碎冰，覺得十分感動。育男問我想淋哪種糖漿，我選了草莓的。育男一面說：「你的肚子裡也會變得紅紅的喔。」一面幫我淋上滿滿的草莓糖漿。他將眼鏡推上鼻樑，看著我津津有味地將刨冰吃得精光。

「你喜歡吃刨冰啊？」

我只有在去海邊玩時吃過一兩次刨冰，很少有機會吃，因此對我而言，刨冰是很特別的食物。

我點了點頭，育男便說道：

「是嗎？既然你那麼喜歡刨冰，那刨冰機就借你吧。這樣你在家就可以自己刨，想吃多少都沒問題啦。」

難得育男一番好意，我卻只是紅著臉，什麼也沒說。

「嗯？你不帶回去嗎？」

我因為不好意思而扭動著身體回答：

「帶回去了也沒辦法用，我們家沒有冰箱。」

育男呆了一下，

「是嗎？你家沒有冰箱啊？」

我點點頭，將頭低了下去。

「那你想吃刨冰的話，就來我們家吧，我隨時都可以做給你吃。畢竟我們是堂兄弟嘛。」

雖然這很不像他會說的話，但我只是單純覺得感激。

育男一直都是這樣。當你覺得他好像要貶低你的時候，他會表現出親切、體貼的一面。但當你對他敞開心房了，他又會狠狠地踩你的痛腳。這種愛諷刺人、玩世不恭的態度有別於父親的純樸、母親的努力付出，莫名地讓我覺得舒服。

育男可算是紳士主義的信徒，某天他對我說：「我總覺得你有些娘娘腔。」他向我解釋，所謂娘娘腔就是沒有男子氣概，還用簡單易懂的方式說明了怎樣叫作有男子氣概。舉例來說，自告奮勇去接沒有人接得到的快速球；就算被球砸到臉，鼻血都要流出來了，還是面不改色準備接球，這樣的人就是有男子氣概。

仔細聽下去，感覺育男好像就是在說他自己，但這對我而言是非常簡單明瞭的說明，更加深了我對他的尊敬。

「這是我能做的最簡單的說明了。」育男很喜歡講這句話。真要說的話，在育男眼裡，世界上大部分的人都是無可救藥的笨蛋，像他這樣聰明的人只有一小撮而已，育男和他的母親就屬於那一小撮。至於我的父親、母親和我，以及令人意外的是，育男自己的父親都被歸類為愚笨之人。

「他啊，」育男說道，「和我們的血脈不同，是你們家的血脈。」

雖然我對伯父並不是多有好感，但還是稍微感到了親近和同情。

「你們下賤到了骨子裡，一輩子都搆不到我的腳。」育男對我如此說。

他口中的「你們」，簡單來說，就是父親、母親、伯父，還有我。

但我卻無法反駁。某種意義上，就像育男講的，我的沒自尊和奴性幾乎到了沒救的地步。附近有個比我大三歲的男生，叫作武雄。與其說是他的家臣，我更像是他的機器人。只要武雄對我下令，我就會乖乖照他的話做。我自己不做判斷，完全就是機械。就連照理來說應該充滿了痛苦的事，只要遵照命令去做，我也會從中獲得快感。命令愈是不合理、顛覆常識，快感就愈大。

武雄叫我聞他的屁，我便乖乖地聞。這樣反覆多次之後，已經成了一種儀式。他感覺想放屁了，就會把我叫過去，然後翹起屁股對著我。他只要這樣做，我便會放下所有事情，恭敬地上前去，把鼻子湊向武雄的屁股。就算鼻子裡都是屁，我也沒有任何想法。

武雄還曾經試探過我究竟可以當個機器人到什麼地步，用各種考驗讓我拋去心中還可能殘存的羞恥及自尊等人類的情感。

有一次，他命令我去親惠子。我便不帶情感地抱住惠子，硬是親吻她的臉頰。惠子比我大兩歲，是附近大家公認最漂亮的女生，說不定武雄是讓我代替他做出他自己想做的事。其實我心裡也對惠子有好感，擔心做了這種事也許會被她討厭，但當我化身為機器人時，便割捨了這些情感。

武雄給我的命令愈來愈過火。有一次，我和多美還有其他兩三個女生在玩的時候，武雄又過來要當我當機器人。

他原本只是在女生面前表演我是如何被他使喚，後來卻命令我露出下體給她們看。我猶豫了片刻，但還是照做了。女生們發出尖叫，紛紛用手遮住臉。武雄還命令我四處跑動，我便露著下半身在屋子裡跑來跑去。

我開始頻繁去找育男後，武雄有時也會跟著過來。育男教我們骰子、撲克牌的玩法，還會拿一圓硬幣當籌碼來賭骰子、玩撲克牌。比起賭博本身的樂趣，這件事之所以在超過半個世紀後，回想起來仍舊覺得有趣，或許是因為育男好笑的說話方式，以及有點在做壞事的感覺吸引了當時的我吧。事情如果就到此為止的話倒還好，但武雄不知道在講什麼的時候，洩漏了我露下體給女生看的事。

育男皺起了眉頭。

「你是變態嗎？」他用了一個我沒聽過的名詞來形容我。我因為這件事被育男知道而感到尷尬，同時又有種直覺認為自己玩機器人遊戲時得到的快感，似乎與變態這個詞有某種連結。

「幹這種事可是會被警察用公然陳列猥褻物的罪名抓走喔。」

一聽到警察，我便倉皇失措，情急之下說出是武雄叫我這樣做的，為自己辯解。育男眼鏡下銳利的眼神馬上望向了武雄。武雄大概知道自己禍從口出，要大難臨頭了，便閉上嘴巴不說話。

育男盯著武雄瞧了一陣子，什麼也沒說，接著轉過來面向我。

「別人命令你，你就什麼都做嗎？太沒出息了。」感覺就像僧人在感嘆自己的弟子破了戒般，露出不勝唏噓的表情。

「我要跟你絕交，你再也不是我堂弟了。以後不准再來了！」

原本滿臉通紅的我，這時變得面色慘白。我的行為完全違反了育男一向重視的男子氣概，肯定讓他失望了。但被禁止再來找他，失去了在這短暫時間內得到的各種恩典，更加令我驚慌。

後來過了十幾年，當我讀到尚－雅克・盧梭的《懺悔錄》時嚇了一跳。因為盧梭在書中坦承，他也曾沉溺於和我那些行為類似的事情上，只是盧梭的程度還在我之上。我是在孩童時期行為不端，但盧梭是在成年之後露出猥褻物、偷竊他人物品，無法擺脫伴隨著受虐狂式快感的惡習。

盧梭出生後不久母親便去世了，是姑姑和父親撫養長大的。雖然他受到溺愛，但沒有人可以完全填補失去母親的缺憾。

母親不在我身邊的時間只有六個月。只是，那段時間剛好處於出生後半年至一歲半之間，被稱為臨界期的時期，也是形成依戀最重要的關鍵時期。是我在那時產生了難以彌補的缺陷嗎？是那種缺陷驅使我做出怪異的行為嗎？

有一段時間我曾懷疑自己是否有自閉症。我確實在許多地方表現出自閉傾向，但另一方面，也有不像自閉症的地方。我很喜歡親近人，只要有人稍微表現得對我好一點，我就會纏住對方。我還懂得觀察自己要怎麼做才能討對方的歡心，並完美地執行，異常地世故。這些特性都和自閉症的性質有所不同。擅長察言觀色，會配合他人堅持扮演自己無法勝任的角色，是在不穩定的愛情環境中成長，存在依戀障礙的兒童所具備的特徵。

然而，我是直到幾十年後才得以如此理解自己。當時的我，只懂得思考如何舒服愜意地過日子，往散發出甜美氣息的地方靠過去，過著沒有節操的人生。

這一點我與母親不同。雖然年幼喪母，但母親內心明確存在著身而為人應該遵守的規範。大概是因為母親在九歲失去外婆時，人格中最重要的部分已經建立起來，地基本身並沒有缺陷吧。

但長大之後才失去，悲傷是不是也會放大呢？將「失去」這件事當作悲傷來處理，或許保護了我們的精神本身免於受到傷害吧。

當時我只知道在意眼前的事，只要有食物吃、有人陪我玩，我就覺得幸福。這也是我和母親不同的地方。就算我知道晚上放著功課不做跑出去玩會被罵，還是會忘記這回事。母親似乎無法理解我這種精神構造。

我曾經一再偷拿放在家裡佛壇上用來買香的零錢，直到被抓到為止。用偷來的錢買食物時的心態，大概也和這類似。雖然知道總有一天會事跡敗露，但在真的變成那樣前，都不會記住這一點。等到事跡敗露、被罵了，就哭泣、編造藉口，然後又被罵，下場淒慘。可是在當下這個瞬間，我卻能投入在花錢的快感中，開心歡笑。在下一刻哭泣的自己就像是另一個人般，兩者沒有連續關係。所以我才會反覆做出相同的事。

當時的我就是活在這樣的狀態中。

成長過程中遭虐待的兒童，或是遭不穩定的父母擺布的兒童所表現出的「混亂型」依戀障礙，也有類似的特徵。

雖然育男叫我不要再去找他，讓我有些擔心，但我並沒有把這件事看得太嚴重。育男似乎不是認真的，後來我去他家玩時，雖然他看起來很不耐煩，但還是會陪我。

儘管育男說話不好聽，我卻還是願意親近他，是因為他其實有不那麼憤世嫉俗、善意的一面。某次家裡在忙著烘乾菸葉時，育男煮了拉麵當宵夜，拿來要給我吃。但在那之前，我就已經在主屋睡著了，人不在乾燥室。「我特地拿去給你吃，你卻不在那裡，我下次不煮了。」後來我見到他時，他一副不高興的樣子，但從他的話裡面還是能感覺到善意。

暑假結束後，可能是因為忙著念書，我就不常看到育男了。但我還是三不五時去後面那裡，確認他的腳踏車在不在。育男的房間在二樓的閣樓，我有時會去樓梯那邊抬頭張望、出聲喊他。他偶爾會下來，露出不耐煩的表情，「我可不想老是跟像你這麼遜的對手下將棋。」雖然嘴裡這麼說，但還是讓我上去，陪我下棋。

隔年春天，育男沒有考上大學。原因或許是他只報考了錄取率不高的中央大學法學部一間學校，但或許我也有些責任。

育男為了補習去到東京後，我就沒什麼機會再跟他見到面。但他可說是第一個讓我知道，除了父親和母親身處的世界外，還有其他不同世界的人。

每年暑假接近尾聲時，家家戶戶都會為了該如何完成自由研究、勞作等暑假作業而煩惱。父親打從以前就很愛做東西，因此每年的勞作就成了他大顯身手的舞台。他做出來的，可說是不折不扣的「大作」，搬去學校還得花一番手腳。我一年級時，他做了輛卡車，二年級時是貨輪，三年級則是直升機。每件作品都得了金賞，令我十分驕傲。母親也不甘示弱，負責幫我寫書法和畫畫。將分寸拿捏好，讓作品看起來像是我自己完成的，似乎並不容易。我還記得，母親在暑假最後一天的晚上幫我畫了紅蘿蔔。出自母親之手的書法得了銀賞，畫則得到銅賞。

暑假結束進入秋天後，就要開始運動會的練習了。運動會當天，母親會準備豐盛的便當，裝在藤編的籃子裡帶來。籃子裡還裝有水果和點心，我很喜歡那個籃子帶有水果香的氣味。

到了中午休息時間，家人便會圍在一起吃便當。母親肯定是想連自己經歷過的悲傷也彌補回來，因此特別賣力。

說到便當，我還記得遠足日早上的事。母親將在火屋睡覺的我挖起來，「你看，便當做好了。」叫我看她剛做好，塞滿了菜餚的便當。主屋的廚房和火屋隔了一大段距離，母親仍舊特地把她的得意之作拿過來給我看。雖然當時睡眼惺忪，但各式各樣的料理整齊地擺在便當盒裡，看起來賞心悅目，這件事仍留在我的記憶之中。

母親念書時最擅長的科目是國文和家政，對料理也有一番研究，認真起來時便會展現出她的本事。只是這樣的機會並不多，而且平時因為考量到家計，只能用自己種的蔬菜和家裡現有的東西湊合。母親大概也覺得廚藝無處發揮，頗為遺憾吧。母親做的家常料理中，我小時候特別喜歡水果沙拉，以及在麵粉裡加脫脂奶粉做成的油炸點心，每當母親做這個，我就會開心到跳起來。

春天的遠足都是固定去走路就能到的五鄉山公園，秋天的遠足則會搭巴士，感覺特別不一樣。小一和小二生去的地方是觀音寺的琴彈海灘，那裡有座美麗的公園，潔白沙灘與蒼翠松樹構成的景色有如一幅畫。登上海灘後方的琴彈山，可以從展望台眺望巨大的寬永通寶（江戶時代的錢幣）一文錢沙雕。我記得，母親為我精心準備的便當在背包裡經過搖晃後，菜餚全都擠到一邊去了，不過在松樹下鋪上墊子，一邊吃便當，一邊感受海濱吹拂臉龐，讓人感覺很舒服。

秋天的遠足過後一段時間，某天母親問我：

「你比較想要弟弟還是妹妹？」

「弟弟。為什麼這樣問？」

母親有些害羞似地笑了一下，隨即正色道：

「就告訴你吧。阿母的肚子裡有小寶寶了。」

「真的嗎？」

我開心得像是要飛上天了。沒有手足的我，想要弟弟想得不得了。

但同時，又有一股難以言喻的擔憂從我內心逐漸淡去的記憶底層浮現。我戰戰兢兢地問母親：

「妳要生嗎？」

母親稍微板起了臉回答：

「當然要生啊。之前阿母不夠勇敢，所以沒能把寶寶生下來。這次無論如何我都要生。」

「可是妳的身體沒問題嗎？」

「不用擔心。阿母已經康復好幾年了，我自己也覺得身體變得健康多了。」

她這番話好像是在說給自己聽般。

母親罕見地表現出樂觀的態度，反而在我的內心留下一絲不安。

過了約半個月後的某天，我爬上庭院裡的櫻桃樹，坐在樹枝上時，有名胖胖的中年婦女騎著速克達來到家裡。她背著一個大大的肩背包，讓人感覺彷彿是為了配合她的體型訂做的。她瞄了我一眼，便走進玄關。

過了一下，祖母出來喊我的名字。

我從樹上跳下來，走向玄關，祖母不客氣地說：

「去叫你阿母來。跟她說村公所的保健婦（現在的保健師）來了。」

母親當時正在後面的田裡挖小芋頭，於是放下鋤頭，跟我一起回到家裡。

來訪的保健婦姓中西，從母親得肺病以來，一直持續關心母親的狀況。她因為要交付媽媽手冊而得知母親懷孕的事，對此感到擔心而特地前來。

我坐在母親身旁，有一句沒一句地聽著她們的對話。玄關前緣有一條兼具鞋櫃和踏腳功能的長凳，客人就被招待坐在那邊，母親和我也一起坐在那條長凳上。祖母則一如往常坐在玄關裡面，自言自語地碎念。

談話的內容十分沉重。講白一點，保健婦是來勸母親墮胎的。她似乎是擔心，母親決定要生的話，肺結核又會復發。

一旁的我聽了之後，心情也凝重起來。祖母還是老樣子，「叫她打掉吧。要打掉嗎？還是不要打掉……」重覆著哈姆雷特式的問答。

我和母親都很清楚，保健婦是擔心母親，因此無法置之不理。

「如果孩子才剛生下來妳就不在了也沒關係嗎？妳已經有一個小孩了，就不要冒險……」

母親在講嚴肅的話題時，有時會把口音改成標準腔。當時她也用標準腔這麼說道：

「我很感激妳如此擔心我，但我還是要生。無論如何我都想生，我想把這個孩子生下來。」

一時之間，我原本晃個不停的雙腳停下來了，祖母也閉起了嘴巴，停止自言自語。

母親的內心毫無迷惘。她在反覆思量後，做出了這個決定。

話雖如此，母親的內心應該還是不安的。聽說母親曾去鎮上的診所尋求醫生的意見，不過我是很久以後才知道這件事的。

鎮上有兩位已經執業很久的醫生，體型和性格都形成了強烈的對比。一位是瘦小的內科醫生，個性十分神經質，總是皺著眉頭、臉色蒼白。他有些膽小，只要病患有類似流血之類的情形，就會拒絕幫對方看診。另一位開的雖然是內科診所，但原本是外科醫生，體型高大、臉紅通通的，笑起來十分豪邁，惹是生非是家常便飯。

兩位醫生都有幫我看過病。一歲時因為喝甘酒而得腸炎那次，是前面那位醫生救了我一命。有一次我被人用石頭丟到額頭，血流個不停，則是後面那位醫生面不改色地幫我縫好傷口的。

母親選擇了後面那位醫生當諮詢對象，大概是因為覺得他會幫忙推一把，堅定自己的決心吧。那位醫生默默傾聽母親陳述煩惱，給予的回答大致是這樣：

為了能保護孩子，母體其實非常堅強，所以懷孕期間病情應該不會惡化。但問題是孩子生下來以後，到時得要多留心。

母親一路活過來所做的選擇總是伴隨著風險，因此醫生的話給了她很大的勇氣。就算自己之後會有事，但至少能讓孩子出世。這種想法或許只是把問題拖到之後才面對，但到頭來，所謂的「活著」這件事，同樣也只是不斷地把問題往後拖。

雖然母親看起來像是為了實現我的心願而做出如此決定，但在我看來，是其他超越了我心願的意志驅使母親這樣做的。原本母親應該一直是只屬於我一個人的母親，但她現在打算為了有別於我的其他存在賭上性命。儘管我不是很明確理解這件事，但母親有時會發呆，沒有馬上回答我問的問題；有時則是好像在想什麼別的事，這些都隱隱約約讓我開始感覺，母親不再是只為我一個人而活了。

不過，就算母親再怎麼不舒服，為了避免我尿床，她還是得半夜把我挖起來，帶我到簷廊那邊去。如果母親因為太累而稍微晚了點起來的話，就會來不及，不只我的內褲，連穿在外面的睡衣也會濕掉，只得全部換掉。

我在學校的成績還是一樣不上不下的。母親去學校和老師面談完回來後，表情總是不太好看，但她絕不會不分青紅皂白地罵我。在只有三十個人的班上，我一年級第二和第三學期的成績大概剛好在中間，對於注重教育的母親而言，應該是不甚滿意，但這其實還算好的了。更令母親失望的，是班導在生活常規方面對我的嚴厲指責，像是物品雜亂、不愛乾淨、吃東西會將食物弄得到處都是等，讓老師傷透腦筋。母親並沒有原封不動地對我轉述老師所說的話，而是將用詞加以修飾，以免傷害到我。而且她為了不讓我覺得失望，也都是用「好可惜喔」、「要是能再多加把勁就好了」之類保留了可能性的說法鼓勵我。雖然母親有時還是會忍不住嘆息，但也只會用類似「應該是阿母的錯吧，是我沒能把你教好」的說法責怪自己。

就算被責備、被罵，我也不太會反省自己，但每當母親說出自責之詞，我卻會難過。我稍微體認到，原來自己的行為如此令母親傷心。話雖然此，我的行為和生活習慣並沒有馬上就改過來。

不過，如果要說上小學之後我有什麼正面的改變，那就是我變得會積極地舉手、發言了。這是母親所沒有的特質，因此她認為：「這一點應該是像你阿爸吧。」

只是這種積極性有時卻會帶來意想不到的後果。我的學校每個月有一項例行公事，是由一名學生在全校集合時進行演講或朗讀。秋天接近尾聲時，輪到了一年級學生上台。「有誰想上台去說話嗎？」老師望著全班這樣問，我便冒冒失失地舉起手，非常輕易地得到了這個機會。

我也很快就決定好題目了，因為我也只有一本能稱得上書的書。那是我人生中父親買給我的唯一一本書，書名叫作《世界奇妙物語》。那本書我已經看過很多遍了，因此覺得轉述書中故事是很簡單的事。我最喜歡的是書裡的最後一則故事，講的是尼斯湖水怪。

當天早上在聽校長講話時，我還一派輕鬆。等到自己的名字被叫到，要走到大家面前時，我開始感覺到事態嚴重了。雖然想開口講話，我卻極度不適應這種狀況。這個故事我已經看過許多次，照理來說應該全都記在腦中了，但我從來沒有練習實際背出來過。

所有學生和老師的視線都集中在我身上，我一面因為完全無法回憶起自以為無比熟悉的語句而感到錯愕，同時只能一面努力回想內容，隨便找些詞拼湊成故事。這時我又犯了老毛病，視線開始飄向旁邊。從中途開始，我就一直斜斜地瞄著禮堂側面牆壁上開著的窗戶。比起看那些年紀全都比我大的聽眾，看著那邊還比較好開口說話。由於只是小學一年級生的即興創作，而非用心編排過的內容，因此我講出來的東西非常拙劣，但終於還是講完了。我在掌聲中走回班上的隊伍中，班導靠過來對我說：「講得很好喔。」給予讚美。這是我第一次得到班導的稱讚。

但其實這只是少數的例外，我在神經及行為面上的發展依舊看似遲緩，令母親煩惱。而且，給懷有身孕的母親添麻煩的人，不只是我。父親有時比我更令母親感到頭痛。

那是發生在菸葉已經交貨出去，寒冷的冬天的事。父親某天出門後，到了晚上都還沒回家。母親正在擔心之際，有人來告訴她父親人似乎賴在角店的五金行。肚子已經稍微鼓起來的母親便帶著我去接父親。

這間五金行比我念的小學更遠，位在歷史悠久的幹道上。我們走在夜色之中，看見了五金行的燈光照在路上。五金行的店面很大，而且就位在十字路口的街角，因此被稱為角店。店面燈光的後方可以看見父親正對著老闆高談闊論，看起來心情很好的樣子，似乎沒有醉到不省人事。不知道母親是不是因為自己懷孕而不好意思進到店內，她對我說：「尊司，抱歉，你幫我去裡面叫阿爸出來。就算他不聽阿母的話，應該也會聽你的。」

我雖然不想，但也無法拒絕母親的要求，便打開大大的玻璃門進到店內。我去到父親身邊，抓住他工作服的袖子說：「回家啦。」想把他拉走。父親用力眨了眨眼睛，「你怎麼會在這裡？」一副不可思議的樣子。

我什麼也沒說，只是一直拉他的袖子說：「趕快回家啦。」

「這麼可愛的兒子都來接了，做爸爸的總不能不回去吧？」老闆娘也說著客套話，試圖勸父親起身離開，但父親遲遲不肯動。

母親也等到受不了，於是進來店內。大家一起哄了一個小時，父親才終於站起身來。心情愉快地走到外面後，父親馬上就自己騎著腳踏車回去了。由於母親和我是步行，因此慢了不少時間，到家時父親已經在浴室哼著歌洗澡了。母親聽到之後臉色大變。

「都醉成那樣了還去洗澡，你阿爸會死掉的。」

母親的一句話，讓我立即明白了父親面臨的危險。這也是因為母親曾跟我提過好幾個有人喝完酒後去洗澡，結果隔天早上就變成了冰冷遺體的例子。

「趕快去阻止你阿爸。」母親發出悲痛的聲音，彷彿忘了自己懷有身孕，往浴室的方向小跑步，我也跟了過去。但父親根本沒將我們的擔心放在心上，還在哼著《星光的華爾滋》。

「老公，你這樣會死的！」

父親回過頭來，看到浴室的木門突然被打開，母親和我在門口往裡瞧，又大呼小叫的，嚇了一跳。

「幹嘛？幹嘛？很冷耶，幹嘛把門打開？」

難得的興致被打斷了，父親十分不悅，但母親也不退讓。

她告訴父親，某某地方的某某人也做了一樣的事，結果隔天早上再也醒不來，「我肚子裡已經有第二個了，你要是有個什麼萬一的話，我要怎麼辦？」母親好像要哭出來般地懇求父親，但喝醉後膽子大了起來的父親完全聽不進去。

「少說蠢話了，洗個澡而已，哪裡會死？」父親將母親的擔心當成笑話看待，而且一副要證明自己不會有事的樣子，泡在洗澡用的大桶子裡不肯出來。父親這樣嘲諷母親的態度，只能解釋成是受到了死神的誘惑，因而自尋死路。我遭受父親的愚昧以及父親會因此死去的悲傷打擊，流著淚和母親一起拉父親的手，但父親的身體紋風不動。

母親的聲音愈來愈高，恐嚇父親之前死掉的某個人也是不顧自己太太的勸阻，才說完：「不用擔心啦！」剛開始泡澡就丟了性命。但父親也固執了起來，不肯聽勸。

到了這種地步，母親只好使出最後一招，轉過頭來命令我：「你去跟你阿爸說，如果他不出來的話，那你也不要讀書了。」

對於不得不中途輟學的父親而言，自己兒子的學業具有特殊意義。父親連研究也沒在做了，過去推動著他的熱情已不知在何時消逝。那份遺憾轉變為希望我有朝一日能代替他完成夢想的期盼，成了父親的執念。

雖然自己的成績不上不下，但我知道父親有這樣的期盼。我一心只想著不要讓父親死掉，便照母親的話做。雖然不過是照母親教我的去講，但威力仍然非同小可，父親聽了臉色大變，馬上衝出浴室。

母親的肚子一點一點地確實變大了。隨著母親的肚子變大，我也更加希望寶寶趕快生下來、希望生下來的是弟弟。另一方面，我也會想起母親和保健婦的對話，擔憂會不會因此失去母親。

儘管如此，我終究只是個剛滿七歲的小孩，比起母親隆起的肚子，我更在意的是自己有沒有東西吃，如果自己的任性沒有被滿足就會鬧脾氣，一樣令母親大為頭痛。

母親懷孕第七個月的某天，她臉色有些蒼白地回到家裡，說自己在田裡跌倒了。父親不開心起來，不但沒有安慰母親，還責備她因為太慌張才會跌倒。母親很擔心會不會出血，但幸好沒有大礙，我也鬆了一口氣。

隨著預產期愈來愈接近，母親也開始為生產及產後做準備。

由於頂著一顆肚子，要將身體往前彎其實是很辛苦的事，但母親仍持續下田。不過，唯獨搭公車這件事，母親堅持不肯。附近曾有孕婦搭公車時臨盆，是由公車駕駛幫忙接生的，母親不希望這種事發生在自己身上。

母親用縫紉機縫了好幾十片尿布。她列出一張長長的用品清單，將準備好的東西一樣一樣劃掉。母親是個做事準備周全的人，她將需要用到的東西都收進了籃子，這樣在開始陣痛後，就可以馬上出發去醫院。

*

母親在去世前四天，要請救護車來載她去醫院時，也是把要用到的東西都收拾好後，才聯絡後面的阿姨的。由於疼痛的關係，母親當時連上廁所都有困難，但她還是擠出了最後的力氣，做好住院的準備。就算過了五十年，人的個性似乎也不會有太大改變。

當她去世時，告別式要使用的遺照，以及後續手續所需的文件，也早已全部準備妥當了。

順便一提，當時到家裡幫母親叫救護車的阿姨，其實就是後面的老師大兒子的太太。結果在人生的最後，母親依靠的是後面的老師的兒子及媳婦。他們兩位對母親都非常照顧。人生的際遇實在神奇。

8

我很猶豫究竟該如何處理雜物間。如果要修理的話，費用相當可觀，再加上後續的維護，這樣做實在是不切實際。但颱風及豪雨等災害又一年比一年嚴重，考量到類似這次這樣危險的狀況，繼續放著也不是辦法。最後我還是決定，在颱風季節來臨前，將雜物間拆除。

我打算在盂蘭盆時回老家一趟，同時也得跟業者碰面討論拆除事宜。而且，我想在雜物間被夷平前再看一次火屋，因此決定在八月十三日至八月十五日回香川的老家三天兩夜。

受到疫情影響，許多人選擇不返鄉，另外可能也因為新名神高速公路通車的關係，路上車流相當順暢。我下了大野原交流道，順道去了農會經營的產地直銷市場買祭拜用的紅淡比及鮮花。我曾聽說母親常來這裡買東西，但我自己還是第一次來。

這是母親去世後，我第三次返鄉。

天氣熱到像是一把火在燒，玄關前的盆栽有幾株已經不行了。打開玄關的門進到家中，平時會出來迎接我，對我說「你回來啦，很累吧？」的母親已經不在了。我再一次感受到，沒有人住的房子是多麼的空蕩蕩。不知道是不是因為門窗一直關著，空氣中有股黴味。我這才感受到，母親為了迎接我們回來，總是把家裡收拾得乾淨整潔。

我將門窗敞開，打掃了一番。然後將帶回來的牌位、照片、燈籠等整套祭拜用的物品排在佛壇前，並供上在產地直銷市場買的花。

隔天，由於和業者碰面前還有些時間，我去看了火屋最後一眼。我在這裡生活，已經是超過四十年前的事，現在也早就很少有人會進到裡面了。母親想逃走時鎖上的，以及步美為了叫醒我，用她的小手拍打的玻璃拉門仍和當時一樣，歲月流逝之快，令人覺得恐怖。

我打開玻璃拉門，走進屋內，聞到了塵土味。連著簷廊的防雨門完全關上了，屋子裡一片漆黑，於是我打開手電筒。屋內大部分的家具似乎都已經運走了，只剩下作為母親嫁妝的棉被櫃，以父親幫我做的書架。棉被櫃裡面是空的，但書架上還放著書，大部分是我中學及高中時的課本、參考書，沒有什麼特別的東西。但唯獨有一本書特別厚而大本，裝訂得很牢固。我對這本書有印象，於是伸手將它抽了出來。書名映入眼簾的瞬間，關於這本書為什麼會放在這裡的記憶也甦醒了過來。

*

我應該從發生在那之前幾天的事說起。

有一天，我聽到母親難得地對父親動怒。似乎是母親留著要用來支付生產費用的五萬圓，被父親拿去借給來拜託他幫忙的朋友了。

「你打算怎麼辦啊？」

母親似乎不知該如何是好。

父親也只是前言不對後語地辯解。父親有他善良的一面，一旦遇到有困難的人來求助，他便無法置之不理——雖然也根本沒什麼人像父親一樣困頓。似乎愈是有困難的人，反而愈容易同情別人。

就在家裡經濟如此拮据時，我又做出了雪上加霜的事。

就像母親十分在意他人對自己的看法，我其實也是個愛慕虛榮的小孩。即使外人都將我們家的窮困看在眼裡，我卻還是愛面子到了愚蠢的地步。

以旁人的角度來看，肯定只覺得虛榮心這種東西滑稽可笑。住在快要倒塌的破舊房子裡，和喜歡打開門對著外面叫罵的婆婆一起生活，母親過得戰戰兢兢，深怕家裡的內情會被旁人聽到，總是壓低聲音說話。但我卻依然故我，儘管知道家裡窮到父親幾乎沒有錢可以掏出來，我還是進行無謂的掙扎，想讓別人以為我是有錢人家的小孩，彷彿母親的努力都是白費般。

學校有時會有推銷員來賣書本或是教材，不管是什麼，我一定會買。對我而言，沒有要買或不買的問題，只有買得起或買不起的問題。買不起就等於承認了自己貧窮，會嚴重傷害自尊。

為了使貧困的父母掏出錢來，我利用了他們願意為我的教育犧牲一切的信念。由於自己當年被迫中斷學業，父親內心產生了執念，只要是與課業相關的東西，他都想要全力滿足我。

七月某天放學前，班導發了一張紙下來。當時我已經升上二年級了，還是由一年級的班導繼續帶我們班。

老師發下來的，是一本名為《現代家庭教育事典》的書的介紹，以及申購單。我雖然看不懂「本書集結了教育學最高權威的智慧，能解答所有關於家庭教育的疑問」等有的沒的文案，但這本書的價格吸引了我的注意。兩千八百圓！即使家裡已經每個月幫我訂閱學研出版，定價一百五十圓的科學雜誌，但這本書的價格完全是不同等級。也因為這樣，從看到了定價的那一刻起，我的心裡就滿是「一定要買下這本書」的念頭。「沒看過這麼貴的書……」同學們的嘆息聲更加挑動了我的野心。正因為貴，所以這本書更值得買。

我馬上就向同學宣布我要買這本書，引來了同學的驚呼聲。同學的反應令我更加得意忘形，幾乎到了魂不守舍的地步。屋瓦都要掉下來的破舊房子；有如不靈光的布穀鳥鐘般，開開關關玻璃拉門，對著外面咆哮的祖母；必須隱瞞起來的「沒有引擎的車」這些事彷彿全都煙消雲散了。我是有錢人家的小孩，能面不改色地買下其他人猶豫再三、下不了手的昂貴書籍。

但也不是所有小朋友都單純地相信我的宣言。有些比較壞心眼的小孩看穿了我的虛張聲勢，提出疑問。

「真的嗎？你一定在騙人吧。」

但我可不能因為這樣就退縮。

我畏畏縮縮地向下完田、滿身疲憊回到家中的母親提起這件事。她只是默默地聽我說，但聽到兩千八百圓這個價格時，母親的面色很明顯地凝重了起來。她緊緊盯著我帶回來的傳單，像是要在紙上看出洞一般。

「這個不是給你看，是給阿母看的書吧。如果是你需要的書，阿母一定會想辦法買給你，可是我覺得我們現在不需要這本書。」母親將傳單塞回來給我。

雖然母親說的一點也沒錯，但我豈能輕易退讓，畢竟這關係到我在班上會不會變成騙子。儘管我連「家庭教育」是什麼意思都不知道，但還是堅持自己想看這本書，並保證自己一定會努力用功，哀求母親買給我。母親似乎無法理解為何我這麼想要那本書，但隨即像是看穿了我的心思般，問道：

「你是不是跟其他小朋友說你要買這本書？」

由於被講中了，我一時之間說不出話來。

母親難過地看著我，像是要點醒我般說道：

「阿爸和阿母每天從早工作到晚，也只賺得到一點點錢，用來付家裡必須的開銷都不太夠，所以只能過會被人嘲笑的貧窮生活。你大概覺得很丟臉吧。」

我從來不曾思考過自己的心態，但母親似乎比我自己更加了解我內心的想法。

「我先跟你講清楚，阿爸和阿母並沒有做什麼丟臉的事，可能會有人笑我們窮，可是那沒什麼好丟臉的。真正丟臉的，是輸給自己的慾望，做出不對的事。」

那肯定是母親一貫的信念。因為即使到了我五十幾歲時，母親還是一直跟我說，沒變成大人物、沒變成有錢人都沒關係，但就是不能做不對的事。

小學二年級的我像是被講到了痛處般，當下不知該如何回應，但我仍舊沒有退讓。雖然我做的事或許是錯的，但我更怕自己沒面子。

我不斷吵著自己要那本書，到了最後還威脅道：「不買給我的話，我就不去上學了。」讓母親也動搖了。

母親大概也累了吧。跟我說了這麼多，我不但沒有理解，反而更加固執，她似乎覺得已經講不下去了。

「阿母講了這麼多，你還是不懂嗎？這樣的話，那就去問阿爸你說的有沒有道理好啦。」

接著，母親便要站起身來。這是母親使出的最後王牌，代表談話已經結束了。母親反對的事情，父親也不可能會贊成。由於知道這一點，我對於打算去叫父親過來的母親火大起來，失去了理智。

「媽媽是大笨蛋！」我這麼說的同時，握拳用力往母親隆起的肚子打了下去。

母親的臉一下子變得慘白，我仍舉著拳頭，呆呆地望著她因痛苦和恐懼而瞪大的雙眼。

「啊──」在下一秒，母親從喉嚨深處發出了不知是尖叫還是哭聲的恐怖聲音。她抱著肚子，身體當場蜷曲了起來。

「好痛，好痛……」

母親哭了出來。

「肚子裡的寶寶死掉了，肚子裡的寶寶死掉了……」

母親重複著這句話，不斷哭泣。

驚慌失措的我，知道自己的行為造成了可怕的後果，因而顫抖起來。

「對不起，媽媽，對不起……」我不斷地對母親說。

然而，母親彷彿根本沒把我的話聽進去，只是抱著肚子傷心嘆息。雖然我已經看過母親哭泣很多次，卻不曾看過她哭得如此淒慘。

「死掉了……死掉了……」

母親感到絕望，像個小孩子般地哭泣。令我感到震驚的是，母親是為了我以外的其他人傷心悲嘆。

過去只為了我而活、為我付出的母親，注意力現在完全轉移到其他地方去了。

聽著母親微弱、悲痛的哭聲，我整個人意志消沉，覺得自己遭到母親拋棄，哭了起來。

母親這時好像回過了神，抬起扭曲的臉龐，用帶淚的雙眼看著我。

「你聽好了，不管阿母的身體出了什麼事，你都不要講話，就當作是阿母自己撞到肚子的，知道嗎？」

「媽媽，是我不好……」

我打從心底後悔，這麼說道。如果能讓我做出來的事情沒發生過的話，我願意接受任何懲罰。《家庭教育事典》我也不要了，在學校被大家叫騙子也無所謂，我只希望母親的肚子能好起來。

我邊哭邊摟著母親。

母親就這麼蜷著身體持續了好一段時間，我不知如何是好，在她身旁不斷啜泣。接著，母親抬起頭來，只見她哭腫了雙眼。

「我沒事了。」

那是母親平時的聲音。

「妳的肚子……？」

「好像沒那麼痛了，我明天會去請醫生看一下。」

「寶寶呢？」

「剛剛還有在動，應該沒事。」

母親的臉色依舊蒼白，來回撫摸著肚子。

隔天早上我才剛起床，母親就遞了張紙過來。是那本書的申購單。

「我已經填好了。」

「媽媽，我不要了……」

「是你自己說要的，你就要負責到最後。」

班上同學看到我無精打采地出現在教室，似乎每個人都覺得我沒有帶申購單來。當我拿出來時，再次讓同學們大吃了一驚。

母親大概是為了處罰我，因此逼我買下那本書。《家庭教育事典》我一次也沒有拿來看過，就這樣擺在書架的角落。或許這本書正是透過一次也沒被翻開來過這樣的方式，發揮了做為《家庭教育事典》的功能。

我的內心大概是在這個時候出現了想要讓母親開心的念頭。過去我只會要母親照我的意思做，不然就是受母親的情緒牽動，但當我認知到母親已經不再是專屬於我，她的愛及生命都是有限的，我發現自己只是一直在令母親難過而已。

那是第一學期接近尾聲的某一天，大概是第四節的自然課考試時的事。窗外的操場因陽光的反射看起來潔白一片，另一側的窗戶外則是綠意盎然的中庭。

這次是考海裡面的生物，考卷上有貝類、魚類、海藻的圖，要一一回答出名稱。每一種我都有看過，但知道名字的大概只有海星、海葵之類的。

我不安地扭動身體，偷偷抬起頭來，體型肥胖的班導穩穩地坐在講台前處理文書工作。我斜眼偷瞄其他同學，大家都在專心作答。我假裝自己在看考卷，然後偷偷從抽屜裡抽出了課本，靜悄悄地翻頁，翻到有和考卷相同圖片的地方。

幾天後發考卷時，班導說只有我考一百分，大家的視線都集中在我身上。我一面享受同學欽羨的眼光，一面又有些不好意思。雖然我喜歡幻想，但可沒有辦法欺騙自己相信我是憑實力考到一百分的。

母親毫不知情，只是單純地為我考試分數進步感到開心。

「這麼難的你也會呀？」母親看了考卷上的題目，對於我能正確分辨出石花菜和甘紫菜感到驚訝，然後有些驕傲似地看著我。

我則感覺有點不妙，畢竟我沒有想到這件事會如此受到重視。我的確是想讓母親開心，但卻沒想到，考了一次好分數後，並不是就這樣結束了。

而且還有別的問題。連考幾次一百分後，班導開始關心起我的考試成績了。她會在考試時走到我身旁，或是有意無意地觀察我的舉動。這下完蛋了。為了避免之前作弊的事被發現，我現在只能憑實力考到好成績了。感受到危機的我，變得比以前認真聽課、念書。

可是成績變好的只有自然和社會，國語和算數還是和以前一樣，成績並不出色。因為自然和社會還可以用背的應付，但國語和算數只靠死背是行不通的。

母親是在七月九日星期天開始陣痛的，我和祖母那天剛好被邀去慶祝幸男叔叔的新居落成。

那天一早，母親抱著開始痛起來的肚子，帶了裝有事先準備好的各種用品的籃子，由父親載去醫院。就是治好了母親的肺結核，以及壽明舅舅去世的那間醫院。

出門前母親還吩咐我：「要有規矩點。」擔心我多過擔心她自己。我點頭說了聲：「嗯。」呆呆地站在簷廊上目送母親搭上父親的車子離開。當時父親正好在進行菸葉的乾燥，無法離開太久，因此非常匆忙。

從後來發生的事情來想，要說那有可能就是我與母親最後的道別也不為過，但才七歲的我完全沒有想到那裡去。我知道生產完後，母親會有一段時間不在家，多少有些落寞，但因為當天接下來就要去慶祝幸男叔叔的新居落成了，所以有一部分的心思在這件事上面。

接近中午時，幸男叔叔開車來載我和祖母去他的新家。

幸男叔叔的新家有不少房間，其中有一間和室特別豪華，感覺就像高級的日本料理餐廳，我和祖母被請到了那裡。那間和室位在二樓，從窗戶望出去可以眺望觀音寺市區，並看得到附近的一棟鋼筋建築。我知道那是母親以前念的高中，稍微想起了她。母親現在應該在醫院生寶寶吧。我詢問那間醫院在哪個方向，得到的回答是從這裡沒辦法看見，令我感覺有點難過。

幸男叔叔像是要讓我打起精神般，說道：「應該已經生了吧。你想要弟弟還是妹妹？」我回答：「弟弟。」

不久後，桌上擺滿了豐盛的料理，我便忘了母親的事。

各種以前沒看過的美食，讓我心情大好，話也開始變多了。只要有人聽，我就會滔滔不絕地講個不停，也不管內容是真還是假，像是我在班上是班長、考試都考一百分等，無害到可笑的謊話。幸男叔叔的岳父是個很好的聽眾，連我這樣的小孩子說話，也聽得很專心。因此我得意忘形了起來，說自己其實是暗地理統治小學的地下組織的首領，是個連老師都害怕的人物。由於那個伯伯非常認真在聽，我便變本加厲地大肆吹噓起來，宣稱要加入那組織必須寫血書，萬一有人違反了組織的規定，就要用草繩綁在神社內的松樹上，用竹棍毒打進行制裁，完全陶醉在自己的謊言之中。

我很滿意自己用了「血書」、「草繩」、「竹棍」等詞加強效果，十分得意。那是受到壓抑、虐待的人所說出的妄想空言。幸男叔叔也是這麼想，對於鋒頭完全被我搶走，只能苦笑以對。祖母完全搞不懂我在說什麼，在一旁哈哈大笑。

回到家時，父親剛好暫時離開乾燥室，回來找東西填肚子。我問父親：「生了嗎？」父親搖搖頭，說道：「好像還沒有。」我訝異於生小孩竟然要花這麼久的時間，父親的臉色不太好看也讓我有些不安。這時祖母告訴了父親我在幸男叔叔家說的那些話。

父親苦著一張臉，告訴我那位伯伯是少年偏差行為的輔導委員。

「他大概覺得你嘰哩呱啦講的那些東西，可以聽來當作參考吧。」

我聽了之後馬上面色發白，擔心那位伯伯現在是不是在通知警察了。

那天晚上，我睡在主屋的客廳，入夜後下起了大雨。母親那邊沒有任何消息傳來，父親則是去處理菸葉的乾燥了。我聽著雨打下來的聲音，獨自一人躺在床墊上。母親還好嗎？生小孩需要那麼久的時間嗎？這些我都不知道。那是個輾轉難眠的漫漫長夜。大雨整晚敲打在屋瓦上，不知何時我睡著了。

隔天早上，汽車的聲音吵醒了我。父親剛好從外面開車回來。我起床打開了玻璃窗。雨已經停了，地上的積水反射著早晨的陽光。滿是水滴的櫻桃樹閃閃發亮，夏日的一天正要開始。

父親從車上下來，看起來沒有睡飽，非常疲憊的樣子。

「媽媽呢？」我問道。

父親抬起頭來，說了句：「你起床啦？」

「媽媽呢？」我又問一次。

「不用擔心，是弟弟。」父親回答。

我開心地跳了起來。

「吃完早餐我就帶你去醫院。」

父親的聲音中似乎也聽得出喜悅。母親住在小間的單人房，和父親一同打開病房房門時，我感到有些不好意思。母親面容憔悴，正昏昏欲睡，我和父親一進到房內，她馬上就醒了。我尋找弟弟的身影，但床上只有母親。她看我一臉訝異的樣子，告訴我寶寶在嬰兒室。

雖然早上就開始陣痛了，但寶寶是接近深夜才出生的。母親解釋，因為寶寶的頸部被臍帶繞住，所以才花了那麼久的時間。

「話說回來，你在幸男叔叔那邊沒做什麼蠢事吧？」

母親的口吻聽起來就像是親眼看到了我昨天的言行一般。雖然人在產房，但她似乎還是很在意這件事。

看到我尷尬的表情，母親又接著說下去。

「阿母好幾次都覺得自己可能不行了，可是又覺得不能丟下你一個人，自己走掉……」

母親似乎難掩內心的激動，聲音高了起來，眼角也流下淚水。

我這才知道母親經歷了多大的危機，感到一陣心痛。

離開病房後，我趁父親不注意，偷偷擦去了眼淚。

我和父親來到嬰兒室外，隔著玻璃看見了還沒有取名字的弟弟睡在房內。他的臉紅通通的，雖然已經長出黑色的頭髮，但看起來短時間內似乎還沒有辦法和我一起玩球，或是下將棋。我對於看起來實在太過幼小的弟弟感到微微失望。

「你當哥哥了呢。」父親說道，我點了點頭，但內心逐漸湧現一種覺得不划算的感覺。

「媽媽什麼時候會回家？」

「她還要一個禮拜才會出院，出院以後會回十三塚休養一個月左右，大概要暑假結束那時候才會回來吧。」

「她要不在那麼久喔？」

我和父親走在醫院的走廊，感到非常索然無味。

只要有一個地方出差錯，母親那時就可能會死去。臍帶纏住胎兒的頸部，也就是所謂的臍帶繞頸是常見的問題，在今日其實不足為懼，但在當時卻會造成難產或死產。實際上，聽說在母親之後住進她那間病房的女性，最終就因為難產而去世，母親得知後非常震驚。畢竟這絕非和自己毫不相干的事，就算死去的人是母親也不會令人意外。繼肺結核之後，母親再次好不容易活了下來。

母親還有未竟之事得要完成，因此幸運地逃過了一劫。

*

在那之後過了約半世紀，母親在同一間醫院去世。或許是因為當時母親已經做完了她該做的事，失去了對於生的執著，也感覺不到執著下去的必要性了吧。

我在母親生前最後住院的前幾天打電話給她時，母親提到自己嚴重腰痛，身體也變差了之後，對我這麼說：

「我已經沒有任何遺憾了。能活到現在，我覺得很滿足了。像阿母這樣的人，竟然有兩個這麼棒的兒子，兩個人都很有出息……」我打斷了她的話說道：「幹嘛說喪氣話，只是腰痛而已，死不了的啦。」對母親的話充耳不聞。母親回顧自己的人生，想告訴我她度過了幸福的一生，我卻不願去聽。我害怕自己要是認真聽母親講那些話，母親會真的死去。

為什麼我沒有好好聽母親說她內心的想法呢？母親走過艱辛的人生活到了這個歲數，為何我沒有肯定她的努力，向她表達讚賞、感謝呢？我承受不了自己會失去母親的悲傷及恐懼，不願面對現實，也不願面對母親內心的想法。

母親感覺到死亡逼近自己，接受了這個事實，想告訴我她心裡的話，我卻拒絕了。自己不斷遭受否定、遭蔑視的人生勉強可以算是和一般人一樣了，她想將「這樣已經很好了」、「已經用自己的方式努力過了」、「已經對任何人都沒有怨，也沒有恨了」的這些心情告訴我，或許對母親而言，這原本明明是一個值得高興的時刻。

母親並沒有再多說什麼，對於我叫她去住院，她只回了一句：「我知道了。」「雖然掛念著你阿爸一周年忌日的法事，但也沒辦法啦。」母親罕見地接受了自己無法盡到責任的事實。當時母親是否知道自己的身體已經到了極限，就算再怎麼用意志力奮戰也無濟於事，並做好了這次住院後，或許就再也出不來的心理準備呢？

9

七月中旬某天，母親出院後直接回到了十三塚的娘家。

第一學期結業式那天，我和清水騎腳踏車到一宮的海邊去游泳。游夠了之後，我們便朝母親所在的十三塚前進，大約是下午三點抵達的吧。母親給了我一百圓，叫我們去吃刨冰。在一個站名叫札場的公車站附近有刨冰店，我和清水在那裡吃了刨冰。又熱又渴的身體彷彿從裡到外都得到了滋潤，我覺得那是我這輩子吃過最好吃的刨冰。

可是，後來出了點狀況。雖然得回萩原的家，但我卻不想離開母親身邊，就當我拖拖拉拉的時候，天開始要黑了。清水說他自己一個人沒關係，便爽朗地道別離開了，母親還再三向他道歉。

當天晚上父親前來接我，但我想留在母親身邊，因此一直逃避父親。和室裡吊著蚊帳，我還記得，想抓住我的父親和一心逃跑的我一直繞著蚊帳，上演你追我跑的戲碼。

那裡雖然是母親娘家，但家裡已經失去了壽明舅舅這個重要的支柱，只剩下成為寡婦的良美舅媽，以及因為腰骨受傷，連走路都很吃力的外公維持家裡的生活，沒辦法連我也一起照顧。

不過我不把這當一回事，持續四處逃跑躲避父親。一開始還感覺像是在玩，但後來父親生氣起來了，結果反而讓我更怕，拚命地逃竄，可是最後還是被抓到了。我自然敵不過父親的力氣，被他拖著要帶走，結果哭出來了。

良美舅媽見狀，伸出了援手。「好啦，就讓他留下吧，尊司應該也想和媽媽在一起吧。」

母親因肺結核住院時，良美舅媽也照顧過我。當時白天是節子阿姨照顧我，晚上則是良美舅媽陪我一起睡。

外公大概不方便主動開口留我下來，但既然媳婦都這樣說了，他也表示：「留下來沒關係。」於是，我就和母親及剛出生的弟弟一起在十三塚的外公家度過了那個夏天。

小學二年級的這個暑假對我而言非常特別。大概只有母親離開肺結核病房，在娘家休養的那段時間和這個暑假，我可以和她一起悠閒地生活這麼長一段日子。除此之外，母親總是有家裡或外面的工作要忙，而且因為工作的疲勞，很少有時間好好陪我。

早上的時間我就寫功課或是念書。外公家的和室後面有條寬敞的簷廊，我經常在那裡念書。這條簷廊位在房子的西側，早上曬不到太陽，十分涼爽舒適。

庭院裡有好幾棵挺拔的松樹，到了下午，樹蔭下便是玩遊戲的絕佳地點。外公家隔壁是母親的二哥富美男的家，他們夫妻和我的表弟表妹就住在那裡。我每天都會和表弟博之一起玩。

我們在小庭院裡玩夠了，就會騎腳踏車去附近探險。有一天，我提議去找住在出作（香川縣高松市出作町）的阿姨。

我知道十三塚到出作的距離不近，但那裡有我的表哥敬三在，我覺得如果去那裡的話應該會很好玩。雖然敬三表哥比我大五歲，卻是個很和善、有趣，讓人覺得神奇的哥哥。

去年秋天的祭典我和母親回十三塚時，敬三表哥也有來，他當時的出場方式充滿了神祕感。大家聽到圍牆外有腳步聲，猜測是誰來了，卻沒見到人影。正當我們議論紛紛人到底在哪裡時，他從拉門的另一頭像忍者般現身了。他似乎是翻過圍牆進到庭院裡，然後從簷廊那邊偷偷進到屋子裡的。

像這樣把大家弄得暈頭轉向、帶來驚喜的舉動，無疑地是出於敬三表哥喜歡逗人開心的個性。當時阿姨還住在位於高瀨的國立療養院，長久以來照顧的敬三表哥的祖母也去世了，因此只有他和他的父親兩人一起生活。從他爽朗、愛給人驚喜的個性，很難想像他過的是如此孤獨的的生活。雖然以一個小孩而言是相當不可思議的事，但或許正是沒有母親陪伴的寂寞培養出了這種搞笑細胞。敬三表哥也在童年就經歷了母親不在身邊的滋味。

母親似乎很明白這種心境。畢竟她在小學時也是鬱鬱寡歡，到了念中學、高中才開始逐漸發揮出說話有趣好笑的天分，還曾經算是小小的風雲人物。或許是希望藉由讓人發笑、逗人開心填補自己內心的空虛，並讓對方接納自己吧。

但這一套方法在父親家並不管用，使得母親再一次不論是對自己，或是對他人都失去了信任與希望。

由於阿姨住院的關係，每個人都對敬三表哥特別關懷，設法讓他開心。看完祭典的太鼓神轎回家的路上，大人們還帶敬三表哥去書店，讓他挑自己想要的書或文具，但敬三表哥和我不一樣，非常地客氣，沒有要任何東西，大家因此很傷腦筋。

我會提要去找阿姨這件事，是因為我無意見聽到阿姨似乎已經出院的傳聞。

而且我剛好知道阿姨家在什麼地方。

應該是前一年夏天吧，幸男叔叔的岳父帶我去海邊玩，那是我第一次在海灘上的海之家吃刨冰。那位伯伯以前是經營門窗生意的，因為搭上了建築熱潮，工作量大增，是個有頭有臉的人物。回程的路上，車子剛好開過了一棟我有印象的房子附近。那就是我住在出作的阿姨的家，我曾經去過一次。於是我腦海中便建立起了幸男叔叔家和阿姨家之間的位置關係。

回到幸男叔叔家後，才剛下車，我便趁大家不注意溜了出去，想要去阿姨家。開車感覺大概六、七分鐘的距離實際上跑起來卻感覺很遠。但這也很合理，現在回想，那段距離應該超過了兩公里。

發現我不見之後，幸男叔叔的老婆馬上就騎腳踏車追了出來。不過我似乎出人意料地敏捷，她雖然看見了我的背影，卻完全追不上。我則渾然不覺自己正被追趕，只是一心一意地跑著。儘管對於路程遠比想像中漫長感到困惑，我卻沒有回頭的意思。後來我終於找到阿姨家了。幸運的是，當我跑進去一看，不只敬三表哥，連阿姨也在。原來她那天獲准外宿，隔天就要回醫院去了。

她們訝異我突然出現，而我還在想要如何留下來過夜時，幸男叔叔的老婆驚慌失措地跑進了玄關。

我還來不及和敬三表哥好好說上話，嬸嬸就用腳踏車將我載了回去。我還記得她很溫柔地提醒我：「不可以自己一個人突然跑不見喔。」

擅長記憶地點，以及會突然跑不見，都可說是自閉症的孩子常見的特徵。或許我的確有自閉症的傾向吧。

由於發生過這樣的事，因此我知道阿姨家就在從十三塚沿國道十一號線往高松方向去的路上，於是便慫恿博之和我一起去。

雖然大卡車從旁邊經過時，我們就像要被吹走了一樣，感覺十分恐怖，但總算抵達了目的地。阿姨已經出院，人在家裡，敬三表哥也在，看起來比我們之前見面時開心。

接著阿姨拿了許多點心出來請我吃，讓我開心得簡直要飛上天。結果那天晚上我們終究留下來過夜了。我突然不見蹤影，相信母親應該頗為擔心，不過有阿姨幫忙聯絡，事情也就平安收場了。只是，母親聽到我要過夜，大概又有其他事要擔心了。

果然，隔天早上我因為尿床把床墊弄髒了。比我低一個年級的博之則當然沒有尿床，實在慚愧。

我拖拖拉拉賴在棉被裡不肯出來，阿姨察覺了狀況，溫柔地對我說：「尊司，不用在意，趕快換衣服吧，應該很冷吧？」拿了敬三表哥的舊衣服給我換。

那天，博之的爸爸，也就是富美男舅舅開車來接我們。我以為會被罵，感到忐忑不安，不過不知道是不是阿姨有幫忙說話，富美男舅舅並沒有生氣，只問了我：「你要和博之一起回去嗎？」我想待久一點，便回答：「我明天再回去。」博之似乎也想留下來，但富美男舅舅只說：「不可以給人家添那麼多麻煩。」便把博之帶回去了。

我在敬三表哥那裡待了大約一星期，每天晚上都尿床，我想阿姨大概也傻眼了，但她都會拿衣服給我換，不曾露出不悅的表情。到最後，那張床墊成了我專用的小便床墊。

我會一直待在阿姨家，一部分的原因是有點心可以吃，但更重要的是，跟敬三表哥在一起很開心，充滿了刺激。敬三表哥當時應該是中學一年級，他連書桌的抽屜都整理得很整齊，而且裡面裝滿了各種充滿吸引力的東西。光是看他的抽屜，我就感到雀躍不已。

不只白天和敬三表哥打桌球或羽毛球很好玩，晚上聽他收藏的唱片也是一大樂趣。我是透過他第一次聽到古典樂及西洋音樂的。我愛上了卡拉揚指揮的《命運》交響曲及維琪・黎安託的《往日時光》，每晚都要敬三表哥放給我聽。

我也對敬三表哥在上的中學課程及他在看的書有興趣。育男對我而言年紀太長了，敬三表哥在我心目中則是理想的哥哥。透過模仿敬三表哥，我接觸到了各種新事物，他帶給我的影響可說是不計其數。下黑白棋、學英文、看手塚治虫的《怪醫黑傑克》、畫油畫都是敬三表哥教我的。敬三表哥是獨生子，因此他就像對待弟弟，或甚至超越了弟弟的程度般疼我。

即使暑假結束後，我還是時常去敬三表哥那裡過夜。雖然母親囑咐我，太常去的話會造成人家的困擾，但我根本聽不進去，瞞著母親自己偷跑過去也是常有的事。星期六晚上和敬三表哥一起看漂流者（日本的樂團、搞笑團體）的《全員集合》，然後九點看動作劇《龍虎群英》是最棒的享受。

阿姨原本在母親心目中的地位，就像是代替了已經去世的外婆，但後來由於長期療養，母親害怕造成她的負擔，因此不敢太常往來。但隨著我沒把這層顧慮放在心上，開始頻繁造訪阿姨家，母親也不知從何時開始，像是被我拖下水般，去找阿姨的次數變多了。

後來母親只要一有煩惱，就會去阿姨那邊找她商量。對母親而言，阿姨又再次扮演起了代替外婆的角色，給了她一個避風港。

我和母親之所以能這樣依賴阿姨，其實也跟阿姨家裡的經濟狀況好轉有關。姨丈家原本是務農的，但姨丈身體不好，不適合從事農業，有段時間家裡似乎曾養過雞，但在敬三表哥辛勤工作的祖母病倒後，就沒再繼續下去了。

姨丈是個有藝術家氣質的人，雖然不適合做一般工作，但他的手很巧，而且具有藝術的敏銳度，在製作物品上似乎有特別的天分。姨丈是最早開始做公園裡現在也還看得到的木頭造型水泥樁，或是用這種水泥樁搭成橋的人之一。姨丈會巧妙地表現出樹木的木節及年輪，或在樹洞裡放上陶瓷做的青蛙等，擅長營造饒富趣味的意境。他請從事園藝師工作的富美男舅舅拿自己的作品去用，立刻大受好評，不斷接到訂單。

雞舍後來成為姨丈的工作室，庭院裡放滿了完成的作品，會有業者開卡車來大量收購。如果姨丈有生意頭腦的話，或許可以藉這門生意開間大公司。但藝術家作風的姨丈堅持要親自製作，因此能接的訂單有限。不過即使如此，作品只要一完成，轉眼間就會賣出去，就像經濟遇到了空前的景氣一樣，也因此讓他們家的家計有所改善。後來姨丈的作品遭到同行模仿並大量生產，訂單逐漸變少，但也還是維持了十年左右的榮景。

我和母親也因此受惠不少。

阿姨不僅曾長期療養，後來身體也還是不好，吃過的苦並不比母親少。但不知是否因為她是家中長女，個性十分開朗，總是滿臉笑容。不管我說什麼，她都會呵呵大笑，對我說：「尊司你好會說話喔，以後去當播報員好了。」或是「你以後去說相聲好了。」之類的話。

每當我講話不正經或開低級的玩笑時，母親就會愁眉苦臉，但阿姨的反應完全不同。她和總是愛擔心、在意他人眼光，個性悲觀的母親形成了對比，或許就是因為這樣，讓我感覺很舒服吧。不論是對我，或是對母親而言，阿姨都彌補了我們內心不足的一塊。

阿姨比母親大了十一歲，敬三表哥卻只比我大五歲。那是因為阿姨姊代母職，為了照顧母親及另一個妹妹節子，而推遲了婚事的關係。

其實阿姨原本已經有了互許終身的對象，但出於對妹妹的責任感，最後選擇了放手。

阿姨的名字叫作千代子，長得很像八千草薰（日本知名女演員），年輕時是出了名的美女。男方則是長崎人，當時被徵召進入軍隊。觀音寺那時有海軍航空隊的基地，並興建了臨時機場供被稱為「紅蜻蜓」的練習機進行飛行訓練。機場的跑道從出作一直延伸到十三塚附近，因此雖然只是鄉下小地方，這裡卻曾遭受過好幾次空襲，還有人因機槍掃射而身亡。隸屬海軍航空隊的士兵休假時習慣在附近的民家打發時間，有幾名士兵休假時會跑去外公家，其中一人便在不知不覺間與千代子阿姨情投意合。

但在當時那個時代，男女是不可能偷偷約會的，甚至連交談都不太被允許，不過她們很清楚彼此的心意。由於不能公然對千代子阿姨表現得不一樣，男方便以特別照顧弟弟及妹妹的方式來代替，其中最受疼愛的是壽明舅舅。壽明舅舅非常尊敬他的人品，喜愛對方的程度不輸千代子阿姨。過了十年後，壽明舅舅仍說：「連男人都會愛上他啊，他真的是個出色的人。」非常惋惜自己的姊姊沒能嫁給對方。

長崎遭核彈轟炸時，男方曾回去探視家人，過了幾天後卻腫著臉回來，據說他並沒有見到家人。收音機播放天皇宣布戰敗的詔令時，有些軍人甚至拿著武士刀瘋狂揮舞，砍樹洩憤。但他只是像在強忍著般，獨自苦思煩惱。

男方和千代子阿姨約定：「我一定會來接妳。」不久後便回長崎去了。後來他寄來的信中，也提到：「不論多久我都會等妳。」然而妹妹們年紀還小，千代子阿姨實在無法離開這個家。不過，她還是偷偷準備了一個包包，裡面裝了旅行會用到的東西，收在壁櫥深處。像這樣做好隨時都能動身離開的準備，才好不容易讓想要立刻奔往對方身邊的念頭平息了下來。

過了約五年，千代子阿姨二十五歲、對方也已三十歲時，千代子阿姨寫了最後一封信，希望對方放棄自己，另外找好對象結婚。男方後來還寫了好幾封信，但千代子阿姨一封都沒有回。他寄來的最後一封信中說道，自己要結婚了，雖然現在還是沒有把握自己是否能忘了千代子阿姨，但會為了自己未來的妻子努力嘗試，最後便這樣作結。

千代子阿姨是在又過了三年之後，才嫁給現在的姨丈。

這段心酸的愛情故事我已經從母親口中聽過幾十遍了，因此基本上我也了解，阿姨是付出了何等煎熬的犧牲，為了妹妹們扮演代替母親的角色。透過母親的話，我學習到如果沒有了解箇中原委的話，任何事都會有無法看透的地方；要明白原委，才有辦法深入了解一個人。

話雖如此，扮演母親的角色這件事並沒有嘴巴講得這麼簡單，這其實得付出巨大的犧牲。而姊姊若想得到自己的幸福，則代表母親甚至連外婆的替代者都將失去，又得再經歷孤單寂寞的日子。換句話說，彼此的幸福無法同時兼顧。雖然我只是個孩子，也對這種狀況感到難受。

事實上，千代子阿姨的愛情故事還有後續發展。

那是結婚後過了三十年的事。那時候，當她晚上睡不著時，會拿地圖出來看。她最愛看的是我當時所在的東京，以及應該是那位男性所在的長崎的地圖。對方寄來的信雖然已經燒掉了，但畢竟自己當年也寫過許多封信，因此還記得他的地址。每晚看著地址所在地以及周邊的地圖，想像對方是否曾走過那些地方，千代子阿姨心中出現了想要再聽一次對方聲音的念頭。

當年對方表示自己快結婚了，因此現在說不定孩子都很大，甚至已經有孫子了。千代子阿姨覺得，彼此現在應該可以輕鬆談笑、聊各自的近況了。雙方都上了年紀，容貌大概變了不少，但或許聲音並沒有變太多。如果是透過電話，就能說上話，又不會讓對方看到自己。

只是稍微傳達一點一直強忍至今的心意，應該不會被任何人責怪吧？相信對方應該會笑著原諒自己才是。哪怕只是說一句話也好，千代子阿姨希望在死前讓對方知道，即使已經過了這麼久，她還是一直維持著和當年相同的心意。千代子阿姨內心的願望，化為了堅定的決心。

於是千代子阿姨便透過地址調查對方的電話號碼，沒有花很大工夫便查到了登記在該地址的電話號碼。由於名字也一樣，因此應該不會錯。他到現在還住在一樣的地方。千代子阿姨強忍激動的情緒，撥了那個號碼。電話撥通了，接起電話的是女性的聲音。千代子阿姨一時之間不知該說什麼，但令人驚訝的是，對方開口問道：「不好意思，請問是千代子女士嗎？」那聲音聽起來彷彿像是在等待這通電話打來，隱約有一種親切感。

「沒錯吧？妳是千代子女士吧？我先生過去一直跟我提起妳。」

千代子阿姨覺得那位女性的話中似乎有什麼地方不對勁，同時又意會到了其中所代表的意思，雙眼開始不住地落下淚水。

「我先生已經在十九年前去世了。他直到死前，都還一直思念著妳，但我並不在意。妳的事情，我先生全都告訴我了。連同他對妳的感情在內，我願意接受我先生的一切。我一直很想找機會告訴妳，我先生是多麼思念妳……千代子女士，妳應該也是吧？我相信我先生的在天之靈也會感到欣慰的。」

千代子阿姨的淚水停不下來。聽到對方在十九年前就已去世的事實而遭受打擊的同時，從最了解他的妻子口中得知，他仍一直愛著自己，千代子阿姨內心滿是難以用言語表達的情緒。

我之所以知道這來龍去脈，當然是因為母親彷彿自己身歷其境般地轉述給我聽。這樣說起來，母親的死或許不單純只是她自己死亡，也可以說是透過母親之口而被賦予了生命的每一個人，以及這些人的記憶也死亡了。也許我是想藉由這些文字，或多或少留下隨著母親離世而逝去的那些人的意念，以及他們活過的證明吧。

那件事過後的幾年，阿姨去世了。我最後一次去探望她時，雖然她在加護病房裝著人工呼吸器，連話都沒辦法說了，但還是拚命地想對我露出笑容。

她似乎只想讓母親看見自己痛苦的樣子，希望母親能陪在身邊。母親知道自己的姊姊為了妹妹們付出了多大的犧牲，因此儘管白天工作完已經很累了，晚上她還是會去醫院過夜。

阿姨的死對母親而言，無疑是讓她又經歷了一次喪母之痛。

當時我推託自己太忙，不管是阿姨那邊還是母親那邊，我都很少回去，只有在偶爾打電話時，從母親那邊聽到阿姨的狀況。但我不曾站在母親的立場感受、同理她的心情。

我光是自己的事情就疲於應付了——不，這只是我嫌麻煩、逃避的藉口而已。

母親總是勇於面對問題，但我卻只想著如何逃避問題。是母親那種認真面對問題的態度過於拘謹壓迫，使得我在不知不覺間產生了逃避的念頭嗎？

現在回想起來，我在小學二年級夏天開始覺得比起自己的家，阿姨家更像是屬於我的棲身之所，有事沒事就往那邊跑，應該是因為阿姨家有一種在我們家感受不到的舒適吧。

過去我沒怎麼想過，但對於我這種行為，母親的內心感受肯定很複雜。吃盡了苦頭養大的兒子明明離獨立自主的年紀還遠得很，卻只要找到機會就跑去自己姊姊的家，或許她心裡有些不是滋味吧。

對於我頻繁跑去阿姨家，母親只是用不可以給阿姨添麻煩這樣的說法叫我節制，並沒有強硬阻止，也沒有在事後嚴厲責罵。或許我自己也是遊走在邊緣地帶，小心避免踩到母親的底線。

但話說回來，我的主場畢竟是萩原的家，還有現在已經不存在的萩原小學。不過，或許是因為還有出作的阿姨家這一個避難場所，才讓我不至於只能被困在萩原。

而我在萩原的生活也出現了變化，這番變化是弟弟的出生所帶來的。說來或許有些矛盾，當我被敬三表哥吸引的同時，也開始經常照顧年幼的弟弟。我感覺到，保護年幼的弟弟就像是一種使命。

回頭來看，像敬三表哥那樣年紀比我大的對象固然對我內心的成長有很大影響，但我重新體認到，與弟弟的相處（當時的相處模式就是我照顧他）也非常有幫助。

我的職業——精神科醫師就某方面而言也算是一種照顧他人的工作，若要說我有做出什麼和社會上其他人一樣的貢獻，或是受到病患些許仰慕的話，為我打下這番基礎的，自然是母親的教導，但我在照顧弟弟的過程中學到的經驗也有不小的幫助。

我過去曾多次強調，依戀是一種互惠的機制。依戀是在父母的呵護中培育出來的，就算稍微有一些偏差，也還是能修正。其中一種修正的方法，就是照顧他人。「照顧」這件事不只對受照顧的人而言是一種恩惠，也會令照顧者受惠。不論是受照顧，或是照顧他人都會加強依戀機制的作用，增加安定感。

我想，我因為母親帶有些許嚴厲的愛而失衡的部分，透過敬三表哥及阿姨的體貼對待得到了彌補；而照顧年幼弟弟的這種相處模式，則讓我了解到照顧他人的喜悅及責任感，並親身體會到我並不是只為了我自己一個人而活的。

母親為何要冒那麼大的危險，再生一個小孩呢？或許只是為了滿足母親自己想要更多小孩的慾望，但我認為除了這個原因，她是真的想要再給我一個手足。在母親還是被我一個人獨占時，我非常愛撒嬌，而且任性。只要事情不如我的意，我就會鬧脾氣，要母親順著我。面對這樣的我，或許母親覺得再怎麼用言語開導效果都有限，如果讓我有個弟弟或妹妹的話，說不定我的內心就會產生變化。長遠來看，弟弟出生對我帶來的影響甚至超乎了母親的期待。

七歲的年齡差距就某方面而言，對我或許也是好事。如果我和他的年齡較為接近，說不定我會覺得母親對我的愛被他搶走了，個性反而變得更乖僻。即使有了弟弟，我仍堅信母親對我的愛並沒有改變，完全不曾覺得弟弟威脅到了我的地位。

不對，或許曾經有過那麼一次。但那次與其說是母親，其實該說是父親讓我有了那種感覺。那應該是在弟弟出生後幾年，開始上幼稚園那時候的事，當時我已經是中學生了。

某天我放學回家，看到火屋裡有個大紙箱，裡面裝滿了繪本及兒童書籍。我在那個年齡已經會對書本感興趣了，而且家裡幾乎不曾出現這麼多書過，因此雖然知道那些書並不是給我的，但我還是興奮到冷靜不下來。

為了搞清楚是怎麼回事，我開始尋找弟弟的身影。他在主屋的客廳看電視，那時正好是傍晚播卡通的時段。我問弟弟那些書是哪來的，但他看電視正看得入迷，就只是隨口含糊回答。我也失去耐心，口氣漸漸兇了起來，反覆問他相同的問題。弟弟似乎看到了一個段落，對我的問題不耐煩，便只是回答：「不知道。」但我認為他不可能不知道，仍舊持續逼問。雖然這種事幾乎沒發生過，但我們幾乎像在吵架了，這應該是我唯一一次把弟弟弄哭。儘管我完全沒有那樣的意圖，但弟弟大概是因為難得的卡通時光被打擾了，再加上我口氣不佳，便哭了出來。

很不巧地，父親這時剛好結束工作回來了。父親見狀似乎誤會我是和弟弟搶電視看，而弄哭了他。

父親罵我：「電視看得好好的，為什麼要把弟弟弄哭！」雖然的確像父親所說，我把年幼的弟弟弄哭了，但我就算向正在生氣的父親解釋什麼，他應該也聽不進去，於是我選擇沉默。隨後跟著進來的母親似乎馬上就明白發生了什麼事，說道：「他應該是看到了放在火屋的書，想知道那是怎麼回事，所以才跑來問的吧。」母親只是這樣說，就讓我覺得有人理解了自己的心情，從母親的話中得到救贖，簡直要哭出來了。母親也察覺到了我對於突然出現的滿滿一箱書，感到好奇興奮的事。因為母親的一番話，父親和弟弟終於搞清楚發生了什麼事，情緒也平靜了下來。

母親非常擅長觀察推測一件事情之所以發生，背後有何原因，並透過言語表達出來。父親為人單純，只會對表面的狀況直接做出反應，但經過母親說明後，他也會接受。我在思考該如何克服依戀障礙時，將理解事情原委、加以說明的重要性當成了其中一項重點。而讓我看到這一點，並藉由這種方式保護了我及我們一家人的，則可以說是母親。

有時我出於善意、為別人著想做出來的事，最後的結果卻是適得其反。這種時候父親可能只會看到我把事情搞砸了，不分青紅皂白地罵我。但母親則會迅速察覺到背後的原因，幫忙緩頰：「尊司應該是想要幫大家才會這樣做吧，先不管他做的好還是不好，都應該感謝他的心意。」雖然自己沒做好而被父親責罵也是一部分原因，但聽到母親這樣說，都會讓我幾乎忍不住落下淚來。

在充滿混亂、自私的環境中成長，也幾乎沒有人會來體諒自己心情的父親；以及年幼喪母，雖然生活貧窮、孤單，但在家人互相幫助、體貼彼此的環境中長大的母親，差別大概就在這裡吧。只要母親像這樣說明了當事人的心境或事情原委，父親就不會再說什麼。父親絕對不是一個不好的父親。他是一個比一般人更加直來直往、單純的人，但或許也因為這樣，他有時很容易受到片面的事實影響。母親則會試圖幫忙踩剎車，讓父親維持平衡。隨著年齡增長，父親也變得會乖乖聽從母親的勸告了。父親付出了漫長的人生學習到，母親能看到他自己看不到的東西，照母親的話做可以避免無謂的麻煩。

一般認為，在穩定的依戀中成長的人，即使進到了可能會造成依戀障礙的環境，也還是懂得檢討回顧，會用客觀或站在他人角度的觀點來檢視自己的遭遇。

母親在生活最難熬的那段時期，也曾被接二連三遭逢的不幸吞噬，只會唉聲嘆氣，完全無法從抽離自己的觀點回頭看當時的狀況。但不知不覺間，母親走了出來，不僅她自己變輕鬆了，我們也因此連帶受惠。

說到那滿滿一箱的書，其實是母親買給弟弟的，但弟弟似乎不知道這件事。弟弟當時年紀還小，比起書本，他只對卡通有興趣。

弟弟小時候比我還瘦小，而且非常偏食。他肯吃的東西很有限，大概只有米飯、味噌湯和肉，除此之外的營養可以說都是靠可樂、彈珠汽水、BISCO（江崎格力高推出的一種餅乾）補充的。我個子雖然不高，但身上比較有肉，也比弟弟壯，因此父母自然更加擔心瘦弱的弟弟。儘管家裡的經濟還是一樣拮据，母親花在弟弟身上的教育費用甚至超過了我。

雖說大了弟弟七歲，但我也還只是個孩子，照理來說應該會嫉妒他。但我之所以幾乎不曾對弟弟產生過嫉妒，是因為母親的言語及行為極具說服力，使我相信她總是毫不吝惜地對我和弟弟付出公平的愛。母親平時便會不斷說我和弟弟一樣重要，而且她還提醒了我另一件重要的事。

母親是這麼說的：「智孝（弟弟的名字）比你晚了七年出生，這代表他可以跟阿爸還有阿母在一起的時間，比你少了七年。」

我聽了這番話，感受到近乎衝擊的驚訝，並對弟弟抱以同情。一部分的原因也是因為弟弟年紀還小吧。未來不論父親或母親什麼時候會不在，他和父親及母親共度的時光，都比我少了七年。我覺得那真是難以言喻的悲劇。雖然降臨到世間，卻要承受這種悲傷。

「所以你要疼他喔。」

我幾乎是含著淚應了母親的話。

雖然母親絲毫不曾讓我感覺她比較擔心弟弟，但站在母親的立場來想，弟弟是她賭上了性命生下來的，而且身體孱弱，若母親想多花些心思在他身上也是很正常的。

似乎有人建議母親，為了避免對她的健康造成影響，不要餵母乳比較好，因此弟弟從一開始就是喝奶粉，我還記得家裡積了一大堆奶粉的空罐。或許是因為經濟狀況比生我的時候稍微改善一些了，不需要為了買奶粉而去當鋪當東西，但相信家裡的生活還是很刻苦。由於母親生產的關係，那一年菸葉的收成工作父親一個人實在處理不來，只得向農會借錢僱人來幫忙，虧損想必又變得更多。

當夏天結束，母親恢復工作後，弟弟就交給了祖母來帶，我也經常幫忙照顧。雖然祖母還是一樣會自言自語，偶爾情緒失控，但病情一年比一年改善，狀況相對穩定的時候變多了。或許是父親及母親持之以恆地包容，並且恭敬和善的對待方式逐漸產生了效果。這大概可以說是透過家人進行的社會治療吧。

現代醫學都只是以疾病層面做診斷，並對此進行治療。若被診斷為「精神病」，就會被關進醫院，並當作沒有行為能力的病人對待。這種思維認為精神病是神經傳導物質與接收用的受器所導致，可以透過藥物阻斷、刺激使其恢復正常。然而，就算給予藥物，與社會隔絕了幾十年後，也只會變得更加無法適應社會，日本有一段時間光是這樣的病患就超過了三十萬人。即使是現在，雖然已經開發出了優秀的藥物，但也不代表能夠治癒，有不少人就算持續服藥，仍會反覆惡化，腦部機能逐漸下降。

可是，在尚未出現精神醫學的古代社會，同樣有精神障礙存在。在那種時代都是用巫術、咒語治療或進行社會治療，但讓現代醫療掛不住面子的是，這種傳統方法改善病情的效果未必比較差。甚至有研究發現，許多過去的案例都恢復到了可以回歸原本生活的地步。近年來，開放式對話及依戀取向等社會治療的驚人成效再度引起關注，或許也說明了內心生病的人真正需要的，並不是藥物。

以祖母為例，她在家裡維持原本的生活，而家人不僅接納，更將她放在最優先的地位用心照顧，這種做法正可說是社會治療。家裡的人並未將祖母當成精神障礙患者與社會隔離，而是將她視為由於家庭因素而遭犧牲、受傷的女性，奉若上賓般加以保護。

或許這樣很容易被視為精神醫學尚未普及之時的非現代、落後的對待方式，但我認為至少對祖母而言，這樣比長年住在醫院要幸福，而且祖母有時也以她自己的方式盡到了身為家中一員的責任。

相較於我小時候，母親這時敢放心讓祖母帶弟弟，應該也證明了她確實漸漸在恢復。

我也經常照顧弟弟，而且雖然年紀差了一截，還是會跟他一起玩，而弟弟也跟我非常親，這樣的關係直到現在都沒變。我從和弟弟的相處之中，親身了解到只要付出心力照顧，對方的依戀也會隨之加深。為了保護弟弟，即使犧牲自己我也在所不惜。例如，不得不帶著走起路來還跌跌撞撞的弟弟過大馬路時，我會像是將他扛在肩上般抱著他。或許我是個有些過度保護、過度干涉的哥哥，但弟弟全心全意地相信我，我也想要回報他的信任。

和年齡有段差距的弟弟一起玩，必須懂得在各方面手下留情。玩拳擊的時候，最後被打倒的人一定得是我。育男和敬三表哥過去對我的體貼，現在輪到我複製在弟弟身上，讓我學到了對比自己弱小的人付出關懷及體貼。

話雖如此，我和弟弟之所以能一直維持著信任和親密，母親睿智的教導無疑是功不可沒。

10

受我委託拆除雜物間的業者打了電話來，通知我工程已經全部結束，近期內會寄請款單和照片給我。

過了兩三天，十月初的某一天，我收到了業者寄來的信封。那天新聞剛好在報導美國總統川普感染了新型冠狀病毒，舉世震驚。

信封比我想像得大，裡面裝有請款單及詳細記錄工程經過的照片。可以依序看到動工前雜物間最後的身影，到搭設鷹架、拆下瓦片、使用重型機具拆除的作業過程。大概是因為覺得我人不在現場，無法知道他們進行了哪些工程，所以特地記錄下來給我看。

雜物間是從和火屋相反，靠馬路的那一頭開始拆的，業者還拍了只剩下火屋部分的照片。火屋大概占雜物間整體五分之一大吧，貧窮的一家人過去就擠在那裡面生活，也是凝集了最多我和母親回憶的地方。下一張照片裡，整棟雜物間已經全都化為了瓦礫。瓦礫清除後，業者將地面整理乾淨，最後鋪上碎石，變成了單純的空地，只留下一大片空白。隨著時間流逝，連那裡曾經有過什麼，也會遭到遺忘吧。

那間火屋曾經是我的全世界，但如今只能留存在我的記憶之中了。或許我在那裡的歡笑不多，但那裡卻是我曾經歷微小的喜悅及悲傷，遭受責罵、與家人爭執，也流下過無數眼淚的地方。

我在那裡也曾有過值得開心的事。其中之一，就是我有了自己的房間。

從火屋的玻璃拉門一出來的左手邊，有一小間倉庫。母親過去曾將那裡當成廚房，父親從事酪農業時，也用來養過小牛。後來則請人墊高裡面的地板，裝修成了我的書房。

那是我快要升上小學四年級的春天的事。

＊

我從以前就吵著想要一間自己的房間，母親也同意有這個必要，但一直沒錢付諸實行。

那時候剛好發現了雜物間外推部分的樑被白蟻蛀蝕了，這樣下去的話，屋頂會掉下來，不得已只好進行修復，順便將倉庫整修為我的房間。我不知道工程費用是怎麼籌出來的，但覺得這筆錢應該不是來自存款。

整修好的房間和火屋的玻璃拉門直角相對，面積三張榻榻米大，做了通鋪地板，入口處裝有一扇門。為了方便在兩邊之間往來，還做了條三角形的木板走道。這個被稱為「小孩房」的房間後方還有另一扇門，這扇門走出去就是簷廊，簷廊則可通往廁所。這是我家第一次出現不是傳統拉門的門和西式風格的房間，對我而言是一件相當震撼的事，我想母親一定也很高興。

我在房間裡放了書桌及父親做的書櫃。書櫃是三層的，塗上了白色油漆。我將自己擁有的書全都擺進書櫃，感到心滿意足。

由於實在太開心，我便以邀請朋友參觀房間為由，計畫舉辦自己的慶生會。母親似乎也樂見其成，並沒有反對，我便向所有感覺應該會來的朋友告知這件事，結果班上同學大概來了一半，其中還有幾個女生。只有三張榻榻米大的房間容納不下，連簷廊及外面也滿滿是人。有些人帶了禮物來，但也有人兩手空空，只想來吃點心。母親準備了咖哩飯及點心招待大家，我則因為收到禮物，內心十分得意。

送給我最大箱禮物的，是打掃時負責監督大家的小朋友。每個人看到那個箱子都發出了歡呼，但那個小朋友卻在我耳朵旁小聲地要我晚一點再拆開，一副有什麼難言之隱的樣子，我便答應了他。等大家都離開後，我拆開箱子一看，裡面裝的是大顆的柳橙。柳橙這種東西我們家院子裡就有一大堆，因此我大感失望。

升上四年級後換了一位班導，接手我們班的是一位二十多歲的女老師。雖然才二十多歲，但她看起來十分俐落幹練，而且長得很漂亮。這位老師是教育長（教育委員會的首長）的女兒，每天早上都開一輛紅色跑車來學校。

她講話沒有方言的腔調，而且很會教課。我到現在都還記得，社會課時她曾經攤開一大張世界地圖，問我們最熱的地方是哪裡。我舉手回答：「我爸爸說南邊很熱，所以應該是南邊吧。」結果老師又問我：「所以是最南邊的南極最熱嗎？」結果我一時間回答不出來，因為我知道南極很冷。當南方很熱和南極很冷這兩件事之間的矛盾我還不知如何解決，只能呆立無語之際，有其他小朋友馬上回答出來，最熱的地方是赤道。不是最南邊，而是正中間最熱這件事令我受到巨大的衝擊。

關於這位老師的另外一個回憶，是算數課學二位數乘二位數的筆算時發生的事。課堂最後老師出了題目給大家計算，算完之後要拿去給老師看，答對的人就可以先下課。我卯足了勁計算，第一個拿答案去給老師看，但老師馬上就跟我說：「算錯了。」我重算了好幾次，但還是一直沒有答對，班上其他同學幾乎都已經完成，離開教室了。老師搖頭跟我說「算錯了」時的語氣有些冷淡，令我難過了起來。大概是因為我內心特別希望得到這位老師的肯定吧。我還記得，我甚至因此懷疑自己是不是不擅長算數，失去了自信。

在和這位老師有關的回憶之中，我都沒有好表現。我不擅面對、畏懼長相漂亮的女性，是不是就是從這時開始的呢？

遺憾的是，老師後來有次請假一週沒來。據說她不知道自己懷孕了，結果因而流產。如果這位老師教我更久一些，讓我接觸到更多她個性中溫柔、迷人的一面，並得到了她的肯定的話，或許我對於女性的認知及看法也會變得不一樣。

我的學習能力及知識就像前面提到的這樣，現在回想起來，水準實在稱不上優秀。

結果我的班導在長時間休假後離職了，於是我們班就在沒有人照顧的情況下度過了第一學期大部分的時間。但這對我而言也是好事。自習的時間變多了，大家可以自由看書，讓我有更多機會看自己想看的書。我也是在小學四年級時，第一次有看比較像樣的書看到忘我的經驗。另外一項意外的收穫，是來代課的副校長常會跟我們說一些很有意思的話。擔任副校長的尾藤老師原本是教自然的，而且是個徹頭徹尾喜歡自然，或該說喜歡動植物的人。學校中庭有多水槽及水池，尾藤老師總是用心地打掃並照料裡面的動植物。學校裡面種植了各種想像得到的植物，尾藤老師還為所有植物一一做了名牌。不只是學校，他自己的家也滿是植物，房子簡直就像蓋在植物園裡，村子裡每個人都知道尾藤老師的家。

尾藤老師還告訴我們，他年輕時曾經騎腳踏車環繞四國一周。

我對植物和烏龜並不是很有興趣，但尾藤老師表現出的對於自然純粹的探究精神及熱情，彷彿一種強大的氣場，帶給了我前所未有的刺激。

我是從那時開始，對於科學及研究產生興趣的。當時我仍然有將來要當設計技師的夢想，也一樣喜歡畫房子的隔間圖。但同時我也會看科學家、發明家的傳記，或是科學入門書，隱約有了將來想做這類工作的夢想。

我在倉庫發現了父親以前用過的實驗器材組，開始有樣學樣地做實驗，應該也是這時候的事。

那是父親過去為了調查土壤的成分及酸鹼值所使用的實驗器材組。氣派的木箱裡裝滿了試管及試劑，我不知道父親是如何取得的，但現在回想起來，應該價格不斐，而且十分珍貴。父親似乎很珍惜那些器材，雖然已經好些年沒用了，但還是井然有序地整理好，收在箱子裡。

那些器材被我拿來玩實驗遊戲，不知不覺間四散到了各處。雖然父親曾露出無奈的表情，但他並沒有禁止我拿去用，而是讓我做自己想做的。父親大概是不想遏殺在我心中萌芽的好奇心，因此甘願犧牲自己過去一直珍惜的工具吧。不知父親內心是否抱持著希望，覺得說不定我可以幫他實現他未能完成的夢想呢？

母親對科學及實驗沒有興趣，她總是擔心我會不會做什麼危險的事，或是引發火災之類的。順便提一下我自己。雖然我的成績稍微進步了，但行為方面的問題依舊存在。吃飯的時候會像「下過雪一樣」把飯掉的到處都是；或是脫鞋子時會把鞋子甩到一公尺外等等。如果只是這樣的話倒也罷了，但我還經常做出令母親膽顫心驚的危險行徑，像是沒有注意周遭就突然衝到馬路上，母親似乎曾好幾次以為我會丟掉性命。

我自己則記得有一次參加當地兒童會的活動，要去屋島的水族館時發生的事。搭火車出遊這種事對我來說，一年都不見得有一次，因此我整個人飄飄然的。大家一起在月台上等車，不過火車還要過一下才會來。我們所在的月台和靠車站建築那一側的月台之間隔著兩條軌道，乘客都是走天橋在兩個月台之間往來。突然之間，我不經意看到站務員穿越軌道走到對面月台的景象。仔細一瞧，我發現地面上避開鐵軌的部分鋪有木頭，就像是有一條狹窄的步道連接了兩邊月台。於是我搞懂了，原來只要從那邊走，就可以不用爬天橋直接走到對面，因此我也想馬上來試試看。離火車來的時間大概還有五分鐘，我想說只要走到對面再走回來就好了，便跳下月台，想橫越軌道到對面。我才一這麼做，車站裡面的站務員連忙衝出來，比手畫腳地好像想表達什麼。大家發現了我做的事也驚慌不已。結果我才走到正中間便只能掉頭，回到原本所在的月台上。站務員依舊很生氣，包括母親在內的大人們也十分激動，失去了冷靜。我原本以為自己會成為英雄的，但卻只是遭受「你在做什麼」、「這樣很危險」等怒罵和叱責。連年紀比我小的小朋友也看傻了眼，實在是顏面無光。

都還沒到目的地就發生了這種事，我想母親的心情肯定大受影響。儘管如此，我還是因為生平第一次看到電鰻及海馬而興奮不已，在水族館附設的小型遊樂園還首度體驗了咖啡杯，把早上的事情忘得一乾二淨，但相信母親的心情恐怕一直都很沉重。

如果是現在，我大概會被診斷出ADHD（注意力不足過動症），建議要吃藥，但不知該說幸或不幸，當時的時代並不是這樣，因此我便順其自然地長大了。

最新研究在長期觀察後得出的結論是，改善ADHD症狀最有效的方法並不是藥物等治療，而是時間。換句話說，就是隨著年齡增長，症狀會自然而然地好轉。事實上，我就是這樣。

大多數有ADHD的兒童在十歲左右開始會迅速好轉，一半以上會在十二歲以前，其餘一半之中也有八九成會在十八歲以前痊癒。相反地，過了十～十二歲後症狀仍舊惡化的案例，則牽涉到了其他因素，像是虐待或父母離婚等家庭環境的問題，焦慮症、情緒障礙、依賴症等。雖然我的家庭環境稱不上對症狀改善有幫助，但因為有母親的愛及體貼，所以我不曾覺得自己不受珍惜、不受重視。小時候的我經常闖禍挨罵，但並沒有因此陷入自我否定的泥淖中，也是多虧了母親堅決不放棄我，一直站在我這邊的關係。

有說法認為，母親對於孩子所具備的ADHD特質表現出敵意，反而會促使ADHD發作。母親雖然曾感嘆我的行為不受控及生活脫序，但並未表現出敵意。我相信她肯定對我的行為感到不耐煩及生氣過，她應該也是費盡心力才克服了這些情緒的吧。

前面也曾提到，我的個性中有非常固執的部分。一旦遭母親責罵，我便會賭氣，變得更加固執。但所幸母親似乎逐漸了解到，與其正面衝突，應付我的固執最好的方法，其實是體察我內心受傷、令我固執起來的原因，並設身處地站在我這邊，將我的心情化作言語。

我升上小學四年級那年，對母親而言也是一個重要的轉捩點。

父親在前一年交完貨之後，決定不種菸葉了，之後打算靠種植王子密瓜和南瓜賺錢，從中尋找生路。想到種植菸葉的辛苦，母親應該也樂見這樣的轉變。

而且幸運的是，父親稍微種了一點當時還很罕見的紫高麗菜，其實種植面積不大，但卻賣出了意想不到的高價，讓他露出久違的笑容。我們家也有拿來自己吃，但並沒有覺得很美味，種的人自己似乎也搞不清楚為什麼可以賣那麼貴。

蔬菜水果這種含水量多的農作物雖然行情起伏劇烈，但與要花上一整年，付出和收入不成正比的菸葉比起來，只要三個月就能出貨，是賺是賠很快就能見真章，運氣好的話就有機會賣出高價。許多人都想像不到，農業其實是一種賭博性質很高的職業。

不過，最開心的人其實是我。早在果實還只有小指頭那麼大時，我就在幻想有一天可以狂嗑哈密瓜，對此期待不已。

然而現實並沒有這麼簡單。幫哈密瓜和南瓜澆水是非常辛苦的工作，授粉及溫度管理也很麻煩，並不如想像中那麼輕鬆。而且還得添購搭隧道棚用的塑膠布等材料，跟農會借的錢又變得更多了。

我也會幫忙拉澆水用的水管、在南瓜的隧道棚上蓋草蓆、掀起或拉下隧道棚的塑膠布等。好歹我也小學四年級了，多少可以發揮些作用。父親及母親從來沒有強迫我幫忙過，但我仍經常下田幫忙。

照這個勢頭發展下去，我們家的狀況應該可以稍微好轉，但才開心不了多久，剛好在六月農忙期時，父親得了盲腸炎。有一天我放學回家途中，經過對面的服飾店時，服飾店的伯伯跑了出來，告訴我：「你爸爸得了盲腸炎，人在醫院。」還說他等一下會載我去醫院。

服飾店的阿姨兩三個月前出了車禍，住在同一間外科醫院，因此服飾店的伯伯每天都會開車往返醫院和自己家。

我聽了伯伯的話，坐上他的車。抵達醫院時父親已經躺在手術台上，正在打點滴。連服飾店的伯伯那樣，和病患沒有親屬關係的人，也可以隨意進出手術室，這在現在是不可能發生的事。

我在服飾店伯伯的催促下進到了手術室，因為害怕和驚慌，說不出一句話。似乎是點滴的關係，父親意識模糊，聽到旁人告訴他我來了，也只是點了點頭。

動完手術到了晚上，由於病房都滿了，父親就直接住在手術室。除了父親那張床，醫院幫忙多準備了一張床，我就睡在那裡。母親和弟弟則是在草蓆上鋪了張床墊睡。不知道是不是因為消毒藥水的氣味太重，讓我不太想吸氣，結果覺得呼吸困難。手術室裡擺放著麻醉用的氣瓶、人工呼吸器及許多我連名字都叫不出來，看起來很可怕的裝置。塗成深綠色的地板微微朝排水孔的方向傾斜，地板上看得出淺淺的鐵鏽色痕跡一路延伸到排水孔，不禁令我想像從手術台上流下來的血集中起來流進排水孔的情景。

但弟弟似乎渾然未覺，就直接坐在手術室的地板上，還爬來爬去玩耍，讓我覺得無知真是一件恐怖的事。手術室入口對開式的門旁邊有好幾個開關，母親好奇地去碰觸，結果我頭頂上手術用的無影燈突然亮了起來，嚇得我發抖。

不過，無論怎樣的環境，人終究會習慣的。睡了三晚以後，我就沒有什麼那裡是手術室的感覺了。手術室堆滿了各種日用品及生活器具，弟弟的尿布和裝換洗衣物的包包就放在手術台上。

第一天晚上，住在十三塚的外公還特地前來探望。雖然醫生曾說外公再也無法站立、行走，但外公覺得也不能就這樣一直躺著，於是就用自己想出來的方法進行復建。他用椅子當復建工具，經過一番可說是執念般的努力，不僅終於可以走路了，那時候甚至還能騎腳踏車。外公是在醫院住了一晚才回去的，我還記得晚上母親把我挖起來去上廁所時，我看見外公睡在黑漆漆的候診區的長凳上。

父親的盲腸已經要破裂了，引發了輕微的腹膜炎，因此雖然手術順利，但還需要一段時間才能康復。

在醫院過夜有一件傷腦筋的事，就是我上學的問題。雖說不能一直跟學校請假，但要我自己起床、做好準備去上學的話，又實在無法讓人放心。

幸好服飾店的伯伯和美代子姊姊這時伸出了援手。「不用擔心，我來負責叫尊司起床。」美代子姊姊自告奮勇接下了任務。我一心只想著去美代子姊姊家過夜，心思都在這件事上面，忘了自己的老毛病。但母親一臉擔心地看著我，露出了為難的神情。當時母親每天晚上還是得把我叫醒，帶我到簷廊那邊上廁所，靠著這樣的方法我才總算沒有尿床。

第二天晚上，我終於去到了美代子姊姊家過夜。不知道是不是因為太擔心我，連母親也一起來了。其實這樣的話，我們回自己家睡就好了，但因為我不肯，最終母親只得跟在我身邊。不知道母親是不是因為陪病太累的緣故，半夜叫醒我的時間比平時晚了，這件事讓她懊悔了好一陣子。當她醒來要帶我去上廁所時，早就為時已晚。

「完蛋了，要被講一輩子了。」就算母親唉聲嘆氣，也無法改變我尿床的事實。雖然服飾店的伯伯說「不用在意」，但實際上是不可能不在意的。就連一向溫柔的美代子姊姊，隔天早上在我和她獨處時，也逼問我為什麼有尿意的時候沒有直接去廁所，語氣有些冷淡，感覺就像在指責我的怠惰，讓我不知如何回答。要是我做得到的話，大家就都輕鬆了。我透過自己的經歷深刻體會到，身心健全的人其實很難理解，有障礙是怎麼一回事。

我尿床的地方偏偏是在服飾店伯伯的家裡，對母親而言這是最糟的狀況。服飾店的伯伯是出了名的愛道人是非，總是和店裡的客人一聊就聊很久。看來自己兒子丟臉的祕密被整個鎮上的人知道，只是時間早晚的事了。

不過母親還是發揮了她的智慧，設法讓服飾店的伯伯和美代子姊姊相信，我平實並不會尿床，是因為父親住院造成了精神上的打擊，才會發生這種意外。雖然這套講法似乎頗有說服力，但還是抹煞不了即使我已經小學四年級，卻還是不小心尿床的事實，而且母親的說詞終究無法完全取信於人。

最明顯的證據，就是後來在服飾店伯伯的建議下，我被帶去了幫父親割盲腸的外科醫生那裡接受診察。我面對身材高大、手臂毛茸茸的外科醫生，不知自己罪孽深重的下體會被怎樣對待，惶恐不已。診間的門是打開的，完全沒有顧慮病人的隱私，坐在走廊等候看診的病患可以將裡面的對話聽得一清二楚。我又犯了之前的老毛病，不敢看醫生的臉，頭轉向旁邊一直望著外面走廊上候診的病患。令人意外的是，醫生完全沒有提到尿床的事，他只是問我學校如何、朋友如何，還有爸爸和媽媽兇不兇之類的。我想我每個問題的回答應該都很正常。

面對這個講話不願正眼瞧人的小男生，醫生用一副似乎感到不可思議的樣子望著我，充滿信心地微笑說道：

「不用擔心，等你更大一點就會自己好了。」

結果他並沒有叫我脫下褲子給他檢查，只進行了一番我感覺純粹是閒聊的對話，我就被無罪釋放了。

我是在過了二十年以後，向跟我有相同遭遇的小朋友提出類似的問題時才發覺，醫生當時是在進行諮商。這位外科醫生的醫術受到附近民眾的好評，至於諮商技巧如何就很難說了。但至少就我記憶所及，在那之後我就沒有尿床過了。說不定是這位外科醫生進行的暗示療法奏效了。

醫生囑咐父親，就算拆線、出院了，也不能馬上工作。實際上父親的身體狀況也還不是很好，但或許因為不放心，就算我和母親在田裡，他有時還是會穿著睡衣出現。站在田埂上的父親臉上一塊黑一塊白地，還看得出貧血的樣子。母親恐嚇道：「萬一傷口裂開的話怎麼辦？」父親只好垂頭喪氣地走回去。

母親一個女人家得跟完全無法靠自己處理完的工作孤軍奮戰，但哈密瓜只要兩三天沒澆水，藤蔓就會枯萎，絕大多數都沒辦法拿去賣。但也因為這樣，讓我吃到了一大堆沒拿出去賣的哈密瓜。好不容易收成的南瓜價格很差，賣出的錢連隧道棚用的塑膠布都不夠付，因此跟農會借的錢又變得更多了。

家裡唯一捨得花的，就是和我的教育相關的費用。聽到我說想學鋼琴，母親沒有多問什麼就答應了。我在幼稚園時曾上過山葉音樂教室約半年，在那之後就沒摸過琴鍵了。我不記得自己那時候為什麼會想學鋼琴，但其中應該有虛榮心的成分吧。

真正開始學之後，我才發現鋼琴教室的學生只有我一個男生。等待輪到自己接受指導時雖然有雜誌可看，但放在那裡的全都是少女漫畫。而且，由於我的練習有一搭沒一搭的，老師在指導我時也漸漸不耐煩了起來。

不斷挨罵的我不久之後，就瞞著母親不去上課了。到了最後，我只有每個月要交錢的時候會去，其他日子都是裝作去上鋼琴課，實際上跑去玩了。當時每個月的上課費用應該是兩千或三千圓，對我們家而言是不小的數字，我卻沒想過母親得花多大的力氣才能擠出這樣一筆錢，隨意地浪費掉了。

第二學期班上來了新的老師，是個才當老師第二年的年輕女老師。據說她前一年是在中學教書，但因為工作不順，所以改來教小學。這位嬌小可愛的女老師令班上男生大感興奮，甚至還每天跑去老師家。我並沒有加入那群人，但覺得這位害羞內向的老師比起第一學期的美女老師，容易親近多了。

但由於我們班已經被放生了一個學期，因此完全不受控制。而且，這位強勢不起來的老師最不擅長的，就是責罵學生。當班上同學發現不論做什麼都不會被罵之後，便開始得意忘形起來，教室成了無法地帶。

結果這位老師也開始請假不來了，但由於同學們一起跑去老師家要求她來學校，所以老師也不好意思一直待在家裡。老師決定教完第二學期後就要辭去教職，於是班上舉辦了送別會。送別會上的才藝表演我選擇了演戲，而且還自己寫劇本、擔任主角。這是因為老師說她會選出最讓她感動的表演，給予獎勵。

老師將我的戲評為最優秀的表演時，我感動極了。我記得老師給的獎勵應該是獎狀和文具。或許就是從這時候起，我充滿自卑感的內心逐漸培養出了自信吧。

母親也開始覺得，一直唉聲嘆氣下去終究不是辦法。家裡的經濟光是依靠父親的話，前途恐怕不樂觀，於是她有了好歹生活費必須靠自己設法賺來的想法。

我還記得母親帶我去觀音寺的職業介紹所的事。

她相中了一家正在徵人的糕點製作公司，並得到當天去面試的機會。母親不可能帶著我一起面試，但幸好前去應徵的糕點製作工廠距離出作很近，因此母親去面試時，我就在出作的阿姨家等她。或許這一點也在無形中鼓舞了母親吧，她順利通過面試，從下個月開始上班。

我和阿姨都很開心母親找到了工作。因為我從很久以前，就用一副了不起似的口氣叫父親和母親換個工作，不要再種田了。雖然還只是個小孩，但我也不禁覺得當時農業的生產力實在太低。父親及母親辛勤工作卻得不到回報，而且竟然沒有想要改變這種狀況的意思，我對此十分不耐。因此我對於母親的決定感覺十分暢快，簡直就像是我自己決定這樣做的。

事實上，母親去外面上班以後，比起在家耕田時更充滿活力，下班回家時也看起來很開心。而且她還會告訴我們，當天上班時發生了什麼事。她的女同事們及工廠廠長、常務董事等人開始頻繁在話題中登場，為母親的話增添趣味。母親很擅長生動地重現別人說過的話，因此我就像看到了母親一天生活的精華濃縮版。

母親經常帶公司便宜賣給員工的糕點回來。這對我而言就像生活突然富裕了起來，雖然點心的種類都差不多，但還是讓我大飽口福。

儘管年紀已經不小，父親也在此時對未來做出了決定。他下定決心從事園藝師工作，要去當母親的哥哥富美男的徒弟。

我還記得隔年新年時的一幅場景。我們全家去十三塚的外公家拜年，結果富美男舅舅拿了園藝剪來，問父親：「要不要試試看？」父親也有這個意思，便開始修剪庭院裡的松樹。或許富美男舅舅是想藉此判斷收父親為徒的話，父親未來是否能夠獨當一面。

我們在和室後面的簷廊看著父親動刀修剪的樣子。雖然是第一次嘗試，但父親的動作看起來頗為熟練。母親則擔心地偷看自己哥哥的表情。大概是因為舅舅什麼話也沒說，母親忍不下去了，便忐忑不安地開口問道：「還像樣嗎？」舅舅回答：「還不差。」舅舅是出了名的講話不留情，能讓他這樣說應該是代表及格了吧。

外公也在一旁看著，當富美男舅舅點頭的時候，和我們同樣感到開心。當時出自富美男舅舅之手的庭園一年比一年受到好評，不只是鄰近地區，還有來自外縣市的大單上門。蓋好庭園之後，每年還會接到後續維護的委託，因此富美男舅舅也需要人手幫忙。

過完年後，父親開始去舅舅那邊上班。當時他已經三十多快四十歲了，算是很晚才轉換跑道，但到頭來，這成了父親做最久的工作。在自己的大舅子手下做事，肯定有損男人的自尊，但父親已經不年輕，也沒有再嘗試新事業的本錢了，只能接受現實。

我也曾在人生的選擇上好幾次做錯決定、重新來過，回想起來，父親在這方面可說是我的前輩。不論我報告什麼事情，父親及母親都不會特別驚訝，大概也是因為他們兩人的人生更加不安穩、前途難以預料吧。

父親到七十歲退休為止的三十多年間，一直從事這份工作。他之所以能做到這一點，一方面是因為想養活一家人的話，也沒有其他選擇了。但另一方面，或許也是因為父親的個性出人意料地適合做照料樹木的工作，這在不知不覺間成了父親人生的意義。從他幫我做暑假作業美勞作品的投入程度就可以看出，父親是打從心底喜歡自己親手打造東西。

和擁有園藝師天分，留下許多出色庭園作品的富美男舅舅相比，雖然父親沒有華麗亮眼的藝術表現，但他被認為是照料樹木的第一把交椅。父親身上散發的不是藝術家氣息，而是職人精神。

富美男舅舅才五十七歲便去世了，當時父親原本可以接手舅舅生前數量龐大的客戶，但無欲無求的父親只承接了自己照顧得來的數量，剩下的全都讓給了原本一起工作的同事。父親就和一位自己所疼愛，有智能障礙的師弟兩人一起照料富美男舅舅留下來的庭園。幾年之後，父親因為心肌梗塞病倒了，要說父親當初沒接手太多客戶是好事的話，倒也算是好事。

在第二度心肌梗塞後，父親連爬樹的力氣都沒了，因此只得退休，但他並沒有放下園藝剪，有空時還是會整理家裡庭院的樹木。那些樹木現在仍然在家裡，由於原本負責照顧的人不在了，母親便委託園藝師前來修剪。前面曾提到，業者和母親約好過來的時間，剛好就是她去世隔天的早上。我和業者說明原委後，決定配合父親的一周年忌日和母親的四十九日法事的時間，請對方改天再來。

*

四年級第三個學期擔任班導的，是一位原本已經退休的資深女老師，她成功地將完全失去了秩序的我們班整頓起來。而且她很會教課，也幫助我們班趕回了落後的學習進度。學期末進行親師懇談時，母親說我第一次得到了老師的稱讚，老師表示我非常認真努力。

雖說是許多優秀教師的共通之處，但還是要強調，這位老師兼具了堅定不移的嚴厲，以及極具同理心，會仔細觀察每個學生的優點及付出的努力，時常給予讚美這兩項特質。

遺憾的是，這位老師好像得了類風濕性關節炎之類的病，因此只回來教了一學期，便又退休了。想當然，我們班的家長因此擔心，好不容易重新上了軌道的班級會不會又亂成一團。來學校參加懇談的家長聚集在了一起，一行人來到教職員室要求與校長見面，母親也是其中一人。應該說，這件事我是從母親那裡聽來的。家長們的訴求是希望升上五年級後，由一位最受好評，姓合田的男老師來當我們班的導師。被「點名」的合田老師當時似乎也在教職員室。校長大概也不知該如何回覆才好，但好像還是接受了這項要求。

果然，四月升上五年級後，合田老師成為了我們班的導師。

合田老師的確是一位非常優秀的老師，他帶給了我很大的影響。

合田老師同樣是在去年（二〇一九年）去世的，應該是父親去世後沒多久的事，母親有去參加他的喪禮。多虧有母親，讓我得知了喪禮的詳情。只是，我再也無法從母親那裡聽到事情了。母親就像我的眼睛、耳朵、感受事物的心靈，但這些全都不在了。不只是關於故鄉的事，透過母親的眼睛及耳朵感受到的一切，再也沒有人會說給我聽了。我感覺世界因此變得狹窄、枯燥無味。

*

講述有關母親的事情時，必定也會提到許多我自己的事。這時候我才十歲，此後還將繼續維持與母親的關係。雖然我還是會做出危險的舉動，常令母親膽顫心驚，但就像幼稚園園長藤川老師預言過的，隨著年齡成長，我也逐漸穩定了下來。我不會再像過去那樣令母親傷心難過，並且想用自己的意志和想法決定自己的人生。當我提出要求時，母親會側耳傾聽、提供她的智慧。如果我覺得不需要她的話，她也不會出意見或插手干預。

母親自己也變得更加成熟，逐漸得到內心的安穩。她已經很久不曾在我面前發牢騷，或是像個小孩般哭泣，而且更常用笑容面對我了。

只是對我而言，與母親在她仍然帶著深切的悲傷，內心不安穩、甚至不知如何面對自己的人生，時常傷心流淚的那段歲月建立的連結，才是我心靈的原點。我曾遭母親的悲傷及受創的心吞噬，也曾對害母親如此受苦的事物感到憤怒。或許希望自己有朝一日能夠拯救母親的念頭，成了促使我前進最大的原動力。

我和母親一起生活到了十八歲，在那之後和母親就只剩下期間限定的連結。母親的自制力驚人，她完全不曾對我做出限制，總是放手讓我做自己想做的事。她極力避免自己讓我感到綁手綁腳，我也一直很享受這樣的感覺。

母親動筆很勤，時常寫信給我，我卻幾乎不曾回信。我只會在覺得有必要的時候聯絡，但母親不曾表達過不滿，而且擔心我的哭訴、抱怨多過她自己的事。念大學時，我打電話給母親大多是為了跟她要錢，母親不論情況再困難，都只會跟我說「知道了」，設法籌出錢給我。

我可以說是由於有母親這座避風港，因此才得以嘗試自己的可能性。即使在一年只見得到一次面的時候，母親依舊是我心中無可動搖的依靠，這是因為我相信無論有什麼事，母親都會全心為我付出。或許母親有許多缺點或沒做好的地方，但光是我不管在什麼時候都能夠相信母親、感覺到她是站在我這一邊的，她就已經扮演好身為一個母親最重要的角色了。

世上最悲哀的事莫過於無法信任自己的父母，我曾經遇過許多這樣的人。想到這些人受的苦時，我不禁覺得，若不是因為母親用盡心思、努力生出智慧保護了我，否則我就算變成那樣也不足為奇。

*

母親在糕點製作公司待了約一年後，後來還曾經做過縫紉、賣和服、又回頭種蔬菜等，持續嘗試各種工作。這不是因為母親吃不了苦，而是田地必須有人打理、弟弟年紀還小又體弱多病、祖母也需要照顧等各種家裡的因素所導致。

母親做的最成功的，要算是她年近五十歲時才開始從事的婚姻仲介工作。她發揮出了意想不到的能力，促成許多對伴侶。當時母親逐漸展現出她能夠看出別人心情的微妙變化及人品，並將適合的人湊成對的傑出能力。名聲傳開之後，湧入了來自四面八方的委託。如果母親有商業頭腦的話，說不定可以開間婚姻仲介公司，但她和父親一樣，並沒有那種野心和天分。

那是在她陪祖母走完了人生最後一程之後的事。當時母親已經變得十分強韌，不像年輕時那麼愛哭哭啼啼的了。在祖母生前最後一段日子的時光照顧她，對母親而言無疑是人生中的重大事件。

曾讓母親吃盡苦頭的祖母後來變得非常溫和，也不太會生病，身體相當硬朗。但在祖母過了八十歲後的某天，母親發現她白眼球的部分微微地泛黃。帶去醫院後，確認了祖母有輕微的黃疸，於是緊急決定住院。

經過檢查後仍無法得知確切原因，就這麼在醫院長期住了下來。祖母在上了年紀以後原本就很依賴母親，住院帶來的不安，使得她更黏母親了。只要沒見到母親，祖母就會擔心害怕，想要找尋她的身影，因此母親連回家洗衣服都有困難，幾乎每晚都睡在醫院照顧祖母。

即使自己的女兒來探病，祖母也不太理會，不斷呼喊母親的名字，只在意母親人在哪裡，令身為親生女兒的姑姑也忍不住抱怨，這樣來探望根本沒意義。對祖母而言，比起有血緣關係的親屬，在身邊照顧自己的人似乎更像是真正的家人，或許母親已經成為給她安心感的依靠、避風港了吧。

這樣的認同絕不是母親去求、去討就能得到的，她只是想藉由自己的付出，克服內心不足的那一塊。

後來才發現祖母得的是肝癌，而且還合併肝硬化，已經無計可施了。最後，祖母就這樣一直住院到去世為止，其間的幾個月時間母親一直陪在她身邊。

對於只要睡眠不足，身體就會立刻有狀況的母親而言，每天睡在醫院照顧祖母應該是很沉重的負擔，但母親並沒有因此叫苦。「沒想到她也會變得那麼惹人疼啊。」提起愛向她撒嬌的祖母時，母親感觸良多地這麼說道。

11

走下丹波橋車站的樓梯時，我發現天黑時間突然變早了。才剛過下午六點，周遭就開始暗下來了。之前明明天氣還很熱，現在早晚卻已感覺得到涼意。

出了車站，走上京都教育大附屬小學旁的山坡時，我想起自己過去會在這附近打電話給母親。通常我跟母親講電話的時間，天色大概也像現在這麼暗。只要我打過去，基本上母親都會像早就在等著一樣，馬上接起來。雖然並沒有聊什麼重要的事，但我只要出聲，母親便會回應。母親給我的安心感就是透過這樣的小事打下了基礎。

但現在就算打電話，也沒有人會回應我了，這一事實令我愕然。

或許有人會覺得，只要找其他對象說話就行了，但我想恐怕沒有任何人會像母親那樣，用心傾聽我說的話吧。

身為精神科醫師，我的日常工作就是聽別人說話，這讓我重新體認到，聽別人說話是多麼重要的行為。我和母親的通話應該大多都不到五分鐘，但光是在這短短的時間聊上幾句話，就能讓我得到放鬆。我想這是因為母親將她的心思全都放在我身上，一心一意地聽我說話吧。

但母親身邊卻沒有會打從心底接納她的情緒的人。雖然父親是個單純正直的老實人，但無法設身處地理解母親所吃的苦，付出同理心。對父親而言，那不過是理所當然的現實，他其實不了解母親所說的話。就這一點而言，或許我才是那個能夠感同身受，理解母親的人。

在我離家生活之後，雖然我自己有煩惱時會打電話給母親，但當母親有煩惱時，我又付出了多少心思呢？母親總是在聽別人講話、照顧別人，把自己的事擺到後面。

父親年過七十之後，漸漸開始出現失智的症狀，當他七十五歲接受心臟的繞道手術時，已經產生了定向感障礙及夜間譫妄，他會搞不清楚自己身在何處，無法回到房間。因此每當父親住院時，母親就得陪在他身邊。

不知道是因為繞道手術讓心臟恢復了原本的功能，腦部的血液循環也連帶得到改善；還是為了預防血栓服用的華法林帶來的幫助，父親的認知機能有所好轉，晚上不會再找不到自己的房間、四處徘徊了，而且後來還去旅行了幾次。

為了預防失智惡化，父親開始接受日間照顧服務。父親一開始似乎不願意和母親分開，但習慣之後，也喜歡上了去日照中心。到後來，每個月也會在日照中心短暫住幾天。母親幫父親的物品一一寫上了名字。雖然她嘴上嫌麻煩，但聲音裡有種雀躍的感覺。她就像送自己的小孩去幼稚園上學一樣，揮手目送父親離開，傍晚迎接日照中心開車送父親回來。母親轉述給我聽時，她的話語總是生動又有活力。日照中心的職員在聯絡本上寫下的話，或是父親簡短的意見，母親都會誇張地告訴我她的感想，彷彿是小孩還在上幼稚園的媽媽。我不禁好奇，當我還在念幼稚園時，母親就是這樣照顧我的嗎？

然而，這樣安穩的日子並沒有持續太久。父親長年來門診固定看的醫生因為調職，改由一名年輕的女醫生看診。這名女醫生用高壓的態度無預警決定停止服用華法林。父親回診時母親都會陪在身邊，一直將之前的主治醫師細心調整華法林用量的做法看在眼裡，因此詢問這樣貿然停藥是否沒有關係。但年輕的女醫生一副完全不想理會的樣子，只說了句：「不需要吃！」

後來父親不論是身體狀況，或是認知機能都急遽惡化，而且失去了生氣，又出現過去那種意識混亂的情形。母親因為擔心而打電話給我，難過地告訴我發生了什麼事，於是我便聯絡醫院，要求妥善進行處置。當時出面處理的是病房主任，結果改由這位醫師接手負責父親，這位醫師後來也擔任了母親的主治醫師。之後雖然恢復服用華法林，但在停藥以後病情控制就不理想，最終這成了父親去世的關鍵。

後來才知道，繞道手術做出來的血管完全被血栓塞住了，血栓很有可能就是在華法林停藥的那一兩個月形成的。母親在醫院睡了近兩個月，陪在父親身邊，父親也承受極大負擔接受心臟手術，卻因為年輕女醫生不負責任的處置，一切前功盡棄。

父親在去世前一年，枕葉發生了腦梗塞。枕葉是處理視覺情報的中樞，因此雖然他的雙眼沒有異常，卻失去了視力。當事人可能不會察覺到自己看不見了，父親一開始似乎也是如此。雖然在人生最晚年遭逢了失去視力的巨變，他仍然努力進行復健。在充滿熱忱的物理治療師幫助之下，父親十分積極。

母親常說：「你阿爸很想要活下去，所以我要盡可能幫助他活久一點。」至於她自己，她則說：「我並沒有想活太久，做完自己該做的事以後，我想早點走。」事實上，母親的確照這樣過完了人生。

眼睛雖然看不見，但父親恢復到了可以獨自行走的地步。母親費了好一番工夫辦好手續，幫父親申請到有看護的高齡者住宅，但父親從復健醫院出院後，只在那裡住了不到一星期。由於內科醫師擔心父親心臟的狀況，因此決定讓他住院。

但就結果來看，父親的精神及體力都因為住院這件事一下子垮了下來。我想，復健以及與照顧設施職員間的相處，對父親而言應該都是很大的鼓勵。但在醫院只能長期臥床，而且反覆感染肺炎，結果住院半年後，父親便去世了。

諷刺的是，由於父親一直躺在床上，因此夜裡母親也就不用陪在身邊，到了晚上便能回家。即使如此，每天早上八點到晚上八點母親仍會去陪父親，只有晚上才離開，這樣的生活一直持續到父親去世的前一天。

從現在這樣因為疫情的關係，連探病都有困難的狀況看來，光是有母親這樣陪伴，父親可以算很幸福了。但父親自從臥病在床後，不只精神及體力，認知機能也急速退化，除了「痛」以外，幾乎沒說什麼說話。眼睛看不見、沒辦法吃東西，只能靠高熱量的點滴補充營養，生活沒有任和樂趣及刺激，也難怪會這樣。

即使如此，母親仍持續和父親對話。其實，母親是代替父親說出她覺得父親應該會說的話，或許這只能算是母親一個人唱獨角戲，但她沒有辦法忍住不找父親說話。

在那段時間，父親些許的反應都會牽動母親的情緒。父親一句話也沒說，毫無反應的日子，母親的聲音聽起來也沒有活力。面對母親的呼喚，若是父親動了動、點了點頭，母親就會顯得很高興。

雖然平時幾乎沒有反應，但到了母親要回家時，父親就會不太開心，對人的氣息很敏感。也曾經當母親說：「老公，我要回去囉。」父親沒做任何回應，卻露出了難過的表情，於是母親只好偷偷溜出病房。

某天，母親告知父親自己要回家時，父親突然說了一句「謝謝」，令母親開心不已。我想，只是那樣的一句話，就讓母親覺得一切辛勞都有了回報。

母親在年輕時先是照顧公公，又照料精神障礙的婆婆二十多年，四十多歲時陪婆婆走完了最後一程；五十多歲時送走了有如另一個母親的姊姊；年過六十之後，日子則是在照顧父親中度過。自從父親第一次心肌梗塞發作後，光是只算長時間的住院，加起來就有六次。母親自己身上也有特殊疾病，但父親住院期間她幾乎都睡在醫院陪病。現在回想起來，母親沒有因此病倒可說是奇蹟了。她肯定是憑藉著意志力和責任感撐過來的。

也難怪母親送走了父親後，整個人好像陷入了虛脫一樣。

父親去世一兩個月後，我打電話給母親時，她曾跟我抱怨過自己睡不好。她甚至提過，自己的任務已經結束了，希望老天快點把她帶走。雖然我不耐煩地念了母親：「明明終於可以輕鬆下來了，幹嘛說這種喪氣話？」但也擔心她失去了照顧父親這個生活的重心後，反倒會感到空虛而產生憂鬱。於是我請醫生開安眠藥給母親，後來她的狀態穩定下來，我才鬆了一口氣。

住在出作的阿姨去世後，母親最能自在說話的對象，就屬她住在大阪的妹妹節子了。送走了父親，母親變得孤單一人，和自己的妹妹聊天似乎成了她排遣寂寞最好的方法。不像和我講電話五分鐘就講完了，母親和節子阿姨可以聊上一個小時。但她們畢竟相隔遙遠。如果是用手機，選擇便宜的通話方案或用通訊軟體來聊的話，可以愛怎麼聊就怎麼聊，但母親的心臟裝了心律調節器，沒辦法用手機。考量到電話費，母親沒辦法想打電話就打，節子阿姨打來的話她似乎又會覺得不好意思。

新年最後一次見到母親時，她有貧血、呼吸衰竭的問題，雖然一動就容易喘不過氣，但還沒有嚴重影響到日常生活。不過我已經感覺，每見到母親一次，她就更衰弱了。考量到今後的狀況，我向她提了使用照顧保險的事，但不出所料，母親強烈反對。她覺得自己還能動，沒有關係。

母親從過去以來就一直說，她不想讓任何人照顧自己，不希望自己活到那個時候。母親這一路下來照顧過許多人，最清楚照顧人有多辛苦。她從來不曾抱怨每天過這樣的生活有多累，大概也不想讓任何一個人感受相同的滋味吧。或許母親已經預料到，照顧一個人和見面個一天、兩天不一樣，就算自己把對方看得再重要，負荷一旦超過了極限，想法就會變調。母親覺得沒有人可以做到自己這樣的地步，而且也不應該對別人抱有這種期待。她是不是不希望自己活到後來，變成其他人的負擔呢？

在新年的忙亂稍微告一段落後，母親跟我說她想看書，希望我寄一些自己已經看完的書給她，於是我在一月中旬寄了十幾本書過去。其中，母親特別喜愛桃莉・海頓的《她只是個孩子》。母親感動地表示「非常好看」，想知道還有沒有後續作品，於是我馬上又寄去給她。

母親似乎是被書中幫助不幸遭遇的孩子成長的情節所打動。這樣說起來，我寫的書母親也幾乎都看過，她說她最喜歡的一本是《悲傷的孩子們》（暫譯，原名《悲しみの子どもたち》，集英社出版），這本書寫的是醫療少年院（具醫療功能的少年輔育院）收容的孩子們的事。

當時天氣冷，不太適合外出，我原本只是希望這些書能幫母親一個人在家時排遣寂寞，結果母親的反應還不錯，因此我也很開心。我還想，之後如果和母親聊聊看了書的感想之類的，或許也能讓她稍微對生活提起勁。

可是二月時母親傷到了腰，在那之後她的聲音又失去了活力。而且當時疫情正開始蔓延，因此她也很猶豫要不要去看醫生。

到了三月，天氣開始變暖，母親的腰狀況有所好轉，不太會痛了，聲音聽起來也開朗許多。但才過了不到一星期，就因為她逞強去菜園除草，又再次傷到腰。再加上她去買東西時，為了將裝有瓶裝水的沉重購物袋放進機車前方的置物籃，更是感受到前所未有的劇痛。

如果有家人同住的話，八十四歲的老人應該是不用在那種狀態下騎機車去買東西的，但母親沒有表達任何不滿，而是自己想辦法解決，一再地硬撐。雖然她好不容易回到家了，但連把機車推到平常停放的地方都沒有辦法，這在之前也已經提過了。

後來母親應該連外出買食材都有困難，但她仍沒有求助，甚至還想要求我打消在五月連假時返鄉的念頭。

*

母親身體出狀況的那段時間，我從丹波橋車站回家的路上，一樣會邊爬坡邊打電話給她。教育大附屬小學沒有什麼路燈，四周昏暗，但又不至於完全漆黑一片。路上也幾乎沒人經過，很適合邊走路邊講電話。

母親的身體狀況大致穩定下來的期間，她總是告訴我她沒事，叫我不用擔心，跟我說不用那麼常打電話去，一副覺得抱歉的樣子。我們聊的大多是無關緊要的事，我都會問母親吃飯吃了多少，或叫她要吃些肉、蛋，攝取蛋白質等，話題大多離不開吃的東西和三餐。我以前常問她會不會呼吸困難、心悸有沒有改善等，自從她腰痛變嚴重以後，就改成了問她會不會痛、睡不睡得著。

由於疫情有不斷擴大的趨勢，政府在四月七日發布了緊急事態宣言，並在十六日擴及全國，預計會持續到連假結束。我和母親也常聊起疫情，她非常嚴肅看待這件事，並再三吩咐我，連假時絕對不要回去。

節子阿姨也在差不多的時間傷到了腰，身體似乎不太好。不過她和母親還是會透過電話聊天，彼此安慰打氣。母親和阿姨講過電話的那天，從聲音就可以聽出來她心情比較好。

但當緊急事態宣言擴大到全國後，來家裡的人明顯變少了，母親每天過著沒有人可說話的日子。

長時間獨自一人的生活，恐怕也加深了母親內心的孤獨吧。過去母親幾乎沒抱怨過寂寞和說喪氣話，但大概接近四月底時，她的話語中罕見地流露出了寂寞，「外面路上都沒人，也沒有人來家裡。」疫情使得原本就人口稀少的農村更加看不見人影，母親肯定很寂寞。

雖然腰痛完全沒有好轉的跡象，但四月時母親感覺還沒那麼悲涼——不，她大概是用盡了力氣展現出有活力的樣子給我看吧。

應該是五月一日那天，我打電話給母親時，她告訴我有人要來談家裡的農地託人管理的事，還說她等一下要泡澡，似乎正在放水到浴缸裡。

據她所說，由於腰痛得太厲害，半夜要去上廁所都很吃力，也已經超過兩個星期沒泡澡了。我聽了之後有些吃驚，沒想到母親的腰痛影響她的生活到這種地步了。

母親提到不知道泡了澡對腰會有什麼影響，我跟她說由於她的腰痛已經進入慢性期了，泡個澡讓腰暖起來應該是好事。母親也同意我的說法，說她等一下會泡泡看，便結束了通話。

但隔天我差不多的時間打電話過去時，母親的聲音中帶著失望，告訴我她已經不指望腰會好了。在沒有人幫助的情形下自己泡澡，肯定是件辛苦的事。她應該是期待暖了腰以後，疼痛會稍微舒緩一些。

然而，她說腰痛不僅沒有好轉，反而還惡化，昨晚幾乎無法入睡。原本以為會變好，結果卻令人失望，因此母親說她決定當作腰不會好了。面對疼痛、睡眠不足，內心也逐漸失去自信與活力的狀況，母親似乎拚了命想維持心情穩定。

我表示：「（連假後半的四連休時）我還是回去一趟好了。」打算不聽母親的阻止返鄉，但母親堅決反對。我覺得母親都反對到這個地步了，還不聽她的話硬是回去的話，似乎只是自我滿足而已，也覺得就算我這樣做，母親也不會開心，因此最後還是決定聽她的話。

但在連假期間，似乎不只是腰，母親整個人的狀況都日益惡化，體力也到了極限。除了原本的呼吸衰竭與貧血的問題，劇痛也使得母親無法好好睡覺、攝取養分，令她的健康急轉直下。原本只要當面見到母親，馬上就能看出這一點，但她講電話時強打起精神說話的聲音讓我一時疏忽，沒能發覺。

不過到了連假後半，母親似乎也覺得已經撐不下去，迫不及待地等到假期結束，在五月七日星期四那天就去看了骨科的門診。緊急事態宣言原本預計在這一天解除，但現在回想起來，母親肯定不知道總理已經在五月五日召開了記者會，宣布將緊急事態宣言延長到五月底。母親平時其實常看新聞，她是不是連看電視都提不起勁了呢？或許她將最後的希望都寄託在請骨科幫忙打針止痛上了。從母親虛弱的樣子來看，醫生其實可以當天就決定叫母親住院。但由於假期剛結束，門診病患非常多，即使透過X光得知是壓迫性骨折，醫生也只開了止痛藥，沒有依母親的期待幫她打針。

當天傍晚講電話時，母親的聲音聽起來似乎精疲力盡，而且少見地用難過的語氣告訴我她的遭遇。由於沒有人幫忙推輪椅，她只能跟醫院借助行器自己走到診間。「不過，大家都對我很親切。」她十分感謝周遭的人表現出的體貼——不對，那肯定是她因為體諒我而說的。其實母親是希望我在她身邊的。只是如果她這樣說的話，我會自責沒有陪在她身邊、害自己的母親傷心，因此她才會說感謝有周圍的人幫忙。

然而，我甚至忽略了母親的這番體貼。

因為劇烈腰痛，連路都沒辦法好好走的老人家，獨自一人去到醫院櫃台，動彈不得。能夠幫助自己的至親也不在身邊，只能依靠陌生人的善意。我讓母親經歷了這樣的事，而且即使聽到她跟我敘述，我也沒有馬上奔往母親身邊的念頭，只是告訴她有了束腰和止痛藥，感覺一定會好些的。

可是止痛藥並沒有多大效用，也不知道是不是因為去醫院時太過勉強身體了，隔天母親的症狀反而更加惡化。

隔天是星期五。我應該是在晚上七點左右，出了丹波橋車站往家裡走去。母親接起電話時，聲音虛弱到彷彿是另一個人。由於連假剛結束的關係，我診所的門診也非常忙，看完了幾十位病患，我感到十分疲憊。

母親的聲音在電話裡聽起來虛弱無力，就像是要沒了呼吸。直到前天，母親都還抱著希望，覺得只要去看了骨科，或許就不會那麼難受。然而吃了藥以後卻絲毫沒有改善，期待遭到無情地粉碎。

由於疼痛沒有消失，母親昨晚似乎沒什麼睡，或許也無法好好吃東西、喝水。「如果得這麼痛、這麼難受的話，活著也沒什麼意思。」母親用苦惱的語氣如此說道。

她表示，兩個小孩都已經成家立業，也送父親走完了最後一程，自己已經沒有任何遺憾了。唯一掛念的，就是還沒幫父親辦一周年忌日的法事，但因為疫情的關係，這也是無可奈何。

聽到母親說這些話，對於她如此消極悲觀的態度，我的不耐煩多過了難過，用半帶生氣的口吻反駁母親，覺得她把腰痛這種事說得太誇張了。我試圖說服母親，腰痛是死不了人的。

只是，母親晚上無法成眠時，想必一面忍著痛，一面思量各種事。她提起了自己死去的姊姊，也就是住在出作的阿姨。

「住出作的姊姊去世的時候，也是因為疱疹痛到睡不著，結果身體愈來愈虛弱而死掉的。」

但我記得阿姨受到帶狀疱疹折磨，是在她去世前一年多的事，這應該不是造成她去世的直接原因。儘管我這麼說，母親仍舊堅持：「你在說什麼啊，她就是因為得帶狀疱疹痛到睡不著，身體才會變虛弱的啊。」

或許母親是想表達，她從自己身體虛弱的狀況，感覺到了死亡逼近，但我卻不願去聽。

「腰痛不會死人的啦，妳還不如趕快住院好好接受治療。」我像是不容母親表達意見般這麼說。

母親一定也在考慮是否要這樣做。

她沉默了片刻，像是難以啟齒般地開口說道：

「不好意思，你星期天能過來嗎？我希望你來幫我辦住院，而且有些事情想先跟你交待。」

事後回想，母親肯定是考慮了各種狀況，左思右想後才決定這樣做，並打算先見我一面，以免真的有什麼事。

母親的想法大概是緊急事態宣言已經解除了，這時候叫我過去的話，也不用擔心受人責難。而且她雖然沒說出口，但去醫院看病時沒人幫忙推輪椅，只能抓著助行器獨自一人面對醫生，想必很心酸。住院的時候，要是兒子能陪在身邊就好了。

但我只覺得之前自己明明就說要在連假時回去，帶母親去醫院，遭到她強烈反對；結果我正忙的時候卻又叫我回去，因而有股無處宣洩的焦躁。

「那妳之前幹嘛那麼反對我回去，連假的時候我明明就有時間的……」

但畢竟當時還是緊急事態宣言的狀態，身為母親，難免會擔心有個什麼萬一，她也沒料到會變成這樣。她原本打算自己想辦法解決，撐到了最後的最後。儘管擠出了僅存的意志力去看骨科，但不僅沒改善，病情反而更加惡化，或許她連對抗疼痛的力氣都已經消耗殆盡了。雖然我拚了命壓下自己的情緒，但還是用帶著怒氣的聲音對已經虛弱到極點的母親說：

「不要等到星期天了，明天就去住院。妳都這麼虛弱了，要馬上住院才行……星期天我會想辦法回去的。」

母親像是突然回過神來般，簡短地回了句：「知道了。」

這就是我和母親之間最後的對話。

隔天早上，我對前一晚的對話耿耿於懷，後悔自己不該那樣說話，也覺得不能放著母親在那種狀態下不管，必須想點辦法才行。但星期六一整天我的看診預約也都滿了，無法抽身，妻子便對猶豫不決的我說：「我去媽那邊一趟。」最後決定由妻子替我回一趟香川，帶母親去住院。

這是我在出門上班前做的決定，如果當下馬上打電話給母親的話，或許就能和她說到話了。但因為時間緊迫，我不得不小跑步趕去車站，於是打算下了車後再打電話給母親。電車到站後，我一面往診所走去，一面撥電話，但沒有人接。我又重撥了一次，但還是一樣，我因此心急了起來。母親該不會虛弱到連電話都無法接了吧？

其實，母親是已經出發前往醫院了。她那天決定照我說的去住院，親自打電話給後面的阿姨，拜託對方陪同照料和幫忙叫救護車。當天早上後面的阿姨趕來時，母親已經把住院要用的東西都準備好等著她了。

她已經對兒子的幫忙不抱期望，決定靠自己解決。前一晚還虛弱無力的母親，似乎又變回平時那個堅強的她了。

母親就只有這麼一次，因為自己虛弱到了極點而有求於我，但我卻只顧著自己的方便拒絕了她。為何我那時沒有跟她說，我會馬上趕過去呢？不，其實在那之後，我原本應該也還有機會為母親做些什麼的。

據妻子說，她那天趕過去後有短暫見到母親。母親像是看出了我的後悔般，反覆地說：「叫他不用來啦。」希望妻子轉告給我。

妻子進到家裡想幫忙收拾和洗衣服，卻看見了不尋常的景象。砧板放在廚房的桌子上，一旁還有用報紙包起來的菜刀。似乎是母親連站在廚房都有困難，只能坐在桌子前切菜。而且廚房的地板上還散落著米粒，原本做事一板一眼的母親，甚至已經無法彎腰撿起地上的米粒。

妻子離開前將家裡整理了一番，方便母親出院後一面接受居家照顧服務一面生活。

母親總不會連使用居家照顧服務都不願意吧。我當時還一派輕鬆地想，有照顧服務員來家裡的話，不僅可以減輕身體上的負擔，說不定母親身邊還可以多個說話的對象，並打算之後要稍微常回去一點。

僅僅四天之後，接到緊急電話通知我母親心臟停止時，閃過腦中的念頭，已經在之前敘述過了。我還來不及對母親的付出做出任何回報，她也不曾對此有過任何要求，便已離我遠去。

開著窗戶的電車駛過跨越淀川的鐵橋，發出巨響。我就這麼拿著手機，茫然呆立於車廂一角。母親正在遙遠的另一個地方接受心肺復甦的處置。但身為醫師，我了解到母親是救不回來了，「為何是現在」的想法，以及無法挽回的後悔揪著我的心。

我察覺到車廂內的另一名乘客用詫異的眼神看著一直站在原地的我，便坐了下來。

我漫不經心地回想這幾天發生的事，想搞清楚是哪裡出了錯，同時不斷思考，要怎樣才能快點去到母親身邊。我用LINE通知了妻子，請她幫我做好返鄉的準備。

電車過了淀站之後，沿着宇治川在一如往常的景色中行駛。但那對我而言，已經不是相同的景色了。從快要抵達中書島站開始，我感覺窗外的景色變得比平時更加遙遠，身體也彷彿不是自己的了。我唯一清楚知道的事，是想搭計程車回家的話，得在下一站伏見桃山站下車才行。中書島站和伏見桃山站間的距離很短，但我的身體就在此時變得更加不對勁，當電車到站時，我察覺到自己很不舒服。

電車停妥，車門也打開了，我站起身想要下車，卻感到頭暈腦脹，腳下好像踩不到地面般。我好不容易走向月台上的長椅，連忙坐下，大概是覺得休息一下的話，情況就會好轉吧。接著不知道過了多久時間，我突然聽到「碰」的一聲，人也清醒了過來。回過神我才發現，自己倒在了月台上。我失去意識應該只有一瞬間而已，那個巨大的聲響似乎是我的頭撞到月台的聲音。我本能地想要站起身，整個人搖搖晃晃地，打算坐回原本坐的長椅上，但身體卻不聽使喚。附近有一位看起來七八十歲的老太太，好像嚇了一跳，轉過頭來問我：「你還好嗎？」我回答：「我沒事。」

好不容易站了起來，坐回椅子上。

對面月台上也有一位年長的男性，不斷朝著我比手畫腳，似乎很擔心我，想知道我是否沒事、需不需要幫忙叫救護車。

我也勉強用手勢表達自己沒事。我的腦袋還迷迷糊糊的，感覺不太清醒。雖然心想必須趕快搭計程車回到自己家裡，但又覺得如果馬上站起來走路的話，會再次倒下，便決定先等意識和身體的感覺更清醒一點再說。

老太太和對面的老先生都很擔心我似地在一旁看著，但因為我表示自己沒事，兩人便搭上後來進站的電車離開了。

老太太和老先生離去後，我仍坐了一陣子，狀況終於逐漸好轉。我突然覺得，這兩人就像是父親和母親的化身，守護了我。很神奇地，我感覺自己的精神也振作了起來，似乎能夠面對失去母親這件事了。「不用來啦。」我腦中浮現了母親最後留給我的這句話。這一句話中帶著母親的嚴厲與無盡的溫柔。

當我回到家時，天色正要變暗，差不多要六點半了，妻子匆忙地收拾著要讓我帶上路的東西。

我完全沒提起在伏見桃山站發生的事。一部分也是因為我剛到家沒多久，就接到了醫院打來的電話。那通電話是打來確認是否可以停止心肺復甦的，我告訴對方可以停了。

我恢復了平靜。母親已經不在這個世界上了。但我仍然覺得母親就在我的附近，並不認為她已離我遠去。

仔細想想，母親在年僅九歲時便被迫經歷了失去自己的母親這件事。失去並不只是在那個當下發生，在那之後，她是一直沒有母親的。換句話說，那失去持續跟隨著她。

母親花了幾十年才終於克服那種寂寞、孤單。相比之下，能被母親守護到這個年紀，我算是很幸運了。母親是相信即使她不在了，我和弟弟也能積極正面地活下去，才動身前往另一個世界的。我不想背叛母親對我的信任。我想在最後對母親說「我很高興自己是妳的兒子」、「謝謝妳過去所做的一切」，但比起聽到這些話，母親應該更希望我把自己該做的事做好吧。母親就是這樣的人。

後記

在秋意逐漸轉濃的二〇二〇年十一月下旬，我趁連假回了香川的老家一趟。

雖然已經請人拆除雜物間，但我還沒有親自到過現場，因此想前去確認；加上彼岸（春分、秋分及其前後三日的時期，日本人習慣在此時至墳前祭拜先人）的時候我沒能回去，想藉此機會順便去墳前祭拜。

社會大眾原本抱持樂觀的期待，以為疫情應該會在十一月左右平息，但或許是因為政府推行「Go To Campaign」政策的關係，街頭及觀光地都湧現人潮，民眾也降低了警覺，確診者數目反而有上升的趨勢，各地對疫情的蔓延感到擔憂。因此，我並不打算和任何人見面，計畫在老家睡一晚後就馬上回京都。

那段時間都是晴天，我回去的那天也秋高氣爽，不過這個時節白天已經變短，當我開過瀨戶大橋時，天空中有少許雲朵，平靜的海面上星羅棋布的島嶼顯得有些寂寥。

我想起了接到母親去世的消息，趕回老家那天的事。我為了見已經化為遺體、不在這個世界上的母親一面——不，應該說我為了確認自己真的再也無法見到母親，而在夜色籠罩的道路上疾駛。而現在，我同樣是為了確認充滿回憶的建築物已經真的不存在而開車返鄉。

下交流道時，太陽已經快下山了。我想趁天還沒黑時去上墳，便急忙買了供在墳前及佛壇用的紅淡比及鮮花，趕往位在萩原的老家。這條路就是四歲的我從托兒所回家時，抓著父親或母親的背坐在腳踏車上，或有時自己一個人無精打采地走過的那條路。穿過八兵衛聚落後，視野豁然開朗，雲邊寺山就出現在眼前。八兵衛這個地名，是為了紀念捐出財產修築蓄水池，幫助這一帶免受乾旱與洪水之苦的西島八兵衛而來的。

我的老家就位在農田另一端的第一個聚落。雲層間透出了夕陽的餘暉，從側面射過來的光線將眼前的景色染成一片赤紅。

老家冷不防地出現在視野中。應該說，那塊變成了一大片空白的地方提醒了我，原本的東西已經不在了。鄰道路這一側少了雜物間做為屏障，老家的房子變得毫無遮蔽，簡直像是別人的家。主屋前面的庭院顯得更加寬廣，看起來空蕩蕩的。雜物間原本的位置只剩下鋪在地上的碎石，更裡面的地方有父親過去用心照料的樹木，但也感覺變得比平常更加遙遠，好像不該在那裡一樣。

我將車停在碎石地，下車之後在那裡佇足了片刻。除了這片地本身，留有回憶的物品幾乎全都消失了。我的目光停在了彷彿被庭院和碎石地夾在中間的細長石板小路上。那是雜物間和庭院交界處的花崗岩石板，小時候我每天都會看到，因此印象深刻。

當年母親每晚把我挖起來上廁所，有段時間就是從火屋將我抱到石板這邊尿尿。等我更大一些之後，大概是覺得在自己家前面尿尿不妥，才改成帶我到簷廊或後面的廁所去。父親渾身是血，被人用門板抬回來那次，也是被放在石板小路這附近躺著。有一次我挨罵後，也曾跑出屋子，故意躺在這裡。我心想只要這樣做，當母親出來找我時就會踩到我或絆到我。父親和母親挑選菸葉及蔬菜做出貨準備的地方、我纏著父親及母親訴說自己以後想當設計技師的地方，同樣就在石板小路過來的這一側。然而，現在剩下的，就只有石板了。

這個地方有父親和母親在，曾經是理所當然的事。那段日子裡不是只有開心的事，也有許多令人心神不寧的憤怒與悲嘆。當時我們生活窮困，每天都為沒有錢所苦，但無論何時父親和母親都在我身邊，用心聆聽我的需求，對我而言光是這樣就夠了。

回過神來，我發現將周遭景物染紅的夕陽餘暉也快要消失了，於是驅車前往墓地。家裡的墓地就在如今已經廢校的萩原小學附近。我供奉好鮮花並上完香時，天已經完全黑了。

當天，我在沒有母親的家裡度過了一晚。當時心裡浮現的，我想終究是一種失落。會有這種失落，並不只是因為母親已經不在，或許有一部分是來自我發現，近來自己已經逐漸開始習慣「母親不在了」這件事，不再想起母親的時候變多，也變得不會想尋求母親的溫暖了。

若一直停留在悲傷中，人是無法前進的。想要留住回憶的同時，內心也會有一部分試圖分心到別的事上，轉換心情。動筆寫下這些文字，或許是因為我希望多少能抵抗這種無可逃避的遺忘，但我也感覺到，自己內心有一部分想藉由這樣的書寫過程放下悲傷。

人是一種弱小、健忘的動物。我無法像母親那樣，將幾十年前經歷的悲傷當成彷彿昨天才發生的事，一直記在心裡。就某方面而言，寫下這些文字真正的用意，或許是讓紙張代替我的內心記憶這數不盡的悲傷，藉以逃避痛苦。我的心情或多或少輕鬆了些，代表這番用意的確收到了效果，但同時我心中也對這種轉變不無困惑。

隔天早上離開前，我想稍微清理一下庭院裡長出來的草，於是拿了四十五公升裝的垃圾袋走出玄關。我一面感受室外凜冽的空氣，一面望著澄澈湛藍的天空下的景色，停下了腳步。儘管我知道原本蓋在正面的雜物間已經沒了，但過去長年在此生活，卻從未見過的風景仍舊吸引了我的注意力。兩座巨大的山清楚鮮明地聳立眼前，占據了我的視野。雲邊寺山和高尾山都是我從小看到大的山，卻從來不曾從自己的家如此近距離端詳這兩座山的樣貌。

由於雜物間阻擋了視線，我眼中的世界也因此受到侷限。過去在此生活時，我一直以為這就是自己的世界，絲毫沒想到原來雜物間擋住了如此壯麗的景色。我一面想著，如果母親看到了這幅畫面，不知道會說什麼，又不禁突然想起母親為我所做的另一項犧牲。

母親從不曾對我加諸束縛。即便與她自己的想法有衝突，她還是會讓我做自己想做的事。或許她已經下定決心，不要遮蔽、阻礙我的眼界、我的人生了吧。也因此，無論多麼難過、多麼違背自己的心意，她仍然一次都不曾責備過我。她給了我們做孩子的自己未能擁有的自由人生，讓我們絲毫不覺得受到束縛。

正因母親是這樣的人，如果她有機會看到的話，想必會愛上眼前這幅景色吧。或許還會說：「真棒啊，感覺心曠神怡。」相信母親也會允許我將過去的遺物全部清理乾淨，歌頌自由發展的可能性，放下過去讓自己前進吧。

當我還在念大學時，母親曾聽我的建議，用文字為自己的人生留下紀錄。過去曾是文學少女的母親認真起來，花了數個月的時間，寫下有好幾本筆記本之多的文字。母親曾跟我說：「等阿母不在了以後你就拿去看吧。」將那些筆記本收在沒有人知道的地方。大概在十年前吧，有一次母親告訴我：「我把那些筆記都燒了。」我不禁反問母親：「為什麼？」她回答：「已經沒差了，特地把那些東西留下來也沒意義。」看起來一副無所牽掛的樣子。

或許當時母親已經擺脫了各種糾結及內心的傷痛，連書寫這個行為都顯得是多餘的了。母親去世時，為了謹慎起見，我曾找過她是否有留下什麼關於自己人生的記述，但只有發現類似備忘錄的東西。母親應該就像她那時所說的，已經將自己寫下的文字都處理掉了吧。

照這樣來看，我將自己所寫的這些東西公諸於世，對母親而言或許是非常心不甘、情不願的。畏懼社會眼光、在意他人想法的母親，大概會覺得我寫出來的都是些丟臉的事。但即使如此，我還是忍不住想讓人知道，有這樣一位無名女性曾經存在過。

媽，請您原諒我。還有，謝謝您所做的一切。

最後，我想向光文社編輯部的千美朝小姐大力支持本書出版一事表達謝意。

二〇二〇年晚秋
岡田尊司

失去母親這件事

出　　版／楓書坊文化出版社
地　　址／新北市板橋區信義路163巷3號10樓
郵政劃撥／19907596 楓書坊文化出版社
網　　址／www.maplebook.com.tw
電　　話／02-2957-6096
傳　　真／02-2957-6435
作　　者／岡田尊司
翻　　譯／甘為治
責任編輯／王綺
內文排版／謝政龍
港澳經銷／泛華發行代理有限公司
定　　價／350元
初版日期／2022年1月

國家圖書館出版品預行編目資料

失去母親這件事 / 岡田尊司作 ; 甘為治翻譯. -- 初版. -- 新北市 : 楓書坊文化出版社, 2022.01　面 ;　公分

ISBN 978-986-377-741-0（平裝）

861.57　　110018790